吴明 著

DNA是如何发现的？
——一幅生命本质的探索路线图

清华大学出版社
北京

内 容 简 介

豌豆、果蝇、细菌和噬菌体被作为遗传研究材料,经遗传学家、化学家、医学细菌学家和物理学家各自潜心探索,一步步逼近了生命本质——DNA分子。而探索DNA分子的世界科学中心在西欧与北美间来回变迁,于是此项研究吸引来100多位世界各路杰出的英才,甚至将量子力学创立者玻尔、薛定谔等也吸引过来了,就连爱因斯坦也曾在噬菌体研究中短暂停留过。

这些人有不同的文化传统、不同的专业背景,所以,他们显现出了各具特色的研究风格、学养乃至行事之道,既有成功的经验,也有失败的教训,均值得我们后人借鉴和学习。

本书适合于理科各学科及社会科学等诸多领域的广大读者研读。

本书封面贴有清华大学出版社防伪标签,无标签者不得销售。
版权所有,侵权必究。举报:010-62782989,beiqinquan@tup.tsinghua.edu.cn。

图书在版编目(CIP)数据

DNA是如何发现的?:一幅生命本质的探索路线图/吴明著. —北京:清华大学出版社,2019 (2024.12重印)
ISBN 978-7-302-48325-0

Ⅰ.①D… Ⅱ.①吴… Ⅲ.①报告文学-中国-当代 Ⅳ.①I25

中国版本图书馆 CIP 数据核字 (2017) 第 218434 号

责任编辑:张立红
封面设计:梁　洁
版式设计:方加青
责任校对:李跃娜
责任印制:杨　艳

出版发行:清华大学出版社
　　　　网　　址:https://www.tup.com.cn,https://www.wqxuetang.com
　　　　地　　址:北京清华大学学研大厦 A 座　　邮　编:100084
　　　　社 总 机:010-83470000　　邮　购:010-62786544
　　　　投稿与读者服务:010-62776969,c-service@tup.tsinghua.edu.cn
　　　　质 量 反 馈:010-62772015,zhiliang@tup.tsinghua.edu.cn
印 装 者:涿州市般润文化传播有限公司
经　　销:全国新华书店
开　　本:170mm×240mm　　印　张:18.75　　字　数:272 千字
版　　次:2019 年 10 月第 1 版　　印　次:2024 年 12 月第 3 次印刷
定　　价:69.00 元

产品编号:062166-01

序

媒体几乎天天有关于DNA神奇功效的报道，就连农村老婆婆赶上儿女亲翁对簿公堂，也学会了运用DNA亲子鉴定来讨回公道或验证一身清白。但是DNA当初是如何被发现的，其间又经历过哪些曲折，从中能获取到哪些可借鉴的启示呢，值得我们每个人了解。

DNA被发现的过程，堪称多学科合作的范例。从学科发展的自然进程来看，先后涉及遗传学、化学、微生物学、物理学；从DNA研究的科学中心转移来看，在西欧与北美间来回变迁，先后涉及100多位世界一流的科学家，甚至吸引来了量子力学创立者玻尔、薛定谔，就连著名物理学大师爱因斯坦也曾在噬菌体研究中有过短暂逗留。他们有不同的文化传统、不同的专业背景，显现出各具特色的研究风格、创新思维模式和学养，既有成功的经验，也有失败的教训。这足以构成一个大智库——有学不完的知识、用不尽的学问和掘不竭的智慧。

本书全景式地叙述了DNA的发现过程，是国内首部涉及这一内容的著作。这本书对于正为响应党中央"科学发展观"思维模式、"文化大发展"方针，为实现"中国梦"而勤奋学习的广大青年学者和科学史爱好者来说，很值得一读。

中国微生物学会原秘书长、科学史专家、
中国科学院微生物研究所研究员　程光胜

前　言

　　以往，人们多注重科学的发展史，很少有人注重科学的发生史，关注DNA分子从0—1发现史的人，更是少之又少。本书沿着DNA的发现路线图，紧紧扣住研究材料的选择和DNA研究的世界科学中心转移这两条主线，以时间顺序为经，以人、事、材料、技术等学科发展的自然进程为纬，层层铺展DNA从0—1的发现历程。

　　本书全景式地介绍了一幕幕生动的历史场景。这段历史从奥地利玛哈维小镇的孟德尔1866年豌豆杂交试验起步，到美国加州的摩尔根1901年果蝇杂交试验，再到瑞士巴塞尔的米歇尔1869年发现了核素（即现今我们知道的核蛋白），再到德国柏林的德尔布吕克等1935年发表的著名的绿皮文献《基因突变的本质和基因的结构》，形成"基因突变的原子—物理模型"，又称"基因的量子力学模型"。二战中德尔布吕克到了美国纽约长岛组建"噬菌体研究组"，这期间另一位奥地利人薛定谔辗转到了爱尔兰都柏林，1944年，他接过德尔布吕克形成的"靶子学说模型"，写了一本名为《生命是什么？》的小册子。也就是这一年，探索生命本质——DNA的路线图再次折回美国纽约，艾弗利通过细菌转化实验发现，DNA才是遗传信息的载体；1951年沃森受派借道哥本哈根来到英国剑桥大学，这时DNA研究的世界科学中心才真正转到了英国。

　　1953年，DNA双螺旋立体结构模型终于诞生。这个英国开花、美国结果的科学史故事，有着和青霉素发现一样令人眼花缭乱的景象。20年后，即1973年重组DNA技术实验成功，亦即遗传工程面世；25年后，1978年定位突变技术实验成功，亦即蛋白质工程面世。目前糖工程研究正方兴未艾。艾弗利发现DNA是遗传信息的载体，由他引领的现代生物工程学和人类基因组计划，有着宽广的发展前景。近的来说，仅从人类基因组计划到精准医学这一项，就2011年公布的数字，已为美国创造了1万亿美元的经济效益。更为重要的是，这个数字以后还会增长。远的来说，1g重的DNA相当于250万张光盘所承载的信息量，未来有可能被用来研制某种"生物钥匙""分子日历"。

本书所述时间跨度大（从1866年到2018年），也非叙述一人一事，而是一个新学科诞生的全过程，涉及众多的人、事、材料、技术等，属于"大科学史"或科学思想演进史范畴的普及知识读物。书中穿插了一些人文知识，以做到理中有文、文中有理、文理交融、相映生辉，非常接"地气"，相信读者读来会有别样的感受和启迪。

总体上，科学发展是直线上升的，但这上升的直线是由众多具体的探索性研究曲线编织成的。本书向读者展示的发现DNA分子的弯弯曲曲的路线图，其实只是一个粗线条的、不成熟的、不完善的路线图。加之本书涉及学科门类多，作者水平有限，出现谬误乃至外行话在所难免，殷切期望读者批评指正。更希望能因此激起更有才之士，将本书所列的100多位成功或"失败"人士背后的故事一一整理出来，想必如此，将迎来更广泛的读者群，这也是本书作者最大的心愿。

目 录

第 1 章 经典遗传学家的探索 // 1

1.1 孟德尔和他的豌豆杂交试验 // 2

1.2 摩尔根和他的基因学说 // 11

第 2 章 米歇尔的核素研究及其对化学遗传论的思考 // 19

2.1 米歇尔其人其事 // 20

2.2 米歇尔的核素研究 // 22

2.3 米歇尔的失误 // 25

2.4 后米歇尔时代——核酸的化学性质研究 // 27

2.5 米歇尔对化学遗传论的思考 // 29

第 3 章 医学微生物学和细菌转化实验 // 32

3.1 格里菲斯的事迹 // 34

3.2 艾弗利和他的细菌遗传转化实验 // 36

3.3 DNA 的发现和艾弗利的审慎 // 38

3.4 诺贝尔奖的"双重标准"和永久性"遗憾" // 41

3.5 生长点是在举步维艰中萌发的 // 43

3.6 艾弗利的影响力和查伽夫的巨大功绩 // 44

第 4 章　德尔布吕克和噬菌体研究组 // 54

4.1　玻尔互补论的影响力和德尔布吕克的事迹 // 55

4.2　多学科合作的雏形 // 58

4.3　如何选择遗传研究材料 // 70

4.4　微生物步入现代研究舞台的历程 // 70

4.5　从噬菌体研究组看到科学发展普通动力学要素 // 89

4.6　德尔布吕克对分子生物学的影响 // 103

第 5 章　薛定谔和他的《生命是什么？》小册子 // 107

5.1　薛定谔凡人逸事 // 108

5.2　从物理学层面讨论"生命是什么？" // 110

5.3　几个有待商榷的问题 // 123

5.4　薛定谔对生物学的巨大贡献 // 127

第 6 章　DNA 双螺旋立体结构模型的建立 // 130

6.1　威尔金斯的 DNA 图（A 型）和他的"烦恼" // 132

6.2　弗兰克林的 DNA 图（B 型）和她的不朽功绩 // 136

6.3　遗传学家走进了物理学实验室——沃森的智慧和戏剧般成就 // 144

6.4　克里克其人其事 // 153

6.5　欢笑声的背后 // 161

6.6　漫话 DNA 分子的遗传密码 // 163

6.7 人类基因组计划 // 167

6.8 刍议天才与基因 // 172

6.9 发现 DNA 分子结构的多种途径 // 173

第 7 章 生物学文献史的一大失误和半普及刊物的作用 // 175

7.1 背景 // 177

7.2 生物学文献史中的一大失误 // 178

7.3 怎样发表科学论文 // 184

7.4 半普及学术刊物的作用 // 187

7.5 科技情报爆炸期 // 188

7.6 信息学是"现代化"标志之一 // 190

第 8 章 生物学与物理学的关系 // 192

8.1 物理学家眼中的生物学 // 194

8.2 X 射线衍射技术的起源和发展 // 199

8.3 物理学家向生物学转移 // 205

8.4 物理学单行道跨入生物学和生物学巨大的包容性 // 210

8.5 物理学、数学以其优势支配科学数百年，如今受到质疑 // 211

8.6 具有学科交叉性的现代生物学 // 215

第 9 章　结构论和信息论分子生物学的三次会合 // 218

9.1　结构论和信息论分子生物学 // 220
9.2　第一次会合促成 DNA 双螺旋立体模型建立——遗传工程诞生 // 223
9.3　第二次会合催生出了蛋白质工程 // 225
9.4　第三次会合促成糖工程的研发 // 228
9.5　分化，综合，再分化，再综合是科学发展进程的历史必然 // 233
9.6　分子生物学的发展前景 // 236

第 10 章　有待思考的几个方法论问题 // 238

10.1　不同学科背景的合作范例 // 239
10.2　模型的直观效应 // 239
10.3　学科单一和闭门造车导致败北的典型 // 242
10.4　群体性文化底蕴深厚 // 243
10.5　运用了"社会工程学" // 245
10.6　科研资源使用最佳化 // 246
10.7　破除学术界的潜规则 // 247
10.8　选择课题的两大误区 // 249
10.9　科学源于求知，求知出自闲暇，闲暇始于富裕 // 250
10.10　科学生活中的另类"拐点"和科学家的"情商" // 253
10.11　美妙的科学研究园 // 255
10.12　探索生命本质 DNA 分子历程中的必然性和偶然性 // 262

第 11 章 结束语 // 266

11.1 100 余年来遗传学揭示的一些规律 // 267

11.2 已知活细胞内有 2000 多种化学反应，但还有 2/3 我们尚未掌控 // 268

11.3 生物学研究的最终目的 // 270

11.4 生物学发展的启示——学习历史 // 273

参考文献 //275

后记 //287

第1章
经典遗传学家的探索

我国民间自古就有句俗语"种瓜得瓜，种豆得豆"，说的就是遗传学现象。但真正将这种现象上升到迄今人们能够接受的理论高度，并深化到遗传机理，应追溯到19世纪中叶生物学界发生的一系列事件，例如显微镜的发明、细胞学说的日臻完善、进化论的提出、大机能团的化学分析、发酵的研究、主要有机化合物的全合成等。当时连同这些不朽贡献一起出现的，还有已确定下来的一些概念、方法、研究材料。这意味着生物学进入了一个重大转变期。

1.1 孟德尔和他的豌豆杂交试验

图1.1 孟德尔及其位于修道院后院的"一亩三分地"试验田

孟德尔（Gregor Johann Mendel）的豌豆杂交试验是19世纪生物学界发生的一系列事件中极其重要的事件之一。孟德尔1822年生于奥地利西里西亚（Silesia），今属捷克共和国，原是一位贫穷老农的独生子。老农含辛茹苦劳作，能养活他的儿子已实属不易，但拿钱供他上学，尤其是上大学却是困难重重，力不从心。孟德尔大学念了一半，不得已弃学谋生，成为玛哈维（Moravie）小镇修道院的一名见习修道士。4年后转正，他成为一名名副其实的修道士，道号是格利高尔·孟德尔（Gregor Mendel）。还有一种说法是，孟德尔是想找一个便利于思考的幽静环境，并且有足够时间做田间试验，因此当上修道士，他是甘愿做一个"隐居僧侣"的。

他所处的那个时代，在生物遗传研究上有两大方面的进展，即园艺学的经验知识和生物学的理论知识。但孟德尔关注的是演化，他自幼看着父亲整天在田间地头忙着栽培、杂交、嫁接等农事，这令他不由地思考一个问题，即物种是如何形成的。直至他当上了修道院的修道士，仍对演化非常好奇。他所在的修道院地处产粮区，又多亏修道院院长是一位热心农业研究的人，对孟德尔从事豌豆杂交试验多有支持，使得他在传教之余有了足够的空闲时间做试验。他在修道院内在7m×35m的一小块土地上栽种了37个品种，共2.7万株植物，并用它们来进行植物栽培、杂交、嫁接试验。

令他惊讶不已的是，嫁接后的植株，其活力总是高于原先的母本植株。这究竟是为什么呢？年轻的修道士兴趣来了。他进行杂交试验不是为获得更多的杂种，而是一步步追踪子代的特征、习性。好在他大学时代曾经受过名师物理学家、数学家多普勒（Doppler, E.J.）的教导，他能够用学到的数学方法对试验结果进行统计分析。他的研究风格与众不同，主要有以下三个特点：

一是观察试验结果及选择合适的研究材料的方式；

二是引进非连续性和使用大种群，这样便能用数字表示试验结果，更重要的是，这样还可以将这些数字做某种数学处理；

三是用一种简单的符号标示法，使试验结果和处理后的理论数据进行连续多次的比照成为可能。

孟德尔选择豌豆这种作物作为人工育种研究的材料，理由是多方面的。例如，豌豆的性状能保持一定的稳定性，其纯种在严格条件下能保持数年不变，且容易识别。豌豆生长期短，杂种容易繁殖后代。最主要的是豌豆杂交人工致育试验，成功率几乎是100%。不仅如此，他还选择了那些彼此间性状有所不同的杂交品种，因为作为试验研究材料的豌豆植株性状要易于观察识别。其杂交品种彼此间有所不同，不是所有特征均不同，而是在有限的几个特征上显示有差异，因而这个杂交品种只保留诸如种子形状、豆荚形状或颜色等有明显辨别标志的特征。分析杂交试验结果时，应从一开始就避开那种不可克服的复杂性，弃去细节，仅分析少数几种特征或性状。这就需要具备两个条件：第一，试验系统要大到足以允许略去个体，只关注群体；第二，不仅追踪、观察这对杂交植株子代性状的习性，而且还要追踪、观察全部后继子代性状的习性。

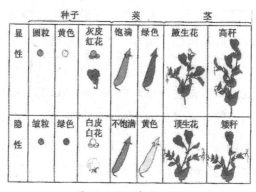

图1.2　豌豆杂交试验

孟德尔不仅发现了显性法则以及单一性单位性状，而且还发现了分离法则——由每个亲代提供的这些单位（个别的性状）都以一种准确比率分配到后代的生殖细胞中，而且互不影响。豆荚的颜色、秆的高与矮等，彼此互不干扰，都作为单个性状或单位传递下去。他从1856年起，历时7年的艰辛劳作，积累了大量试验资料、数据，终于于1866年在《布隆博物学会会刊》（Proceedings of the Natural History Society of Brunn）上发表了论文[1]。该论文是现代科学文化宝库中的杰作之一，该论文表明了一个简单的道理，有其父不一定有其子，两头黑色毛的动物杂交，并非总是生出黑色毛的后代。他概括出来的著名的分离定律和自由组合定律，不仅适用于动植物，而且适用于人类自身，至今还是人们解释遗传现象的基本概念。

孟德尔的论文清楚地说明了他育种试验的目的，简单地介绍了试验中的有关数据,并且谨慎地试着用数学公式来表示试验的结果。在这篇论文发表的那个时代,虽然经济发展需要有这样一种理论问世,但是遗憾的是,孟德尔的如此重大发现竟然被长期埋没,因为当时没有人对这个修道士的"癖好"感兴趣。直到1900年,孟德尔的发现才被柏林的柯伦斯(Correns, C.)、阿姆斯特丹的德弗里斯(de Vries, H.M.)和维也纳的切玛克(Tschermak)三位同时独立地重新发现,这实在是一个令人困惑的谜团[2]。然而谁也没有想到孟德尔的发现竟然成为20世纪一门全新科学的指导原则。这个问题对科学思想史基本理论研究很重要,值得深入细致的探讨。

1.1.1 孟德尔的功绩

孟德尔所处的那个时代,不仅没有发现染色体,而且关于细胞学的知识也十分匮乏,德国科学家魏斯曼(Weismann, A.)关于"种质"的学说还没有问世,在1865—1900年期间更谈不上有什么创新性见解问世。在这种情况下,孟德尔创立了观察遗传现象的新方法,强调单位性状的遗传行为,并以非凡的洞察力,总结出生物遗传的一般规律。在生物学研究历史中,孟德尔是第一个将有机体遗传性状视为组成活体生命的部分实体的人,他指出它们可以在活体生命之间互相单独传递。换句话说,他在人类历史上,率先将活体生命当作一种具有独立遗传性状的、能延续千万年的、精雕细刻的"镶嵌物"。从这个观点看,孟德尔1866年那篇不朽论文中所列的数学式(AA+2Aa+aa),不仅在理论上能计算出不同类型子代比率,而且在认识论上还具有重要意义。支撑这一观点的是,每个具有不同性状的物种皆能独立传递自身的遗传性状。

孟德尔并不满足于用这种严密数学概念来支撑他的假设,他还借助统计学考查建立了一个数学模型,也就是说,在大到足以可剔除样品误差的试验系统中,测算后代每种类型出现的频率。此种假说演绎方法,将理论上的数学模型与建立在统计学基础上的实际考查结合起来了。所以他在那个时代是极其伟大的,而且也是无人能比的,可以认为,孟德尔是将统计学运用于生物学研究的鼻祖。一直到现在，孟德尔的遗传学方法还有人使用。

我们都知道荷兰画家梵高创作的名画《向日葵》，但该画曾受到后人的质疑，他们认为这是"一个精神失常的印象派画家在创作时的夸张想象"，是"一段不可信的呓语"。因为他画的向日葵有两圈花瓣，而我们通常见到的只有一圈。此外，他画的向日葵有的甚至都没有典型的大圆盘样的头状花序，反倒是金色的舌状花瓣，又密又长，像点燃的礼花一样蓬勃欲放。在解释这幅画时，孟德尔的遗传学方法又派上用场了。植物学家伯克（Burke，J.）将一株普通野生型向日葵和双重花瓣突变株杂交，并对市售的向日葵基因进行测定，结果显示，梵高画中的向日葵受到一种单一显性基因HaCYC2c的影响，证明它是基因突变的产物，而并非臆想的产物。科学家们寻遍了向日葵种系谱内各大成员，将受过基因HaCYC2c影响的各个子代一一绘制出，形成一份完整的系谱图，证明获得的基因突变品种正是梵高在19世纪看到的那种向日葵。

图1.3 梵高的名画《向日葵》

孟德尔设计出的数字归纳法和基础统计分析法无疑对种群分析十分有用，也十分必需。由此可以认为，他的关于种群、演化等科学观点虽说都是来源于生物学，但他所采用的大多数方法却都是来源于物理学。据他的一位老师称，孟德尔在维也纳大学读书期间，他的物理学成绩优于生物学成绩。

1.1.2 孟德尔的重大发现为什么长期被忽略了

第一，学术论文在什么地方发表十分重要。当时的生物学论文除刊登在巴黎科学院、伦敦英国皇家学会和林奈学会（The Royal Society & Linnean Society）出版的刊物之外，大多数科学学会出版的刊物很少有人看，加之孟德尔本人发表的论文数量极少。他从1856年起开始进行豌豆杂交试验，直到1871年才停止这项工作。这一期间他积累了大量的试验数据、资料[2]，但他只向"布隆博物学会"作了宣讲，并只在1870年发表了另一篇有关山柳菊（*Hieracium*）植物杂交的简短论文，这些都说明他不是一位喜欢发表文章的科学家。从他与其老师耐格里（Carl Nägeli）的私人通信中我们得知，孟德尔的豌豆杂交试验结果，在1869年用小花紫罗兰、无毛紫罗兰、紫茉莉、玉米进行的杂交试验中也完全获得验证，但他从未单独发表论文，向世人宣告他早期发现的证据。即便"布隆博物学会"的备忘录这个不起眼的地区性博物学会的刊物，按惯例要寄发给包括英国皇家学会和林耐学会在内的世界各地115家图书馆和许多有交换关系的研究所，其产生的影响也是有限的。

这说明某一项科学发现或新理论通过什么样的渠道发表确实相当重要。例如凯塞尔（Castle, W.E.）和温伯格（Weinberg, S.）曾将他们的发现（现在称哈代—温伯格定律，Hardy-Weinberg定律）发表在一份比较不出名的刊物上，因而不被人重视。而哈代（Hardy, G.H.）将他的研究成果发表在著名刊物《科学》（*Science*）上，很快便得到公认。

第二，老师压着学生的论文不发，怕学生的论文否定了自己。孟德尔有40份论文复印件，他将这些复印件分别寄给了两位知名的植物学家，一位是以植物移植试验而闻名的因斯布鲁克城（Innsbruck）的科勒（Kerner），另一位就是当时在植物学界享有盛誉的权威之一，他的老师耐格里，这两位是孟德尔还在学生时代就已熟知的。遗憾的是，孟德尔寄给耐格里的许多资料,能够保存下来的仅有不多的几份,可见耐格里并没有认真对待孟德尔的论文。更可悲的是,耐格里很可能持反对态度,他没有鼓励孟德尔,而是一味地对孟德尔的论文进行多方面挑剔,更谈不上推荐孟德尔的论文,使孟德尔的研究成果能在学术界有影响的权威性植物学刊物上发表。相反,耐格里还竭力劝说孟德尔去验证他本人关于山柳菊的遗传理论。他说经过他们多年试验证实,遗传有两种方式,一为"豌豆式",符合孟德尔规律;另一为"山柳菊",不符合孟德尔规律。在山柳菊植物中单性生殖是一种相当普遍的现象,后来也证实这些植物其实都符合孟德尔规律,只不过孟德尔限于当时的认知水平,误认为这两者有所不同,导致山柳菊与孟德尔理论相悖的结果。

有学者认为,"孟德尔同耐格里的联系,完全是一个灾难性的插曲"。1884年,耐格里发表了关于进化和遗传的巨著,在有关杂交试验的整整一大章文字中,只字未提孟德尔的工作。在这一大章文字中叙述的每一项成果都比不上孟德尔的工作更有意义,读来颇令人不可思议。是耐格里瞧不起这个小牧师,还是他有科学偏见呢?问题可能是后者。耐格里是极少数赞成纯种融合遗传理论的生物学家之一,在他看来,致育过程中,母本与父本不同的细胞质混合是由于同种分子团(micell)通过融合变成一股单链的。他若接受了孟德尔的理论,就意味着彻底否定了自己的观点。耐格里本应仔细地研究孟德尔的理论,但他没有这样做,反而武断地认为孟德尔的理论肯定是错误的。

最令人不解的是,孟德尔跟达尔文是同时代的人,且笃信后者的进化学说,但他却没有将植物杂交的研究论文寄送达尔文一阅。如果达尔文了解到孟德尔的研究成果,想必会引起重视,或许会亲自进行重复试验。

第三,渐进的连续变异观念毕竟在1859年后仍被广泛地认为是进化论者感兴趣的唯一变异。大多数杂交育种学家都热衷于探索"种质",而个别性状的分析被置于他们所要考虑的问题之外——那个时代对遗传学进行过大量推测的胚胎学家只关心遗传现象的发育问题。在他们看来,分离的现象和比值与他们所要研究的问题不相干,所以在1900年以后相当长的一段时间内，不符合孟德尔遗传定律的连续变异观点仍被普遍接受。资料显示，孟德尔的理论在19世纪前已被引用过约12次，其中最值得一提的是在福克（Focke, W.C.）的评论性著作《植物杂志》（*Pflanzen-Mischlinge*, 1881）[3]中被引用。之后从事植物杂交试验的人在查阅福克的著作时，几乎都提到过孟德尔。然而，福克本人从未认识到孟德尔论文的重要意义，也没有推荐和鼓励其他人去查阅孟德尔的原始论文。

第四，另一个对孟德尔不利的因素是，他所研究的性状虽然作为一个试验系统来说是令人佩服的，但它们不是当时大多数生物学家感兴趣的性状。大多数动植物学家、育种学家将牛的大小、活力、力量、肉奶产量，绵羊的产毛量，马儿跑得快或人的智力看成是值得研究的性状，而这些是受多基因调控，并受环境因子影响的，一般不表现出孟德尔定律。

第五，孟德尔的著名理论被搁置了近40年之久，还有另外一个原因，即他的论文发表4年之后，米歇尔（Miescher, F.）发现了核素，即现今我们知道的核蛋白。孟德尔没有及时抓住这个新的苗头、新的发现，更没有将它与自己的理论联系起来考虑，也是一大失误。他不懂得植物可能通过某种特异的过程来产生胚珠，因而也没有和豌豆研究中获得的推论、预测联系起来考虑。

第六，当然我们也不要忽略可能还占据主要位置的，即他的工作太过前卫了。将数理统计学方法应用到植物遗传育种试验中，在当时还是鲜有的。单是促成他撰写1866年那篇经典文章所依据的虚拟推导方法，就吓跑了众多同时代的人。那时人们对细胞核、染色体以及致育作用方面的知识还知之甚少，所以在很长一段时期内没有人去接过他的工作，继续他的试验，也就谈不上在写作论文时引用他的学说。同样也不能排除他同时代的科学家们彼此居住分散、相距远、交往少这些因素。更何况当时的一些代表人物因头脑里的门第观点、等级偏见、思想僵化、保守思想等作祟，认为他只不过是一名修道士、一个业余园艺人，不是一位正宗的遗传学家。

第七，应当指出的是，以柯伦斯为主的一些重新发现孟德尔理论的人，运用了先进的细胞学知识使孟德尔理论得到更清楚的解析[4]。黑曼

（Heimann）和奥比（Olby，R.C.）这两位学者的求实精神更为可贵，他们还撰文指出孟德尔理论中存在的一些不足之处，他们不是贬低孟德尔的杰出贡献和丰功伟绩，而是表明孟德尔理论并非是完整无缺的，更不是像遗传学家们70年以来所宣称的那样十全十美。黑曼和奥比的文章令人极易理解孟德尔理论为什么会被忽视了34年之久。[5, 6]

1.1.3 与世隔绝的试验

孟德尔是一位十分谦逊的学者，但这种谦逊对他并没有起到什么有益的作用。在遭受到耐格里的冷落后，他显然没有努力与其他植物学家或育种学家取得联系，抑或争取在国内、国际学术会议上宣读自己的论文，特别是未与达尔文取得联系，实为一大遗憾。可悲的是，他把自己历时7年，试验了2.7万株植物的工作，视作一种"与世隔绝的试验"。

因为孟德尔对突变和染色体尚一无所知，所以他深深意识到，豌豆杂交试验工作并不像普通人认为的那么简单。在孟德尔用来进行一系列试验研究的植物中，几乎所有已经发现的染色体遗传的复杂性都表现出来了。由此可以肯定，他经受着由连锁、杂交、多倍而引发的复杂性挑战。

他在之后的山柳菊植物单性生殖试验中遇到了挫折，这仿佛给人这种印象：孟德尔的发现可能并不适用于所有植物种类。而他本人也一直认为："只有对所有植物种类进行过详细的试验，发现其结果都是正确的，才能作最后的结论。"孟德尔的这一观点显然是受到了物理学教义的不利影响，因为物理学至少在孟德尔所处的那个时代，总是在追求普遍适用的定律。当然，从物理学中获得的大多数概括和结论一般都是普遍适用的，但套用到生物学领域，就需要了解一切生物都具有独特的性质，不能将某种生物中的发现自动转移到另外一些生物上。因为生物是复杂的有生命的系统，每一生物都有其独特的性状。所以他以为在豌豆杂交试验中发现的染色体遗传定律，也必须适用于山柳菊和所有植物种类，这显然是不恰当的。

孟德尔在科学方法上的另一个薄弱环节是，在"对设想的豌豆定律正确性加以证实"这个关键时刻，他忽然改变方向，转而研究物种杂交。即便他本人已认识到，这与杂交变种是不完全相同的事件。但他在杂交变种方面的工作使得他不自信，对确立他理应建立的豌豆遗传定律不抱希望。

总而言之，孟德尔对遗传学的贡献可以比喻成"他仅仅将遗传学大门上的锁打开了，要走进遗传学这个奥妙无穷而又意义深远的天国大门，还需要一位身怀绝技、满腹经纶的开门人"。1864年，豌豆植株遭受到象鼻虫的肆虐，再加上孟德尔又热衷于其他的植物遗传研究，所以他停止了豌豆杂交试验工作。1871年，他升任修道院院长，从此整天忙碌于琐碎繁杂的行政事务，繁重的工作负担最终迫使他放弃了整个豌豆杂交试验。

孟德尔说，为保持旺盛的脑力，他决心舍弃生殖权，终身不娶。孟德尔的"舍弃生殖权，可以保持旺盛的脑力"这一念头十分可笑，而且毫无科学根据。1884年，孟德尔因患肾炎逝世，享年62岁。园艺协会刊物发布的讣告称："他的植物杂交试验开创了新时代"，布隆中央墓地孟德尔墓前的碑文中将他称为"发现了植物和动物遗传规律的生物学家"。

1.2 摩尔根和他的基因学说

1.2.1 摩尔根小传

美国学术界在20世纪初终于摆脱了欧洲人带来的智力上的束缚，认识到自身的实力。权威主义在美国已经没有以前那样有威力，现实主义探索才是绝对需要的。最先将果蝇置于遗传学研究视野内的是美国遗传学家摩尔根（Morgan，T.H.），另外，美国的科学环境也为摩尔根提供了这种现实主义探索的可能性。他最初在故乡肯塔基州立学院念书时，并没有明

图1.4　摩尔根

确的人生志向，对从商不感兴趣，终日沉浸于自然史研究中，同时对形态学和生理学情有独钟。

生机论者认为，用单纯的科学定律来解释或理解发育机理是徒劳无益的，如此复杂的生命过程一定是受到科学以外的某种创造力支配的；机械论者则确信，所有生命现象一定是可以用通常的物理化学规律加以解释的。当寻求用严格的物理化学来解释胚胎发育时，摩尔根不由自主地把探索方向转到发育机理方面，宣称现行的机械论不失为一种朴素的哲学。

他早年在那不勒斯动物园从事动物形态学研究时就已认识到，依靠形态描述进行某些比较时，以上两种理论都存在着巨大的局限性，且不精确；只有通过对生物体进行实验，才能获得可靠而又严密的结果。摩尔根对20世纪的普通生物学从简单的表观描述、推论上升到以实验方法、定量分析法为依托的遗传学研究，无疑具有巨大贡献。

到了20世纪初，人们还普遍接受这样一种观点："只有环境才是导致生物中那些缓慢变化的原因，并且这些因素最终肯定会导致一个新种形成。"但这种观点并不能令人信服。比如说，我国人民在长达数个世纪中给女孩从小缠脚，使之成为小脚女人。在那样一种封建统治下的社会里，三寸金莲的小脚女人被认为是美的。只是到民国以后，此类强加在女人身上的丑规恶习才从根本上被废除了。如今女士们个个发育正常，踢足球满场跑，打排球跃得高，打篮球抢得欢。

由此可以断定，认为人为环境的作用会导致新性状遗传，就像小脚会遗传到后代，这显然是错误的，是没有科学根据的，获得性性状亦即人为环境的作用导致的新性状遗传在化学上是不可能的。那么，是否有另一种作用或途径可以解释新性状能够遗传的呢？在达尔文逝世18年后，关于生物新性状的出现才有了初步的解释，但是，这位解释者把那些被认为是最纯的种群中也会不断出现的细微的、偶然的变异，也视为自然选择的原始材料，这显然是错误的，因为这些变异是不遗传的[7]。

后来一位荷兰生物学家德弗里斯种了5万粒月见草种子，结果长成的植株中出现了变异植株，通过再繁殖，终于在同种植物中出现了全新类型。这个试验表明一个物种可以突然变成另一个能保存自身特性的物种，于是便有了"突变（mutation）"这个名词。

1.2.2 摩尔根的基因学说

摩尔根接受了这一概念，确信"突变是在生命类型的进化中起作用"，提出"决定胚胎发生过程的不是环境因素，而是由胚胎自身决定的"。1909年摩尔根43岁，他先后试过用小鼠、大鼠、鸽子、月见草、果蝇做材料，比来比去，只有果蝇符合他的要求。主意拿定，方法也对路，果蝇从此便成为他研究实验的理想材料。摩尔根称它们是"世界上最著名的实验生物材料"。有人说："果蝇一定是上帝特意为摩尔根创造的。"

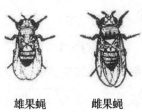

雄果蝇　　雌果蝇

图1.5　雄雌果蝇

摩尔根的高明之处，在于他有着敏锐的洞察力，并且能找到合适的观察方法，而他的判断力正是来源于他对现象深入的观察。他将白眼果蝇与红眼果蝇进行杂交，一如50年前孟德尔用一种食用黄豌豆与绿豌豆杂交一样，所不同的是，孟德尔是在修道院后花园内风餐露宿，而摩尔根可以在实验室内舒适地观察。他将1237只第一代（F1）红眼型杂种中的一些果蝇进行近缘繁殖，10天后获得4000多只第二代（F2）杂种。这些第二代杂种中红眼蝇与白眼蝇的数量比接近3∶1，差不多证实了孟德尔得出的结果。接着他又发现多个突变型，到这一年底，共发现25个新突变型，总数达到40个。

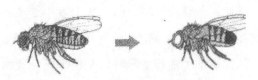

图1.6　摩尔根发现白眼突变果蝇

后人证实，每一性状都是多个基因联合作用产生的。例如，红眼果蝇至少是由50个基因共同作用的结果。决定雌性或雄性也绝非某一特定基因的产物，而是由数个基因共同决定着的。值得一提的是，在用红白复眼果蝇进行杂交试验获得的F2子代中发现，凡是白眼型果蝇均为雄性。据此推断，决定果蝇性别的遗传因子和决定果蝇眼睛是什么颜色的遗传因子是连锁在一起的，这正是摩尔根作为一位杰出科学家有着非凡眼力的所在，从细微处能窥见一般现象[8]。

从1901年摩尔根转向遗传学研究的这段时间内，遗传学家开始证实基因理论，并且一些生物学家开始确信基因是确定无疑的实体。虽说基因还是看不见、摸不着，然而它和电子、原子及医学界的众多病毒粒子一样，人们是无法否认其客观存在的。达尔文的"芽球"说、海克尔（Haeckel,E.）的"质粒"说、耐格里的"微胞"说、德弗里斯的"胚芽"说，经实验证实这些都是基因以前的一些说法。然而摩尔根的基因学说与上列的几种都不同，这里所说的基因可能指一些亚显微实体，也可能是由蛋白质组成的非常复杂的有机分子，每一种基因与另外的基因在化学性质上都是不相同的。天然状态下它们被认为是在染色体上排成线性的一串，它们决定着包括人类在内的所有生物的命运。假如说命运正在编织我们的生命，那么它们则是用自己纺织出来的挂满基因的线状染色体编织成的。

摩尔根又根据当时发展起来的细胞学成果，确认决定生命机体性别的遗传因子是在性染色体上的，所以，决定果蝇眼睛颜色的遗传因子也必然是位于性染色体上的，这就是伴性遗传。它不同于孟德尔的豌豆实验中相对性状的自由组合，它是许多性状互相连锁在一起。当细胞进行减数分裂时，它们作为一个整体传递下去。细胞减数分裂初期，其染色体是一个缠绕着另一个的。据此，他认为，染色体片段会发生交叉，一个片段与另一个相对片段相交换替代。染色体交叉导致基因发生有序交换，最终使基因重新发生组合，从而增加了遗传变异性。交换率低，证明它们靠得很近；交换率高，则相距远，此即为遗传学"连锁交换定律"。该定律连同孟德尔的"分离定律"和"自由组合定律",构成经典遗传学中著名三大定律,成为现代遗传学研究的理论基础。这些定律不断被充实、修改和发展,又成为现代生物学基本理论的重要组成部分。摩尔根及其合作者还绘制出一张果蝇的4条染色体图,建立了基因—染色体理论[9]。

说摩尔根是"现代遗传学之父"一点也不过分,既然如此,则孟德尔岂不就是现代遗传学的爷爷了吗?

1.2.3 后基因学说及其影响

随着科学和技术的发展,诱导突变的手段也越来越多样化,紫外线、超声波、高温、干燥、超速离心和X射线等,都可以用于处理生殖细胞。另外,还有其他方法可使基因缺失、易位,从而导致生物产生新突变型。果蝇的自发突变率较低,但把温度提高10℃,则突变率增加5倍。电离辐射诱发突变的概率与所用剂量、射线波长及辐射期间的温度呈线性关系。一位来自摩尔根实验室的研究高手曾经突发奇想,将染色体打断,分成几截,并实现重新排列,竟使突变率提高180倍。

还有报道说,有一种果蝇,发生单基因突变后仍然有两只巨大的复眼,但是,该长出触角的部位却长出了一条完好的腿,也就是一次单基因突变就使一个触角变成一条腿。这真是一件令人叫绝的成果,还有什么比这件事更能让人惊异的呢?可惜人们尚不能对此作出解释。我们也不知道有效基因的作用,兴许若干年后,科学家会弄清楚这种基因的DNA序列,弄清楚它们在生物化学上的作用。其实,在摩尔根时代就有发现,果蝇中有一个基因称为无眼(eyeless)基因,在脊椎动物体内有类似的称为Pax6的基因,动物若没有这种基因,则眼睛会小很多。1995年,瑞士科学家成功克隆出这种基因,通过转基因技术将它表达到身体其他部位后,可以在触角、大腿、翅膀多个部位长出眼睛来。这表明,通过单个基因可以改变一些细胞的命运,导致一个器官的形成,至少在果蝇中是如此。

可惜的是,在脊椎动物、哺乳动物中还没有找到用单个基因或多个基因制造组织、器官的方法,要实现人造生物器官的梦想尚需一些时日[10, 11],

例如，通过分子生物学途径，会弄清楚有效基因的作用和这种基因的DNA序列，还要弄清楚它们在生物化学上的作用。人脑有成百亿个神经细胞，而果蝇总共仅有几十万个细胞，何愁不能将这些问题弄清楚？例如，1933年、1947年、1995年及2011年四年诺贝尔奖中有六位诺贝尔奖得主是研究果蝇而获奖的。

基因概念的变化是浏览现代遗传学历史的一条线索。孟德尔在19世纪证明了生殖细胞中的遗传"因子"决定着生物体的性状。丹麦生物学家约翰逊（Johannsen, W.）将这些因子称为基因。20世纪初，又将基因定义为以线性次序排列在染色体上的独立的因子。现代分子生物学则又提出来以300~2000个碱基对（平均为1000个）组成的一个功能单位就叫作基因。

运用孟德尔和摩尔根这两位遗传学先驱的著名理论，来讨论舞蹈家邓肯和戏剧作家萧伯纳他们婚后的子女是集"男才女貌"或者"女才男貌"于一身的臆想，显然是徒劳的。因为当时人们还受到科学、技术和知识的限制，在包括人类自身在内的一切生命机体内，哪些基因会发生接合、哪些不会发生接合还不清楚；而且最终决定基因表型和基因功能的，不仅仅是基因型，还更多地涉及基因转录、翻译和翻译后的修饰，以及表观遗传修饰、调节和一个人所处的环境，包括他（她）在母体腹中的发育状况。究竟人体哪些部位像父亲，哪些器官像母亲，智商如何？人们是预测不出来的。

摩尔根的基因学说遭受到了来自苏联米丘林（Michurin, I.V.）学派代表人物的抵制，他们肆意践踏科学，将纯学术观点政治化，污蔑基因学说是唯心主义的反动学术观点。他们面对原子、量子、电子也是细小到肉眼看不见、手也摸不着的客观事实，无视它们已成为举世公认的学科或带头学科，反过来却武断地说，基因是看不见、摸不着的，不算是科学。另一方面，他们还运用强力行政手段，倡导所谓的米丘林学说，到头来使得苏联的遗传学发展水平与西方先进国家相比，落后了一大截。中国也有这样的例子，李森科提出的"春化作用"的概念，实际是在播种之前，先将麦种浸湿和冷冻以加速其生长。这一办法对实际生产有一定价值，但将它当作一般生物遗传规律，则是毫无科学根据的。西方学者嘲笑这样的愚蠢行为，讥笑李森科"可以从棉花种子中培育出骆驼来"。

当许多西方国家在分子生物学、分子遗传学取得一个个重大突破性进展时，苏联直到1963年才宣布成立微生物遗传学实验室，而我们中国科学院微生物研究所遗传学实验室早在1960年5月就建立了。

1.2.4 基因的内涵物问题

摩尔根获得了1933年的诺贝尔奖，晚年他又投身到与果蝇遗传不相干的课题，热心于海鞘研究。他想弄清楚普通海鞘的精子为何极少或者从不使同一个体的卵子受精，但却能使所有其他海鞘的全部卵子受精。他的研究进展是缓慢的，也没有什么突出的成就，一直到他逝世也没有找到答案。不过我们还是应当承认，经典遗传学家仅仅是考虑整体上的机体或机体的种群，他们不是想方设法去解析动植物以了解它们的组成部分和这些成分的功能，他们只是满足于调查动植物的表观特征，并通过这些表观特征来探索它们的细胞内部的物质基础。

基因学说的兴起只用了几年时间，就使生命世界的面貌焕然一新。动植物的表观特征及其变异，归根结底是来源于细胞内的某种结构及其行为。但是人们立刻感受到动植物的性状与基因之间有一段脱节，一段空白，因为这段脱节和空白，人们尚不能将它们联系起来考虑。一位生物学家早在1880年就曾说过："基因是化学分子，且大部分孟德尔理论家们也都同意这一假设。[2]"但64年过去了，人们仍将它视为一个假说。遗传学凭借大堆的符号和公式，把机体面貌描绘得愈来愈抽象，这使人们误认为基因是某种没有物质基础的实体。这就提出一个问题，要求科学家必须在染色体内找到一种具体的内涵物，代替他们在研究中常用的这种抽象的基因概念。这个内涵物必须具备两种罕见的功能：第一种是能够准确地自我繁殖，第二种是由于自身的活性而能影响整个机体特性。要解释遗传机理，是离不开这两种功能的。

研究这种内涵物的性质、剖析基因的作用方式、填平生物性状和基因两者间的空白,这就是那个时期遗传学家梦寐以求的目标。但就当时的遗传学发展水平,这个学科研究所使用的材料、它的概念以及它所运用的测试手段,都达不到这样的分析水平。要掌握、驾驭遗传基因的结构细节,仅仅靠观察某些生物性状、研究材料,如豌豆植株花的颜色、果蝇翅膀的长短,追踪一代代性状选配和测算它们的组合频度,已经证明是远远不够的了。这就需要遗传学和其他学科的紧密配合。

我们且看化学家是怎么想的。

第2章
米歇尔的核素研究及其对化学遗传论的思考

人类了解细胞已经用了差不多200年时间。由于詹森父子（Janssen, H. & Janssen, Z.）于1595年在人类历史上第一个发明了显微镜，故胡克（Hooke, R.）、列文虎克（Leeuwenhoek, A.V.）以及其他一些人，看到了细胞和细胞核；1839年，施旺（Schwann, A.T.H.）提出了细胞学说。19世纪中期以后，人们在认识了细胞是生物的基本结构单元后，对细胞的形态、结构和功能的研究变得非常活跃，并且开始研究细胞的分裂机理。当时人们还不知道核酸是何物——存在于机体内的哪个部位，以什么样的形式存在，核酸生物化学更无从谈起。就在此时，一位瑞士化学家米歇尔无意中发现了核酸，从此出现了一个全新的学科领域，他只是在不知所以然，抑或是在不得已而为之的情况下，进入了这个核酸生物化学的研究领域。米歇尔就这样不知不觉地成为研究核酸生物化学的奠基者。

2.1 米歇尔其人其事

图2.1 米歇尔

米歇尔于1844年8月生于瑞士巴塞尔，其父是一位病理解剖学教授，并在一家医院当医生。米歇尔兄弟五个，他排行老大，从儿时起，就有了对弟弟们关爱、照料、扶持的心态。他遇事谨慎、循规蹈矩，出格的事不做，出格的话不说。这些性格或许正是他后来在科研生涯中出现历史性遗漏或疏忽的深层次原因，也使他与DNA分子擦肩而过。更遗憾的是，米歇尔自幼体弱多病，落下耳背的疾患，不过这些毛病并不影响他与周围人的交往，也不妨碍他在同时代的伙伴中拥有人缘好、待人热忱等美誉。

米歇尔早年对神学发生过兴趣，想当一名牧师，遭到拒绝后，决定从医，子承父业。他的大部分医学教育是在巴塞尔医学院接受的，他于1868年完成了博士论文。关于他的未来发展去向，老米歇尔还专门召集了一个小型家庭会议，其中参加会议的有他的大叔。他的大叔是那个时代的著名解剖学和组织学家，对米歇尔日后在核酸化学上的巨大建树还真的起过重大作用。在这次家庭会议上，大家都认为，米歇尔听力欠佳，不适宜当医生，因为医生要认真听取患者自诉症状，还要听诊患者体内可能发出的声音等。他们提出，米歇尔最好从事化学方面的研究，他的大叔更起劲地倡导：“归根结底，只有通过化学这一途径，人们才能解析组织发育这个大问题。”这也是他根据自身对组织学多年研究后得出的经验之谈。

米歇尔后来也认为，医学所涉猎的领域过于狭窄，他要冲出医学这个小圈子，到外面世界看一看，闯荡闯荡，开拓新的研究领域。不过，令他离开医学，重新选择就业方向的一个决定性因素是，他对自然科学的兴趣。到了这时，他才深切感受到"书到用时方恨少"，后悔当初大学阶段对作为"副课"的数理化及生理学的知识掌握得太少。然而，凭着天赋和过人的智慧及超强的毅力，从容地从事各种职业，他只要满怀热忱勇往直前，都将获得满意的结果。从个人性格来讲，米歇尔确实更像是当科学家的料，他不善与人交往，更少言谈，这可以使他腾出更多的时间来思考。做医生的种种不足恰好都会在科学研究领域里得到补偿，缺陷将成为优势，劣势将成为强势。

他最终听从了大叔的建议，到德国蒂宾根大学（University of Tubingen）攻读化学专业。该大学位于德国南部，紧邻瑞士巴塞尔，是德国第一所创建了自然科学学院的大学。米歇尔1868年进入当时极负盛名的有机化学大师豪勃—塞勒（Hoppe-Seyler, E.F.）实验室接受博士后资格培训。豪勃—塞勒的主要兴趣是血液化学，由于血液中的淋巴样细胞和脓细胞极其相似，且具有一定的医学研究意义，于是他便建议这位年轻人研究淋巴样细胞的组分。从此，米歇尔便潜心于淋巴样细胞组分的分离、精制等复杂而繁琐的重复操作程序，开始了他的不为人们注意的但意义十分深远的开创性工作，为日后人们开展核酸生化研究奠定了基础[12]。

2.2 米歇尔的核素研究

米歇尔进入豪勃—塞勒实验室时，恰好赶上研究细胞起源和功能的重要时刻。当时，自然发生说在生物学界还占据着统治地位，这一理论认为，活有机体是由一些非生命物质通过某种未知的过程转化而来的。到1869年前后，有足够的证据对此概念提出了挑战。法国科学家巴斯德通过设计巧妙的实验彻底推翻了这一概念，认为所谓由一些非生命物质演绎出来的自然发生事件，只不过是由空气中存在的活有机体引发的。英国

图2.2　巴斯德

著名外科医生李斯特（Lister, J.）也站出来支持巴斯德的学说，他认为："正如大多数医师认为的那样，手术时采用无菌技术，手术用器械经过严格灭菌处理，患者伤口就绝对不会发生自身感染现象。"种种研究都将人们的注意力直接指向细胞及其组分，即活性物质的组成以及新生细胞的来源。

在抗生素发现并研发出药物之前，医院病患者伤口发炎流脓是常见的事。医院每日要往外扔弃大量沾满脓血的绷带，米歇尔便日复一日地将附近医院墙外堆满的绷带取来作为研究材料，他从这些沾满新鲜脓血的绷带中，将脓细胞和脓血中的其他组分一一分离。然后再将它们与细胞核分开，以分析脓细胞中的细胞质并检测其中的组分。他的这些努力开始时并不成功，往往是在费了九牛二虎之力后仍是无果而终。

在进行复杂生物体系的分离工作时，人们面临的是一个极其复杂而又

脆弱的体系。第一，目的物质的含量极低，要从一个复杂生物体系中将它们分离出来，提高其精制度谈何容易，而且它们的生理作用或生物活性又极高；第二，这些物质对温度、光照、酸碱度、盐、有机溶剂等物理、化学因素十分敏感，并且极易受微生物污染威胁；第三，有些物质的结构不稳定或仅仅是寿命很短的"中间体"，"稍纵即逝"；第四，有相当多的生物活性差异很大的物质，其化学结构却相差甚少，如有的血液遗传病患者，其血红蛋白与正常人比较，其氨基酸组成仅差一两个，例如，正常的细胞血红蛋白与镰刀型细胞贫血症血红蛋白的差异仅在于一个氨基酸的改变，即谷氨酸变成缬氨酸。以上原因，均使得复杂生物体系的分离工作格外困难。

米歇尔所处的19世纪60年代，离心、电泳、离子交换、膜技术以及色谱等分离技术尚未问世。在米歇尔之前，生物化学家都是在整体性组织水平上进行研究的，米歇尔则是在细胞水平上，或者更深层次的诸如细胞核这样的组成细胞零部件的水平上工作的，而前人没有留下任何可操作的分离技术，所以他只能从最原始的分离方法做起。于是他便投身于搜集有关淋巴样细胞成分的资料数据中，尤其沉浸在追踪最简单的不依附于其他组分形式的动物细胞生活条件中。米歇尔选择脓细胞作为最简单的动物细胞实验研究材料，采用冲洗、沉淀、观察这些最原始的分离方法，拿各种溶剂一点点冲洗，再将洗出来的东西在显微镜下检查、分类，关键是想弄清楚在什么样的盐浓度下会析出怎样的蛋白质与脂类；其中一些实验采用硫酸钠溶液来处理，这加快了细胞分离的速度。

由于好奇，米歇尔想了解脓细胞里到底注入了些什么样的物质，他希望在脓细胞中找到"蛋白质"的物质。希腊语里把蛋白质称为"proteios"，这个词的原意是指"头等重要"。他曾写道："最先想确定从细胞质里能获得哪些物质……一旁又分别做另一项实验，想确定从细胞核内是否可能获得另一些物质，两者均不致造成细微改性。我把希望寄托于盐类的作用，分别试用过各种盐，浓度也提高了3～4倍，并用显微镜进行观测。这些工作都是非常非常耗费我宝贵时间的。"

当时，他的工作环境异常恶劣，只是在人来人往、四面透风的走廊中安了一个工作台，实验操作的困难可想而知。就在这样一种研究条件下，他终于捕捉到了常人不大注意的现象。他将细胞浸于各种含盐溶液中，细胞表现非常不一样，有的发生膨胀，有的出现溶解或萎缩。从显微镜观测中可以看到完整细胞以及细胞核显现出一种可检定的细胞组分，它们迅速分散开来。他写道："用弱碱性溶液处理脓细胞，经过中和获得了一些沉淀物，此沉淀不溶于水、乙酸、很稀的盐酸或氯化钠溶液，因而，它们不属于任何迄今已知的蛋白质类物质。"这就是核蛋白。

经过仔细比较、对照之后，米歇尔得到的这种蛋白质性质的物质和以前从皮肤中分离的肌球蛋白不同。那么，从脓细胞中获得的蛋白质类物质是从哪儿来的呢？是来自细胞核还是来自原生质？人们是不清楚的。他通过镜检观察到，弱碱性溶解液会引起细胞膨胀，最后导致细胞涨破。米歇尔认为此物质可能是存在于细胞核内的物质，一些组织学家同样持这种看法。要解开这个谜，最合理的办法就是把细胞核内的成分提取出来并将它们精制。于是，如何从细胞核中获取到核内物质便成为当时生物学界的一个重要课题。

当时大多数科学家都认为核内的物质不仅仅含在细胞核里，也会存在于其他细胞器内，而且是一种相对而言不怎么重要的细胞成分。米歇尔却认为，细胞核可能含有某种独一无二的化学成分。不过要将唯一存在于细胞核内的化学成分精制出来谈何容易？因为当时对这类物质的定义很不一致。有说它是无定形的，即使精制出来，纯度也得不到保证，那些"聪明的"化学家见了它都躲得远远的或绕开它走。那时正是米歇尔创新能力的顶峰期，他设计出来了分离、精制核内物质的方法，其巧妙、严密程度令人叹服。

他先是用酸解法和蛋白酶水解法，将原生质和核分开，再用加热酒精洗涤水解物除去脂肪类物质，排除它们在之后的分析中可能发生的干扰作用。他所用的蛋白酶是从动物的胃里提取出来的，因为脓细胞是人体组织被感染后生成的，所以要用动物来源的胃蛋白酶来消化其中的蛋白质。用胃蛋白酶处理脓细胞要持续好几个小时，然后将破碎的浅灰色沉淀与黄色溶液分开，最后才获得了富含磷的沉淀物。他发现，这些沉淀物有与众不同的特征，也不属于已知的任何有机物，更不像是已知的蛋白质，遂将它命名为"核素（nuclein）"，即现今被人们所说的核蛋白。他时年25岁。

米歇尔从进入豪勃—塞勒实验室到获得核素，仅用了一年时间。他的研究成果直到1871年才在《组织化学和生理学论文集》（*Die Histochemischen and Physiologischen Arbeiten*）发表[13]。文章推迟发表，爆发了战争固然是原因之一，但从他与豪勃—塞勒的往来书信中也能看出，是因为他的老师也想进行这一课题研究。学生做出了成绩岂能在老师之前发表呢？所幸米歇尔的几位同事也都意识到米歇尔工作的重要意义，纷纷介入这个课题的研究中，且有的人还取得了一些成就。这表明，从事核素后续研究的大有人在，不止豪勃—塞勒一人，这样，老师一手遮天的谋划才未得逞。这件事跟本书第1章述及的孟德尔的遭遇颇为相似，但也有不同之处：相似之处是老师压着学生的文章不发；不同之处是米歇尔的老师豪勃—塞勒自己要介入这一课题进行研究，而孟德尔的老师耐格里则是害怕学生的研究成果发表后，会否定了他自己的学说。

这里值得一提的是，米歇尔还恳请他的老师豪勃—塞勒将文章手稿的送交日期写明是1869年10月，以示他是"核素"的第一个发现者，以防文章尚未发表，或许有别的什么人也在这一期间发现了"核素"，谁先谁后说不清楚。可见，早在19世纪70年代科学家就与现今的科学家一样，已经有了极强的竞争意识，认识到时间是取得发明权的重要筹码，早一日晚一日发表，就可能是两重天地。

2.3 米歇尔的失误

米歇尔是一位不知疲劳的勤奋的化学家。接着他还证实，核素不仅存在于脓细胞内，在酵母菌、肾、肝、睾丸以及有核的红血细胞里都先后发现有核素的存在。它们都含有磷元素，只不过含量各有不同，故而他错误地认为："磷在这里的主要功能虽然还没有来得及被揭示出来，但核素不正是有些像细胞里的磷库吗？一旦细胞需要这些磷元素时，被破碎的核素即释放出内涵物磷元素。"米歇尔当初的这些概念显然和我们现今对DNA的认识毫无共同之处。

1872年，米歇尔受他大叔的影响，又研究起了卵黄，认为从鲑鱼中获得卵是一个不错的选择，况且有关卵的资料远比脓细胞多。所以，他又转而研究起了鲑鱼精子，由此，他和DNA研究渐行渐远；尽管从鲑鱼精子中获得核素固然也是一个极佳的选择。他调侃地说，从鲑鱼精子头部能获取到上吨的核素。不过他又发现，细胞核里除核素之外，还有一种新的物质，这种新物质引起了他的注意力，也使他转换了研究思路，他也给此物质起了一个新名称——鱼精蛋白。他将鱼精蛋白结晶，用硝酸加温，生成一种黄色溶液，而用碱加温则生成一种浅红色溶液——这种反应与任何其他化学物质不一样，故称它为黄嘌呤碱基。

实验进行到这个程度，米歇尔开始犯糊涂了，错误地认为："黄嘌呤碱基部分来自蛋白质，部分来自核素。"这说明早期的研究者限于技术和仪器装备水平等因素，还不能把核素和蛋白质完全分开，这也是核酸研究长期以来进展缓慢的重要原因之一，即主要是那时的化学还未发展到足够成熟[14]。化学家所进行的分析研究，经常局限于从一种天然产物中分离出一些物质，再把分离到的物质加以拆分，改变它们原先的排列，打破它们分子之间可能的连接，要让他们将有机物质水解后再把原来的成分重新组合起来，就力所不及了。

物质在机体内的循环转换，用无机化学的定律是解释不了的，要可靠、准确地置换某种有机物的原子或某个基团，使每一种元素都被安置在这些分子中的合适位置，生成一些特异性化学成分，除在实验室内进行必要的操作实验外，还需要另外一种活性的参与，即生命机体自身参与的活性，且机体内只有蛋白质和核酸这两种聚合物的分子有生物学意义。最近的"糖生物学"研究显示，糖也具有不可或缺的生物学意义。这些生物大分子兼具化学和生物学的两种特性。对一位化学家来说，蛋白质和核酸是最复杂的分子，但对生物学家来说，它们则是非常简单的体系，因为再进一步简化它们，就将失去生物学特性。有机化学恰好位于生命科学和化学的边缘，然而两者之间曾经筑起过一堵墙。他们现在必须要做的是，精确阐述适用于活有机体反应机理的化合物的性质和机能。可是，米歇尔整天思考的是，鲑鱼精子形成期间为了合成大量的核素所需的磷元素是从哪里获得的？

1872年，他甚至公然宣称，他想研究核素的生理学，即它们在机体内的分布、化学连接、出现、消失和转换。这也说明，他毕竟不是一位遗传学家，仅仅是一位单纯的化学家，他脑子里考虑的全都是关于纯化学的或者说是生理学的问题，没有冲破化学家的思维框框。且不说他绝不会思考核素是遗传信息的载体，就连核素在机体内的机能是什么，他想都没有想过。在活有机体和化学之间的一条不深不浅的小溪，他还没有跨越过去。因为他接受的是普通化学知识的教育，在他看来，化学家为什么要去过问应由生物学家思考的问题呢？

在他所处的那个时代，包括米歇尔本人在内，人们普遍认为，蛋白质是细胞内发现的最重要的物质，很少有人会相信核素具备遗传的化学基础。还有人认为核素虽不具备生物机能及DNA的重要价值，但却错误地被视为治疗疾病的良药，说核素能治愈结核病、扁桃腺炎、贫血、白喉等疑难病症。

2.4　后米歇尔时代——核酸的化学性质研究

在以后的半个世纪里，探索DNA的化学本质完全是化学家的事了。他们要证实核素确实是一种与蛋白质完全不同的物质，并且和生物有机体中已知的其他含磷丰富的卵磷脂完全不相干。米歇尔对这些问题却束手无策。

核酸的早期研究历史表明，生物化学与遗传学是两个不同的学科。生物化学家当初并不关心遗传问题，他们只是由于接受了某项任务，才会鉴定一个完整细胞内所有能见到的一切化学成分，他们也没有能力去破解这些化学组分的生物学功能，但他们必须和这些已知是遗传物质的化合物打交道。1872年，核酸首次被当作蛋白质的聚合物从白血球（现称白细胞）和精子细胞中离析出来。直到1889年，米歇尔的学生阿尔特曼（Altmann, R.）才成功获得了无蛋白质的核素，并首次将它命名为含磷的酸性化合物，亦即核酸。这说明化学家比生物学家更了解核酸与蛋白质的不同。

1900年以后，遗传学研究活动迅速增多，于是有必要为那种被认为具有独立遗传性状的物质制定一个术语，丹麦遗传学家约翰逊发现孟德尔的因子作用与德弗里斯所提出来的泛子（pangen）很相似，因而在1909年建议将泛子这个词简化为基因（gene），表示遗传性状的物质基础。不久，DNA和RNA也先后被证实，但当时认为DNA只存在于动物体内，RNA只存在于植物体内。他们的研究表明，核酸最理想的动物性来源之一是胸腺，将这种核酸水解，得到腺嘌呤、鸟嘌呤、胞嘧啶和胸腺嘧啶，一种戊糖（D-2-脱氧核糖）和磷酸。而从酵母菌中得到的核酸，经水解后，则生成腺嘌呤、鸟嘌呤、胞嘧啶和尿嘧啶，一种戊糖（D-核糖）和磷酸，它是以尿嘧啶代替了胸腺嘧啶，核糖代替了脱氧核糖。20世纪40年代初，随着细胞化学和细胞分步分离新技术的应用，证实DNA和RNA是动植物一切细胞的正常组分，DNA只存在于细胞核内，RNA在细胞质内也有[15]。

因为脱氧戊糖核酸一般是从小牛胸腺制备出来的，所以人们有时也称它们为胸腺核酸。由于不知道是否各种来源的脱氧戊糖核酸都是一样的，因而人们愿意在名字前加个来源的字头。同时人们还不能肯定从各种来源所获得的这类核酸的糖都是脱氧核糖，因而只能用"脱氧戊糖"这个词，因此便有了"胸腺脱氧核糖多核苷酸"或"肝脱氧戊糖多核苷酸"这样的名称。但这个名称太啰唆，后来人们又知道其中的戊糖都是脱氧核糖，而且所有器官中的这种化合物都是相同的，所以以后便简化为脱氧核糖核酸（DNA），而不再注明来自哪个器官。

同样情况也适用于戊糖核酸，当时正确的说法应当是"酵母核糖多核苷酸"或"脾戊糖多核苷酸"。因为只有酵母菌、肝脏和某些有限的几种其他来源的多核苷酸中的戊糖被证明是D-核糖，所以称为核糖核酸（RNA）。

任何来源的脱氧核糖核苷酸，即DNA分子，都含有4种不同的碱基，这就是腺嘌呤（A）、胸腺嘧啶（T）、鸟嘌呤（G）和胞嘧啶（C）。组成核糖核酸的碱基也是4种，其中腺嘌呤（A）、鸟嘌呤（G）和胞嘧啶（C）与脱氧核糖核苷酸相同，不同的是尿嘧啶（U）代替了胸腺嘧啶。

研究纯化后的DNA，理论上有两条路线可走：一是将DNA分子分解并研究其组分，另外一种则是研究DNA整个分子。20世纪20年代斯陶丁格（Staudinger, H.）创立聚合物化学理论之后，就是按第一种方式进行研究的。19世纪和20世纪交替时，由于有机化学中关于分子结构的概念还深受胶体化学的影响，后一条路线单靠有机化学概念是走不通的。

20世纪头30年，人们对DNA的化学组分了解得很少，而且将DNA分子作为一个整体，以了解其生物学功能的进展也不大。并且人们始终错误地认为，这4种碱基在核酸中等量存在，并成为DNA分子结构的四核苷酸学说的依据，将核酸看作是小的分子，分子量1500左右。而实际上，它们是大的分子，只不过科塞尔和列文采用了有机化学中十分剧烈的分析方法，将本来非常大的分子破碎成小的分子。他们采用各种不同方法得到的分子量小的分子，符合当时流行的胶体化学概念。DNA分子量后来被证实为500000，紫外线吸收峰为260nm，具有核酸特有的特征。直到1953年，人们这才确认这些组分是如何连接的。

2.5 米歇尔对化学遗传论的思考

要评价米歇尔的功绩不是一件容易的事，他先是在老师豪勃—塞勒指定的框框内不知疲倦地进行分离、精制操作实验，后来又跟着他大叔的脚印一步一步走过来。他研究过鸡卵蛋黄和鲑鱼的卵及精子，在研究鱼精蛋白时，误把黄嘌呤作为核酸碱基。随后他又接替他的大叔，成为解剖学教授，为设计教案、教学实验、编写教材操劳。他始终没有为自己设计一个创新课题，独当一面地完成某项任务，更没有提出过任何科学预测或新的学说。这是他自幼被调教成"乖孩子"的习性，加上他的耳背缺陷，使他凡事不愿标新立异。进入社会后，能做研究工作了，还是没有胆识越雷池一步，他的老师豪勃—塞勒叫他干什么，他就老老实实地干什么，而且做得比想象中的还要好。他大叔研究鲑鱼卵、精子，他也跟着研究鲑鱼卵、精子。他就是这么一个人，一辈子总是跟在别人后面转，他没有决心自主选择项目，这也是米歇尔本人的悲剧所在。

进入1893年，米歇尔终于明白过来。他曾经写道："遗传连续性不仅存在于形态，它存在于甚至比化学分子更深的层次里——构成原子的官能团内。从这个意义上说，我是一个化学遗传论的支持者。我还明白，化学成分的特异性，基于原子运动的性质和强度。"他的这番高论，确实比本书第4章将要叙述的德尔布吕克及其进入生物学研究领域的众多物理学家合作者所持的概念，整整提前了50年。米歇尔后来又想回过头来重新研究核素，遗憾的是，岁月不饶人，毕竟他力不从心，但他晚年还能有此种想法确实感人至深。米歇尔晚年生活过得很悲惨，两个儿子先后夭折，留下来的唯一的小儿子是一个神经病患者，他还要倒转过来，去侍候他。来自教学、科研、家庭、精神、行政事务等方面的压力，严重摧残了他本已瘦小的身躯，加上他本人患有结核病这个在当时来说的不治之症，米歇尔于1895年8月便去世了。

这位伟大的化学家带着与DNA擦肩而过的终生遗憾悄然离开了人世，仅活了51个年头，这不能不说是核酸化学研究史上的一大损失。他作为一位年轻有为的化学家，在当时那样一种艰苦、简陋的工作环境里，全凭自己的潜心研究、努力，设计了一些全新的分离、精制生物活性物质核素的方法、程序，已属不易了。这为后继者了解核酸的生物学功能及其物理学、化学构造打下了基础。他也因此被认为是细胞化学知识的创始人，是核酸化学的奠基者。

遗憾的是，由泰登（Taton，R.）编写的19世纪科学史《普通科学史》一书的书末人名索引中，达尔文的名字出现了31次，赫胥黎（Huxley，A.）的名字出现了14次，米歇尔的名字却一次也没有出现过，很是发人深思。[14]后人在米歇尔供职的大学校园内专门为他竖立了一个半身塑像，碑文中写道："生理学、化学教授——米歇尔。"瑞士生物化学学会专门设立了"F·米歇尔奖"，以纪念他在核酸化学研究中的巨大贡献。

不指出米歇尔在实验研究中的失误，也是不恰当的。他在研究鲑鱼精子头部的分解产物黄嘌呤碱基时，认为黄嘌呤碱基一部分来自蛋白质，另一部分来自核素。这显然是错误的，因为黄嘌呤只是核素中的核酸碱基的分解产物，而与蛋白质毫无瓜葛。他因为过早地离开了核素研究，所以他发现的核素也只不过是在长长的、每年都会有新产品添加进去的化学药品目录中，新增添的一个富含磷的酸性物质核素。至于核素是如何被确认是核酸的，那是他的后继者阿尔特曼于1889年完成的[16-17]。核素后来又是如何分为DNA和RNA，如何与遗传学挂上钩的，尤其是DNA又是如何与遗传学挂上钩的，在很大程度上还应归功于法国巴斯德开创的医学细菌学的兴起。因为正是这些从事医学微生物学实验研究的后来人，才把上述的化学和遗传学概念统一起来了。

且看微生物家是如何将化学和遗传学挂上钩的。

第3章
医学微生物学和细菌转化实验

随着社会生产力的发展、蒸汽机等的出现，英国开始了工业革命，众多近代产业迅速兴起，社会财富积累速度大大加快了。人们在吃饱穿暖之外，最关心的莫过于防治疾病发生，健康长寿。政府对医疗卫生防疫的财政投入也逐年增加，从而推动了医学的发展。

自从法国巴斯德等认定微生物是传染病的致病因子后，微生物就作为一门科学，从诞生之日起就被作为防病治病的对象来研究。曾经在很长的时间内，人们将细菌与许多重病和死亡联系在一起，谈"菌"色变。当时一批科学家中，巴斯德本人研究狂犬病的致病因子病毒，德国细菌学家科赫（Koch，R.）研究结核病的致病细菌，英国著名外科医生李斯特研究过与外科手术感染有关的微生物。至于微生物的有益作用研究，例如生产发酵食品、有机酸、酶制剂、抗生素等为人类社会节省和创造财富、提供劳务，或用于改造大自然的有效手段等，在那个时代则被放到次要位置上，更谈不上将微生物作为遗传学研究材料了。科学发展史好像是向我们人类社会开了一个大玩笑。待到细胞学兴起，人们尝试将生命世界一体化时，照理细菌也应当被包括到细胞学研究范畴内，实际情况却不是这样的，细菌仍然被排除在所选择的研究材料的范围之外。那时多数生物学家认为，它们的形体太细小，其特征结构不易识别。因此，人们主要出于医学目的才对微生物做些培养，观察它们的形态和做一些实验，并试着对它们进行分门别类的研究。直到20世纪20年代以后，微生物学的这种研究状况才发生了根本改观，这很大程度上还是出于医学目的[18]。

3.1 格里菲斯的事迹

在抗生素发明前，肺炎是造成人类死亡率最高的疾病之一，主要祸首就是带荚膜的肺炎双球菌（*Pneumococcus*），因此医学界对之倍加关注。医学界研究人员进行大量观察实验是出于医疗目的治病救人，然而某些人可能会走得更远些，超越了医学研究范畴，不经意间悄然接触到生命本质，并由此揭开了现代生物学研究的序幕。

图3.1　格里菲斯

肺炎双球菌有两类，一类是有毒力的，另一类是无毒力的。有毒力的肺炎双球菌会致病，对人畜健康和生命造成巨大威胁。当时，一位在英国卫生部所属的病理实验室供职的普通医官格里菲斯，最早发现有毒力的肺炎双球菌的致病特性与这种细菌的细胞壁外面有一层多糖荚膜有密切关系。这层多糖荚膜对细菌自身有保护功能，可以防止其侵入寄主体内后被寄主自身的正常抗性机制杀灭。正因为如此，此种肺炎双球菌才会使人畜患病死亡。由于这类细菌的菌落光亮而平滑，格里菲斯便称它们为S型（smooth一词的字首）肺炎双球菌。另一类是无毒力的，不会致病，其细胞壁外面不具备多糖荚膜，自身也没有合成多糖的能力，即便侵入人畜体内，人们也大可放心，人畜体内的抗性机制自会有办法将它们杀灭殆尽。由于其菌落的表面粗糙，格里菲斯便称它们为R型（rough一词的字首）肺炎双球菌。

　　进行侵染性实验时，按照他们的经验，把侵染性菌液连同诸如胃黏蛋白的一种黏液性质的物质作为一种有毒的佐剂，一起注射入实验动物体内，看其是否发病死亡，其实这也是细菌学家们常用的技术之一。格里菲斯由于偶然的机会，错把经热杀灭的肺炎双球菌S型菌液当成注射液的佐剂，一起注射入小鼠体内。出乎他的意料，小鼠不久因患败血症死去。经解剖分析，从死鼠心脏血液内分离到一些带荚膜的菌株，亦即S型肺炎双球菌。就是说，经热杀灭的肺炎双球菌的毒力似乎还存在，不过这个确实存在的现象直到1928年依然是一个说不清、道不明的谜。格里菲斯戏称此为不多见的一场游戏[19]。

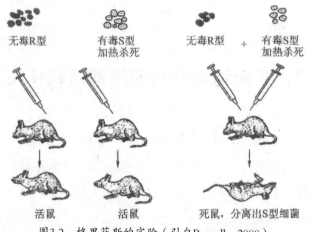

图3.2　格里菲斯的实验（引自Russell，2000）

　　后来经过一系列的实验，明确了即便不通过小鼠这个中间体，在试管内也能够重复出来，并且反过来，从S型也能转化成为R型细菌。这说明，从1931—1933年这一期间就已经明确，在S型菌系中的无细胞抽提液内，可能存在着"转化因子"，它赋予R型肺炎双球菌合成多糖类的遗传能力。

　　正像法国巴斯德当年说过的："在观察事物的时候，偶然性只会使有造诣的人得惠。"格里菲斯便因此成为第一个发现肺炎双球菌遗传转化现象的人。他毕竟只是一名医生，不是遗传学家，因而他没有确认这件事或这件事的意义。另外，他的有关遗传转化现象的观察只停留在肺炎双球菌从这一类型转化成为另一种类型，从未涉及肺炎双球菌种以外的遗传转化现象的观察。他还错误地认为："R型肺炎双球菌无论是从哪一种类型转化过来的，它的最终形式都是相同的。"在当时，英国也没有几个人相信格里菲斯的实验结果。1933年，图勃莱等编著的权威性的细菌学和免疫学教科书里，也只是以犹疑的口气对格里菲斯所说的遗传转化现象的观察轻描淡写地提了几句。格里菲斯并没有急于发表他的发现，他期待进一步验证，按照他的观点，"全能的上帝都是不慌不忙的，我为什么要那么急呢"？接下来将要叙述的艾弗利（Avery, O.T.）医生也是这个态度。

1942年二战中，格里菲斯还没有来得及发表自己的发现，就死于伦敦大轰炸中。

3.2 艾弗利和他的细菌遗传转化实验

格里菲斯关于遗传转化的研究越过大洋大海，转到了北美。实际上这好比运动场上的接力赛，接力棒只是从一个英国医生手里传到了另一个美国医生的手里，还是没有跳出医学微生物学这个圈，他们是不约而同地走到一块儿去的。这说明任何一个新领域产生的科学，开始发现时，多半都只是一个粗线条的，还需要完善、细化。不过，这已经不是先驱们的事了，自有"二传手"来接续，科学事业无一不是通过在专业分工中不断接续、积累而最终完善起来的。

接棒的是一位牧师的儿子艾弗利医生，在欧美，牧师的后代进入学术界的机会比较多。牧师这种职业在传教之余，往往有更多的时间做他们感兴趣的事情，这可能是一个原因。本书第1章提到的孟德尔也是这个情况，而且他本人就是一名牧师。率先提出量子论的德国普朗克（Planck, M.K.），从1920年直到去世，一直是教会执事。人称"细菌遗传学之父"的莱德伯格（Lederberg, J.）也是一位正儿八经的犹太牧师的儿子。

图3.3　艾弗利

话说回来，艾弗利一家人多年来备受疾病痛苦煎熬、困扰，小艾弗利本人亦自幼体弱多病，所以他自小就立志从医，救死扶伤，献身医学研究，从事使人类远离病魔的崇高事业。他幼时不仅体质很差，而且发育欠佳，脑袋安在瘦小的身躯上显得很大，所以有人给他起了一个外号，叫作"小宝宝"，还奚落他"是一个最不可能成才的人"。然而，谁能料到，就是这样一个"小人物"，经过10年潜心研究，终于在1944年完成了一项划时代的实验，证明了引起肺炎双球菌发生遗传转化的因子是作为遗传物质载体的DNA，而不是别的任何物质。

艾弗利生于加拿大，1904年在纽约哥伦比亚大学内外科医学院获得博士学位，当过医生。第一次世界大战时在陆军部服役，担任过医疗队长。复员后，先是研究乳酸菌，他认定这项研究具有商业开发价值；后又研究结核菌，因为结核病是当时的重要疾病之一，他的一位同事就是由于得了这种疾病而早逝的。他的大部分科研生涯都是在纽约洛克菲勒医学研究所度过的。他长期从事临床和医学细菌学研究，其中就包括棘手的肺炎双球菌和抗血清治疗肺炎等课题。他先后对肺炎双球菌的荚膜多糖进行过化学检测；人工合成过抗原并研究过它们的免疫学特性；他观察过肺炎双球菌的自溶过程，并将它们应用于血清治疗，确认患者在重度感染期的血清内存在的所谓C-反应性蛋白质；实验过人与动物皮肤对各类肺炎双球菌细胞组分的反应性；研究过分解肺炎双球菌Ⅲ型荚膜多糖的某种由细菌产生的酶的活性；他还研究过短杆菌肽和短杆菌酪肽两种抗生素。这些工作都取得过一些具有理论和实际意义的成果。然而艾弗利是个低调的人，极少发表文章，无意著书立说，也从未作过公开讲演。

3.3　DNA 的发现和艾弗利的审慎

20世纪30年代后期，防治肺炎双球菌引发的肺炎是采用磺胺药物，到40年代则用青霉素。在当时，一方面免疫化学刚刚起步，所以这类研究不怎么迫切；另一方面，格里菲斯的发现确实威胁到他所从事的免疫特异性这个学科的存在。因此，艾弗利铁下心来要把这个问题弄明白，集中精力于分离、纯化与肺炎双球菌菌落类型转化有关的物质。他和格里菲斯素未谋面，亦没有书信往来，艾弗利只是从格里菲斯发表过的文章中了解到其人其事。他对格里菲斯早先的有关肺炎双球菌的描述，以及将它们分类成为Ⅰ、Ⅱ、Ⅲ型极表赞同，并证明与自己的研究结果十分一致。可是，对格里菲斯认为肺炎双球菌自身能改变其免疫学特异性这一点，艾弗利认为这简直是不可能的事。在科学界，只有那些对某一领域，诸如免疫学的一成不变的教义有过多年的深入研究，并且具备了相当判断能力的人，才会产生这种属于科学家本能的怀疑态度，艾弗利就属于这种类型的人。

不仅如此，艾弗利也是一位十分谨慎又十分细心的人，他对格里菲斯的转化实验并没止步于简单怀疑、一说了事，而是耐心地检验实验的每一步。例如，格里菲斯本人实验中采用了60℃的高温，当时的许多对照实验虽然一再证明，在这一高温条件下足以杀灭S型肺炎双球菌。尽管他的实验证明可以彻底杀菌，但他仍然怀疑在这一温度条件下，在试验动物体内适宜的环境中，仍可能有少量有毒力的细胞或许会起死回生，继续充当动物体内致病因子的角色。艾弗利因而极其谨慎地一步步重复格里菲斯的实验，发现温度从60℃提高到80℃时，肺炎双球菌S型菌液即丧失其诱导转化能力，由此证明格里菲斯的结论是可信的。同时，他自己又将这项实验向更深层次推进，他推测使肺炎双球菌R型转化成为S型的遗传因子可能存在于被灭活的S型菌液里，这样便又向生命本质DNA分子的研究逼近了一步。艾弗利实验室的同事中，一些人认为，引起肺炎双球菌遗传转化的因子是完整细胞内的以荚膜抗原形式出现的一种蛋白质——多糖复合物。艾弗利则认为，引起转化的因子既不是蛋白质，也不是碳水化合物，而可能是核酸。但是，当时人们总是把核酸和RNA联系在一起。为了验证这一论断，唯一的途径就是要获得有转化活性的纯物质。

于是，艾弗利和同事们采用了一系列化学的和酶学的方法，结合运用数学中的"筛法"，将实验系统内一切可能涉及遗传转化的因子一一过筛，稳扎稳打，从肺炎双球菌S型无细胞提取液中依次提取出各类物质，包括蛋白质、脂类、多糖、DNA、RNA等，再逐一实验，看其在反应系统中是否还发生遗传转化现象。他们先后提取出了蛋白质、脂类、多糖、RNA，结果仍发生肺炎双球菌从R型转化成为S型的事件。他们最后发现，唯有把S型无细胞提取液中的DNA分离出来后，这种提取液才不会再发生肺炎双球菌从R型转化成为S型。

然而，艾弗利并不就此止步，他继续通过化学的和血清学的方法，验证了提纯的转化因子内不含有任何蛋白质。由于当时主流的观点认为，基因是由蛋白质分子组成的，他们的实验结果却与这种主流观点相悖。于是他们又分别采用蛋白酶和DNA降解酶处理提取物，都证明转化因子不是蛋白质，而是DNA。艾弗利在论文中写道："这里所提供的证据支持如下概念，即脱氧核糖型的核酸是肺炎双球菌III型变型要素的基本单位。"他当时受到"四核苷酸理论"的深刻影响，还不敢进一步向该理论挑战，所以他接着又说："引起细菌遗传变异的可能不是核酸，而是一些附着于核酸分子上的其他微量物质。"这样，虽说对遗传物质分子本质的揭示从实验上已经指日可待，近在咫尺，但其生物学活性却仍待确定[20]。

细心和谨慎是一脉相承的，艾弗利医生还是一位用词十分审慎的人。

由于遗传学的经典概念一直到1948年前还没有在细菌学研究中得到证实,因此他总是小心谨慎地将"转化"实验称为"可传递的特性""细菌从S型解离成为R型""从R型转变成具有荚膜的形态,即S型"。他在引用格里菲斯观察到的遗传转化现象时,总是继续使用诸如"类型的转化""类型内部的转变性能"等词语。不过,随着遗传转化现象进一步得到验证,他使用的词也一步步升级,先是用"转化因子",然后用"转化物质",最后用了DNA这个词。说明只是在问题十分明朗化后,他这才最终确定了引起肺炎双球菌遗传转化的不是别的任何物质,而是DNA[21]。

艾弗利还发现,即便在反应系统内将DNA稀释10亿倍,仍会发生肺炎双球菌从R型转化成为S型,并且这些转化因子能一代代地将S型的性状传递给子代;不仅如此,他还将这一实验结果推广到其他细菌种属中。

艾弗利的研究成果,当时学术界中倒也不是所有人都视而不见。毕竟有一些人,属于有眼光的人,他们会从已有成果中寻找问题的,只不过他们当时一心只想知道基因到底是什么样的性质,或者还想知道DNA到底是什么样的结构和功能。事实是,艾弗利的研究成果与他们想要知道的可能也不尽相符。他们大都将这样的研究实验报告搁在一边,或者期待有进一步的研究报告,这也是一种正常的现象。这个事例并不说明艾弗利的研究成果全然被冷落了,无人问津了,实际情况的确也不是这样的。

艾弗利本人过于谨慎了,谨慎得有点过头,科学家的本色起了作用。例如,1943年他在写给弟弟的一封家信中曾写道:"DNA显然很像是一种病毒,但也有可能这就是基因"[22]。但他一年后,在《实验医学杂志》(*Journal of the Experimental Medicine*)上发表的《关于引起肺炎双球菌类型转化物质的化学性质研究》那篇举世闻名的文章中根本没有提及这一观点,文中甚至连遗传学的见解都没有提及[23]。为什么呢?也许艾弗利本人还缺乏胆识,研究者的性格决定了他如此。据他的一位友人说,艾弗利其人极其谦逊，他不敢提出未经实验证实的理论。

谁知，这一近乎神经质般的谨慎竟使得诺贝尔奖评议会得出了另一种结论，这个评议会本已经认可了艾弗利20世纪30年代在免疫学研究方面的杰出贡献，考虑提名他为候选人。自从1944年艾弗利的那篇著名文章发表后，诺贝尔奖评议会立刻改变了主意，一方面承认他的这篇文章再一次对生物学研究做出了杰出贡献，另一方面认为他的这篇文章是无效的。因为这篇文章给人一种捉摸不透的印象，使人揣测与遗传转化事件有关的，除DNA外，可能还有其他什么物质。另外，艾弗利也没有从DNA在某一种细菌内所起的作用，联想到DNA在其他活有机体内能起到的作用方面。换言之，艾弗利在文章中就是少说了这么一句话，他的实验和发现真正敲开了理论生物学新纪元的大门。因为诺贝尔奖评议会不习惯于这类隐晦、含蓄和近于神经质般的谨慎，所以决定，可以延后发奖，或等待进一步的实验确认，但不是不发奖。不久，艾弗利去世，与诺贝尔奖失之交臂，评议会无力修正他们的过错，这便成了诺贝尔奖有史以来的一大憾事。

这种过了头的谦逊，反而招致了另类的误解，使得这一史诗般的科学研究贡献与理应获得的诺贝尔奖失之交臂，这对后来人不无教益。后来人评论说，"艾弗利所做的真正是一项了不起的贡献，但同时也是一项过早成熟的学说[24]"。

3.4 诺贝尔奖的"双重标准"和永久性"遗憾"

由此联想到弗莱明（Fleming, A.），他和艾弗利两人命运真是大不一样。事情还要从1922年说起，小弗莱明曾经偶染感冒，他从自己鼻腔分泌液中发现了一种能杀灭细菌的溶菌酶，并且查明这种酶在动物体的许多组织中都有，这种酶便成为第一个被解析清楚功能与结构两者关系的酶种[25]。不过这种酶对付引起疫病的病原菌，其酶活性有限。直到1928年，他才发现一些用来培养葡萄球菌的培养皿有些被霉菌污染了,更奇妙的是,在霉菌菌落四周竟然找不出葡萄球菌菌落,这说明这种霉菌能分泌某种杀灭葡萄球菌或阻止其生长的物质。小弗莱明很有眼力,这是一个杰出科学家有别于常人的关键所在,他成了青霉素的发现者。

由于青霉素使用不当产生了对青霉素有抗性的细菌,它们中的顽固者自有一套看家本领,它们全都装备着一种精良武器——青霉素酶。这种酶专门在前面侦察、探路,寻找青霉素分子。一旦遇到青霉素分子,酶分子立刻就会跟它扭打成一团,使青霉素分子变得面目全非,成为青霉噻唑酸,从而失去杀菌的作用。这时担负连接氨基酸的酶就可以顺利完成组合细胞壁的任务,细菌因此能生长繁殖。

耐药菌给医疗事业带来了莫大的挑战,而且这样的耐药菌愈来愈多。现在还知道,不同的耐药菌水解青霉素的能力也是不同的,而且耐药菌编码青霉素酶的基因还能通过质粒运载体传递到其他非耐药菌中,使得非耐药菌也变成耐药菌,其中有些菌还能改变细胞壁的渗透性而产生耐药性。所以,如何对付耐药菌成为重要课题,尤其是到了后抗生素时代,出现了耐药性超级细菌,哪怕是常规手术,其感染风险也会大大增加。

英国高盛公司前首席经济学家吉姆·奥尼尔在报告中说:"欧美每年死于耐药性超级细菌(仅大肠杆菌一项)的就达5万人,到2050年,若无某种措施,每年将有1000万人丧命。从全球视角出发,一个保守的估计,将造成100万亿美元的损失。"具体地说,如何对付青霉素酶的水解作用就成为全世界许多实验室的重要研究课题,科学家们具体想出了哪些办法也就不是本书所要述说的范畴了。

但是青霉素怎么使用,小弗莱明当年并不清楚,也没有获得纯的青霉素,更不知道应该如何把它制成治病良药。他的发现被搁置了10年,直到1938年,德国化学家钱恩(Chain,E.B.)和英国病理学家弗洛里(Florey,H.W.)重新开始研究时,才从封尘10年的文献堆里发现这篇文献的巨大医疗价值,成功研制出青霉素制剂,并于1945年与弗莱明共同获得了诺贝尔奖。

美国军方出于战争需要，才将青霉素应用列入重点开发项目，并动员数百名生化学家运用分部色谱法，解决了青霉素的纯化问题，而后青霉素才进入临床应用。青霉素虽说是英国人发明的，但真正投入工业法生产的是美国人；青霉素是在英国开花，在美国结果。当时所谓的工业法生产，还是采用最原始的表面培养法，美国一家工厂使用了57万个瓶子轮回操作，工作量之浩繁可想而知。用现代生物工程生产，采用电脑控制的深层发酵，容积达到成百上千吨规模，青霉素效价也提高了上万倍。

艾弗利及其合作者的贡献与弗莱明在青霉素发现中的贡献相比，要大得多，而且前者系统地完成了实验工作，但艾弗利却没有拿到诺贝尔奖。我们固然要为艾弗利过早去世惋惜，但也不得不质疑，诺贝尔奖是否存在某种程度的"双重标准"。

3.5　生长点是在举步维艰中萌发的

艾弗利根据实验提出的观点，在很长一段时间内得不到人们的普遍认同，与历史上大多数新观点提出者一样，他遭受到科学界的冷落，受到许多人的非议。一些人试图将艾弗利的发现纳入经典遗传学范畴，例如同时代研究DNA结构的权威莱文（Levene, P.A.）就认为，艾弗利分离出的DNA中有可能含有1%或者2%的蛋白质，污染了DNA。进而武断地认为，引起肺炎双球菌遗传转化的就是这一小部分蛋白质。于是有人认为蛋白质具有某种复杂的信息结构，足以作为基因的支持物，而核酸分子则太简单了，只不过是由一堆核苷酸分子胡乱拼搭起来的，它不可能含有可遗传传递过来的信息。与莱文一起唱反调的还有米尔斯基（Mirsky, A.E.），他也认为反应系统被蛋白质污染了[26]；斯达塞（Stancy, M.）则一口咬定是受多糖污染了[27]，认为蛋白质是遗传物质的观点一直延续到1950年[28]。

当时不少人认同蛋白质是遗传物质的观点，一个原因是当时DNA是非信息性"四聚核苷酸"的意见仍广为人们接受；另一个原因是，不少人认为此转化实验是用细菌作研究材料完成的，因为当时人们心目中的细菌并不是被普遍接受的遗传学实验的正常而标准的研究材料，今天看来，这一观点十分荒唐。他们甚至轻蔑地说："艾弗利只不过是一名普通医生，他最该关注的应是如何照顾好他的病人；他不是遗传学家，也不熟悉抽象的遗传学理论。"的确，艾弗利等三人和先前的格里菲斯一样，全是一介医生，不是生物化学家。而就当时的学术界状况，医学研究十分混乱，实验系统复杂到人们信不过他们的研究结果，当然转化实验也不例外。因此，他们所在的研究机构里的生化学家率先对这几位"医学博士"的研究结果提出质疑就毫不奇怪了。当时，许多"纯"科学部门对"应用"科学部门也持有这样的态度，医学家其实直到20世纪30年代才开始真正对"纯"科学感兴趣。正是由于艾弗利等的研究，才把微生物学从原来以应用为目的、从防治传染病的基本要求开始转换到目前专注于分子生物学上的，他们还提出了一个颇具挑战性的命题——基因特异性取决于何种化合物？[29]。

当然，科学家总是在不断刷新科学知识，他们将那些未被承认的及未被利用的资料、数据、成果和模型一股脑儿全扔进了贮藏室。刊载艾弗利研究论文的《实验医学杂志》长期以来所发表的文章在诸多学科领域并没有产生多少影响，或虽有影响但极小。因此，学术界和一些媒体、教科书、丛书、文摘、索引类很容易将此类杂志连同此类杂志刊载的论文一并冷落了或遗漏了，也是有的[22, 30]。

3.6 艾弗利的影响力和查伽夫的巨大功绩

3.6.1 遗传转化实验的影响力

艾弗利的论文本来只是出于医学目的供研究肺炎双球菌的医学家看

的,而不是提供给遗传学家选择研究材料阅读的[23]。岂知无心插柳柳成荫,他的研究竟从此敲开了理论生物学的大门,开创了分子生物学的新时代。这门新学科不再沿袭过去经院式的自然选择进化过程、外形直观描述、分门别类,做些蛙类和胡萝卜切片实验,一旁再反复背拉丁文学名表的生物学。艾弗利的论文发表预示着传统生物学的这种慢条斯理、一成不变的局面将要改变,预示着生物学这块园地内将发生重大转折,也许是一次生物学革命。

过去认为用选择自发突变的方法进行育种,其产生新组合性状的速度比自然界中缓慢的进化过程快1万倍;如今运用艾弗利的实验中酝酿的遗传操纵技术,亦即"基因工程"技术按人的愿望、社会需要、用人工方法重新安排、设计新的生命程序,实现定向育种,比自然界中缓慢的进化过程则要快1亿~10亿倍。"基因工程"是最节约能源的,也是最有效的调节机制,具有无可争议的优势,所带来的巨额经济效益可望与物理学、化学当年创建的诸如交通运输业、电子工业、原子能、有机合成、塑料工业等产业部门的效益看齐。新兴的生物技术产业已经成为能和物理学、化学当年创建的产业平起平坐,具有生物学特色的、事关国民经济的重要支柱产业[31]。正如当年恩格斯所说,"社会一旦有技术方面的需要,则这种需要比10所大学更能将科学向前推进"[32]。

所以不能埋怨巴斯德从一开始就将微生物学引向医学领域的研究,使有益微生物的研究和应用被延误了50年之久。辩证地说,正是由于医学微生物学的兴起和奇迹般发展,这才促进了DNA的研究和发现,进而诞生了基因工程技术,也促进了与DNA整个研究过程不可或缺的运载工具——噬菌体及质粒的发现和应用。科学史中这种曲径通幽、别有洞天、柳暗花明又一村的例子屡见不鲜。

艾弗利的实验结果,理论意义也十分明显,因为它开启了探讨遗传物质内部结构的窗口。此后愈来愈多的人承认个体生长和繁衍所必需的遗传信息,是编码在DNA长长的纤维细丝上的。绝大多数细胞里存在的这种成分,是细菌、病毒、动植物乃至人类的遗传记忆,把确定DNA功能的各个时段都连接起来了。生物在一代代繁殖过程中保持其整体上的稳定性，其信息以一种特殊的形式一代代地传递下去。打个比喻，1g重的DNA相当于250万张光盘存储的信息量，可以储存几乎无穷无尽的数据和资料，可以说有多少史料都能留存。人们称此为"DNA卫星导航，助你寻根问祖"。

艾弗利的重大发现是通往DNA双螺旋结构道路上的最重要的发现，是一系列成就的顶峰。这些成就包括确定酶的作用、抗原性以及转化化学基础。在这一时期内，人们从它的某种解释中可能预期获得遗传机理的阐明，乃至向生物工程学进行演变。从此，微生物学超脱了原来以防治传染病为基本目的的窠臼，转而专注于分子生物学。这就是根植于医学微生物学研究，以细菌作为研究材料，开创了分子生物学时代所带来的具有巨大理论和实践意义的结果[33]。

如果说孟德尔用他的著名的分离定律和自由组合定律这把沉甸甸的钥匙将遗传学的大门上的锁打开了，那么大门却未被推开，门内的奥秘尚不为人们所知。那么现在轮到艾弗利运用他的遗传转化实验证实，起遗传信息传递作用的是DNA这把更沉甸甸的钥匙，撬开了这门科学的大门。意大利细菌学家，即本书下一章将叙述的噬菌体研究组的"第二号"人物卢利亚（Luria，S.E.）亦曾评价道："艾弗利关于细菌遗传转化需要少量DNA遗传物质的论述尚未发表前，我就已经体会到这一出色工作的意义了。"噬菌体研究组的主要创始者、德国理论物理学家德尔布吕克（Delbrück，M.）曾专门访问过艾弗利的实验室。卢利亚的学生沃森（Watson，J.）自己也承认："艾弗利的实验使我们嗅到了DNA是基础遗传物质的气息。"

今天看来，艾弗利的细菌转化实验称得上从0—1的科学创新，其意义要比1953年沃森和克里克（Crick，F.）的DNA分子模型更为重要。由于艾弗利的发现，才使得微生物学从原来单纯以防治传染病为宗旨，开始转向为分子生物学的发展服务。

3.6.2　查伽夫的1∶1定则推翻了莱文的四核苷酸假说

图3.4　查伽夫

查伽夫（Chargaff, E.）生于奥地利布科维纳（现属乌克兰），早年就读于维也纳工业大学，专攻化学。博士毕业后，他先后在耶鲁大学、柏林大学、巴斯德研究所工作过。1935年移居美国，除专业知识外，他还具有语言学方面的天赋，他对英语的熟谙程度优于他的美国同事。在后艾弗利时代，查伽夫对核酸生物化学的研究，尤其是对有关核苷酸比例关系的研究，功不可没。

他从许多不起眼的医学文献堆里，捕捉到艾弗利1944年发表在《实验医学杂志》上的那篇《关于引起肺炎双球菌类型转化物质的化学性质研究》文章。查伽夫像众多生物化学家及组织化学家一样，从那篇论文里清楚地认识到研究核酸生物化学的重要意义，因此他放下手头的一切工作，立即把自己的研究转向了核酸生物化学领域。在那时，查伽夫等还没有试图证明DNA就是基因，而只是想确认DNA能传递遗传特性。这就需要找到这种功能的化学基础，当时已经有人就此提出过四核苷酸假说，因此他们的工作兴趣在于采用新的方法，重新探讨核酸的生物化学性质及生物学特性。查伽夫等利用滤纸色谱法分析了DNA的核苷酸成分，所得数据特别精确。在任何类型的生物中，腺嘌呤A和胸嘧啶T的比值及鸟嘌呤G和胞嘧啶C的比值总是接近于1，A+T对G+C的比值，则因生物种类不同而异。这些结果导致他们后来推翻了莱文提出的，其时算是居权威地位的"四核苷酸学说"。当时研究探讨核酸的生物化学性质及生物学特性最积极的是细胞化学家，而并不是那些属于噬菌体研究组的结构化学家、生物物理学家或遗传学家。

莱文的模式是根据四个碱基的等分子比例建立起来的，他认为，DNA结构是一个以糖—磷酸为骨架，并带有四个为一组的嘌呤和嘧啶交替着。这样的结构所能具备的特异性是不够的，特别是与染色体相联系的蛋白质比起来，情况更是如此。查伽夫认为，四种核苷酸的比例关系是依DNA取材的生物种的来源而异的；它们沿着多核苷酸链特异地排列，构成DNA分子所包含的千变万化的遗传信息，成为分子遗传学的核心内涵。他首先注意到DNA成分的规律性，由于DNA来源不同，其碱基的化学成分也有差异。他解析了嘌呤的总和等于嘧啶的总和，含氨基的碱基（腺嘌呤和胞嘧啶）的总和等于含酮基（氧基）的碱基（鸟嘌呤和胸腺嘧啶）的总和，腺嘌呤和胸腺嘧啶的克分子量相同而鸟嘌呤和胞嘧啶的克分子量也相同。他的许多具有重大意义的研究开始深入到核酸结构里去了，A和T以及G和C的这种克分子量相等，此即称为查伽夫定则，亦即碱基1∶1。他的这一定则为日后沃森和克里克的DNA双螺旋立体结构模型的建立提供了关键性启示。

查伽夫发表在1950年《实验》（*Experientia*）杂志上的文章[34]，题目是《核酸的化学特异性》。这篇文章结论部分确认："生物学的各个学科在'分子'这个层次上与化学联系在一起，达到了'前所未有'的一体化效果。分子科学将各个生物学知识领域与少数不容许有半点含糊的定义结合成一体，而且只有蛋白质和核酸这两种聚合物的分子有生物学意义，它们兼具化学和生物学的两种特性。蛋白质和核酸对一位化学家来说是最复杂的分子，对生物学家来说则是非常简单的体系，因为再进一步简化它们，就要失去生物学特性。换言之，因为分子生物学已经是一个明确的实体，所以，亚分子、原子或量子生物学等就都是毫无意义的术语了。"

自然界存在着数目十分巨大的核酸种类，它们在结构上都不一样，这一数字大大高于目前我们采用的分析手段所能揭示的。查伽夫曾估计过，一股由100个核苷酸组成的DNA链，可能有10^{56}种序列；由2500个核苷酸组成的链，其序列就可能有10^{1500}种，真是巨大的天文数字！查伽夫在1950年举行的一次"细胞化学"学术会议上，引用了薛定谔（Schrödinger, E.）的有关遗传密码的著作。他还用实例支持这一学说，指出DNA与遗传密码的文本相关联。他特意提请听众注意，应将艾弗利的著名实验推广应用到大肠杆菌和流感嗜血杆菌实验中。会上他还介绍了自己的研究实验，其中包括把DNA分成AT型和GC型。这些事实足以证明，艾弗利的著名实验对查伽夫本人所获得的成就有着直接的影响，对当时的核酸化学研究也起到一种最具影响力的推动作用。

但从20世纪50年代起，他开始大谈分子生物学的未来发展趋势，并认为："人类的知识会受到自然界复杂程度的限制，人类为之付出的努力也是不合理的。那种认为自然界只是一部机器的想法本身也是相当危险的，最终将引导分子生物学走向混乱、失败。"他的这种充满悲情的心态与他所取得的科研成就相比，颇令后人费解。

沃森和克里克1962年荣获诺贝尔生理学或医学奖，他对此大为不满，牢骚满腹。一方面，他为弗兰克林未能获此大奖鸣不平，另一方面，他认为他和弗兰克林都应当获此大奖，因此愤而离开了他当时所在的实验室。查伽夫的许多研究确实具有重大意义，他的研究实际上在开始扣敲核酸分子结构的大门，甚至深入核酸结构里去了，最终于1974年获得美国国家科学奖。

查伽夫说过："一两重的证据，重于一斤重的预测。"他确实强调过，他本人的研究实验是具有重大意义的；认为"核酸中的不同碱基比例及序列可能是形成基因特异性的原因"。可是，查伽夫毕竟没能在结构上来解释他所开创的核苷酸比率关系[35]。

3.6.3 化学遗传论也一样举步维艰

早在1880年就曾有某位生物学家预言过，基因是化学分子，但在1944年前还只是一个假说。到了1950年，DNA的化学和生物学特异性研究悄然出现，但很多人仍对这些研究进展一无所知。那时说什么的都有，有对这些研究进展表示怀疑的，认为艾弗利那篇1944年发表在《实验医学杂志》上的文献是天方夜谭；更有模棱两可的说法，认为基因是蛋白质也是DNA。人们真正接受这些新进展还需要几年时光。一直到沃森和克里克的DNA双螺旋立体结构模型问世，才缩短被接受的过程。连沃森和克里克他们两位自己也承认开始压根儿就没有阅读过核酸化学方面的文献，直到1952年，他们有关DNA和蛋白质的大部分化学知识，其实也都来源于噬菌体研究组。奇妙的是，一方面这个研究组成员那时已经不再纠缠于染色质，认识到在转化实验时进入寄主细胞内的是核酸，但还是怀疑可能也有蛋白质渗入进去了。另一方面，他们又瞧不起化学家，这可真是不可思议。沃森并不是从噬菌体研究组得知碱基比率信息的，而是1952年在英国剑桥大学，由克里克设法与查伽夫交谈时套出来的。

3.6.4　DNA发现人为什么会是艾弗利

艾弗利一生勤奋，全身心埋头于他的事业，但在文献中找不出几篇他发表的文章。他的那种近乎神经质般的谨慎和执着固不可取，但其自始至终严格的科学态度、严谨的学术风格仍是值得称道的。在探寻、发现DNA分子这类前人从未走过的漫漫征途中，一道道爬升的阶梯上可能正需要有艾弗利式的执着、严谨的风格。他是单身汉，实验室就是他的第二个家，即便是星期日，他也是从早上7点一直干到深夜。他常常将在研究、探索过程中遇到过的无数挫折看成他每日必需的面包，并自称他就是靠这样的"面包"获取营养，从而能够在研究、探索的道路上不断取得成果的。

研究和发现DNA分子这样难度巨大的科研项目，好比在一望无垠的荒野上寻找金矿。一些人东挖一个坑，西挖一个洞，有时倒也能不费多大力气，在埋藏不深的地质构造层中捡到一些零星金块，也能小有成就，于是便忘乎所以，颇为得意；再忙着撰写、发表文章，申请这个奖项、那个专利的，这样的人是颇多的。艾弗利则是另一种人，他不紧不慢、脚踏实地、一步一个脚印,步步为营,用他自己的话说"全能的上帝都是不慌不忙的,我为什么要那么急呢?"他凭着思考问题的睿智和严谨的工作作风,耐着性子通过化学、酶学的方法,仔细而又谨慎地"定好矿位",每日深挖不已,这样整整挖了10年,终于在1944年抱出了一个特别巨大的"金矿娃娃",掀开了现代生物学研究序幕,敲开了理论生物学的大门。

科学史上凡有作为的科学家,其成就无不是得力于严谨、审慎的科学研究态度,它标志着人类文明崇高的科学精神,表达的是一种敢于坚持科学思想的勇气和不断探求真理的意识。具体表现为求实精神、实证精神、探索精神、理性精神、创新精神、怀疑精神、独立精神和原理精神。我们所处的任何时代,这一类精神都会构成社会发展的动力学要素,人类社会不仅要不断激活这一类精神,更需要持续"挖掘"这一类精神。

牛顿发现万有引力定律,从提出问题到解决问题整整经过了20年,直到全部计算都能做到无懈可击才公之于世。达尔文经过5年的环球考察,基本形成生物进化学说思想,但他谢绝朋友们的催促,在经过10多年的反复斟酌、充实之后,才公布研究成果。1961年诺贝尔奖得主卡尔文(Calvin, M.)潜心研究了15年,只不过弄清楚了一件事——植物是如何吸收太阳能而使二氧化碳和水变为碳水化合物的。用中国的一句谚语"十年磨一剑"来说,卡尔文用他宝贵的15年,才磨得这把"利剑"。科学家首先考虑的是科学的真实性,其他如名利、荣誉等都是次要的。

艾弗利取得如此辉煌的成绩,除他自身固有的因素是第一要素外,不能排除当时艾弗利占有天时、地利、人和等得天独厚的优势。二战期间,当全世界许多大学、研究机构、研究中心遭受到空前的浩劫、破坏、经费拮据、人员流失等冲击时,艾弗利所在的洛克菲勒医学研究所(纽约)却能像和平时期一样运转,拥有全球最先进的仪器装置和充足的研究经费。美国工业生产从1894年以来一直居世界首位,1853—1979年的科研经费累计约6200亿美元。这些都为他提供了理想的研究环境,为他获得如此出色的成果提供了物质保证,这些正是世界其他研究实体所缺少的。所以说,艾弗利称得上是当时科学界为数不多的幸运者。

艾弗利晚年（1954年）进一步认识到"运用已知的一种化学物质，有可能使细胞发生事先设定好的、属于可遗传的变异"。这与下一章将要叙述的苏联遗传学家里索夫斯基（Timoféeff-Rossovsky，N.W.）第一个提出"基因工程"的概念[36]如出一辙，使生物产生定向突变，这恰恰是遗传学家长期以来所期盼的事。他的大部分发现都被纳入理论生物学和医学知识宝库中，因为在那个时期人们采用X射线和紫外线诱导的突变都是不可预见的、随机的、偶然的。他所认为的"对肺炎双球菌侵染的抗性是来自被侵染的人或动物血清对肺炎双球菌酶的抑制作用"，一直没有得到肯定；他从代谢角度研究免疫性的问题也是不成功的。这些工作一方面属于开创性研究；另一方面，他从心理上想建立生物学现象的蓝图，这就影响到他对科学现象的真实窥见。

我们在叙述当年发生在西欧和北美一些科学家身边的事件时，不可小看了科学认知上的偶然性，例如艾弗利的一些合作者不辞而别、战争、科学家服兵役等情节。还有，艾弗利本身特有的性格，以及在科学研究中表现出来的韧性与不屈不挠。他学养深厚，人格高尚，在平易中出成果；他待人处世十分厚道、宽容，也十分尊重同事对科研课题的选择，理解各自职业性格上的偏执，他总是顺其自然，认为人人享有充分自由选择的权利。肺炎双球菌"遗传转化因子"的提纯和检测计划中途夭折的事件也曾多次发生，再加上当时已经发现了能够抵御肺炎双球菌引发多种疾病的磺胺药物，使得他的研究计划几乎落空，或改变既定的研究方向[37]。但是，只有他和他的少数几位合作者能把这一划时代的科学实验坚持下来，取得令学术界震撼的成就。

艾弗利淡泊名利，从不公开作演讲、作报告，是一个不善张扬的人。他生活也极其低调，终生没有婚配，无儿无女，晚年在他老弟家中走完默默无闻但却十分光彩的一生。他在学术上的不朽贡献世人是不会忘记的，几乎任何一本涉及分子遗传学、分子生物学、微生物学乃至新兴的生物工程学等学术著作无不对他的史诗般贡献大加记述和赞赏，这是今人对前贤的一份尊重，也是对后人的一份激励。后之视今，亦犹今之视昔。

艾弗利发现了遗传转化与细菌细胞内存在的DNA有关联，在接下来近一个世纪中人们也认识到DNA存在于细胞核内，并弄清楚了它的全部组成。可是，人们还是不知道DNA究竟起什么样的作用，也不知道它的分子结构到底是什么样子。专业的人也回答不出来基因到底是什么、基因的性质是什么，以及DNA作为遗传转化因子的具体证据是什么。人们期盼能够拿出看得见、摸得着的具体实物或证据。但是，这就不是单单依靠当时具备的遗传学、化学和医学微生物学概念、方法和技术能做到的了。

DNA分子研究的历史长河又将物理学家卷入进来了。

第4章
德尔布吕克和噬菌体研究组

艾弗利虽然发现了遗传转化与细菌细胞内存在的DNA有关联，但是拿不出具体实物。学术界期待某一个早晨会传来新闻，回答上面的疑问，比如某人成功做出了一项决定性实验，提供一个人们久久期盼的、能够看得见、摸得着的具体实物或证据。

4.1　玻尔互补论的影响力和德尔布吕克的事迹

玻尔（Bohr，N.）是20世纪最伟大的物理学家之一，他在光谱理论中提出了静态和量子跳跃式变化的存在，从而宣告线性光谱的量子理论时代的开始。他的这一理论使人们更易于理解元素周期（玻尔的另一重大成就）了，他最后完成了量子力学学说的系统阐述，运用量子论建立了原子结构模型。玻尔对新力学的数学形式没有什么建树，但他的"互补性"学说在阐明他的理论中起到了关键作用。

玻尔年轻时曾是丹麦国家足球队的国脚，在大学念书时就发表了关于精确测定水表面张力的论文，曾获得丹麦科学院金质奖章。成名后，他仍保留着那份激情和团队意识，在他周围渐渐形成了一种坦率、平等、热烈、自由、生动活泼的工作氛围，这就是尽人皆知的"哥本哈根精神"。用玻尔自己的话说："我从来都是不顾羞耻地向青年朋友承认自己的愚蠢。"他作为一代先哲，先知先觉，他所说的不懂，其实是有底气的，半是调侃半是谦虚，以示平易近人。玻尔这样时不时流露出自己的弱点和不足，反映出他本人拥有平常人的心态。而且这样让他和周围的人相处更具亲近感，也更能让他融入这个科学"小环境"的人脉关系中，这也是"哥本哈根精神"有别于他人的特别之处。

在之后的短短20年内，"哥本哈根精神"吸引了来自17个国家的63位杰出的物理学家，其中有提出了矩阵力学和测不准原理的海森堡（Heisenberg，W.K.）、提出了非相对论波动力学的薛定谔（Schrödinger，E.）、提出了相对论波动力学的狄拉克（Dirac，P.A.M.），以及提出了不相容原理的泡利（Pauli，W.）等。这个学派创建了一门全新又成熟的量子力学[37]，先后走出了12位诺奖得主。1937年，玻尔曾接受时任清华大学理学院院长吴有训之邀到中国讲学。

玻尔对生物学的关注由来已久，他的父亲曾是那个时代杰出的生理学家。老玻尔健谈好客，常在自己家中定期举办非正式的学术座谈会、沙龙或讨论会，参加者都是丹麦当代学术界的名流，专业不拘。小玻尔经常在一旁听得入神，天长日久，耳濡目染，渐渐对生物学有了一些系统性认识，因此人们不怀疑他自幼已经受到过或多或少生物学知识的熏陶。虽然他后来成为20世纪物理学的一代泰斗，成为量子力学的创始者之一，但他一直在关注生命科学的发展。老玻尔是从定量角度研究生理机能的物理及化学过程的，他认为："诸如机能之类的生物学概念对于唯物主义的分析是何等不可或缺啊！至少根植于方法学上的原因，有必要在生物学中坚持保留目的论观点。"

小玻尔吸取老玻尔对生物学的见解，并将它向前推进了一步，他认为："当研究时空中的传播问题时，人们应利用波动图像；当研究相互作用之类的问题时，人们应利用粒子图像。这表明，两种图像皆不可偏废。在这个意义上，它们是同样重要的，互为补充的。事物之间的这种既互斥又互补的关系，是一种相当普遍存在着的关系。"于是，他便将老玻尔当年的有关在生物学中保留目的论的观念向前推进了一步，发展成"用纯物理学、纯化学来阐明生物学现象以及运用生物机能的目的论概念来阐明生物学现象，这两者之间存在着某种互补关系"的一种全新概念[38]。这可是出自另一位近代物理学大师之口的、实实在在的原创性科学概念，意义也就尤为重要了，由此对生命科学产生了史诗般的巨大影响。

1932年，玻尔在一次国际光疗法学术讨论会上，发表了一篇题为《光和生命》的论文。他宣称："用严格的物理学术语来解释生命的本质，我们是否还缺少用以分析自然界发生的现象的某些特征……在这种情况下，人们不得不把生命的存在看作是一个无须再作解释的生物学研究起点[39]。"这就提出了一个要将生物学研究深入到比细胞水平更深层次中去的问题。玻尔对生物学开始找到了感觉，他认为："用物理学、化学来解释属于生命有机体的机能，存在着程度不等的不可能性，从这一意义上说，有点类似于运用力学分析尚不足以了解原子的稳定性。"玻尔显然是要将物理学与建立在新基点上的生物学挂上钩，于是又进一步提出"量子力学中的互补性学说可能广泛适用于其他学科领域，尤其可能适用于物理学和生物学的关系方面[39]"。又因为他提供了一种足够宽容的架构，既可以阐明自然界的基本规律，也可以阐明五花八门的新经验，甚至还可以用以调解伦理学等社会问题。

在那次讨论会的听众中，有一位来自德国的年轻物理学家德尔布吕克，他听了玻尔的这番高论后感触颇多。德尔布吕克生活在战争与饥饿死亡、变革与通货膨胀、穷困交织在一起的时代，其家族成员在学术界和政府内颇具声望，他的父亲是柏林大学历史学教授，同时又是一个自由主义者，参与过反侵略性的泛德运动。少年时代的德尔布吕克跟大多数德国人一样居无定所，跟着父亲从一个大学搬到另一个大学。他先是想成为一名量子化学家，但没有过多久就改变了主意，想成为一名理论核物理学家；等到他随家搬迁到哥廷根时，他又对天文学产生了兴趣，想长大后成为一名天体物理学家；在哥廷根大学毕业时，他又成了一个地道、科班出身的理论物理学家；在哥廷根求学的后期，他还曾深深地扎入社会学家和哲学家的圈子里去，此时他对化学和生物学则知之

图4.1　德尔布吕克

不多。

1931年，德尔布吕克在哥本哈根申请到由美国洛克菲勒基金会资助的一项物理学研究计划中的研究生名额，于是，他便成为玻尔的早期学生。1935年，德尔布吕克用他的物理学知识开始来解析生物学了。

翌年，德尔布吕克参加了一个在柏林召开的关于"基础物理学的未来"的学术讨论会。这次会议得出以下结论：

一是，物理学一段时期以来，提不出有意义的研究；

二是，生物学中没有获得解决的问题为数最多；

三是，一些人将进入生物学。

德尔布吕克为了寻找他老师所说的，人们解释生命所缺少的某些基本资料，以及物理学和生物学两者间的互补性，毅然决然地离开了物理学，转而研究起了生物学问题。

4.2　多学科合作的雏形

综合大学的一个特点在于学科门类多，文、理、工、农、医等学科样样都有，教职人员也是各种知识背景的人，学科界限阻挡不住他们彼此的交往、走动。他们抬头不见低头见，免不了出于好奇而互有交流。20世纪20年代，荷兰莱顿大学（The University of Leiden）戴莱尔（D'Hérelle, F.）噬菌体实验室内发生的事件充分说明了这一点。当时同在这所大学任教的物理学家爱因斯坦（Einstain, A.）偶然对噬菌体实验研究有了兴趣，时不时跑过来瞧瞧噬菌体实验室的人整天在干些什么。偶尔也跟戴莱尔讨论正在进行的噬菌体实验。当然啦，这远不是本节所要述及的多学科合作。

10年后，德尔布吕克作为一位物理学家情况就不一样了。他参加了一个私人俱乐部的学术活动，这中间有理论物理学家盖莫、生物学家里索夫斯基、从事放射科学研究的齐默尔（Zimmer, K.G.）、研究光合作用的加弗隆（Gaffron, H.）、研究光化学和应用动力学的沃尔（Wohl, K.）。那时德皇威廉研究机构皆集中在布赫，德尔布吕克当时供职于纤维化学所放射部，能就近与遗传学部的里索夫斯基合作研究脑，同时又能与柏林一家医院放射科的齐默尔合作。德尔布吕克对里索夫斯基和齐默尔二人进行的果蝇X射线诱变实验从理论方面作了阐述，并用量子力学语言陈述他们二人的结论。这也就是"三人作品"或称"绿皮文献"的由来，并构建成为多学科合作的"雏形"[40]。

4.2.1　重新发现孟德尔学说恰逢"突变"学说诞生——"现代遗传学"时代到来了

孟德尔学说直到1900年才被柏林的柯伦斯、阿姆斯特丹的德弗里斯和维也纳的切玛克三位同时独立地重新发现。此时，德弗里斯单独对月见草进行过一系列试验，发现月见草的突然变异现象，并在1901年率先提出了"突变学说"。他认为，在性状无变化与少量改变之间不存在中间形式，因此称为"突变"，意为"跳跃式变异"。新物种正是通过不连续的、偶然的突变而形成，后来又证明突变主要是由于染色体畸变造成的。德弗里斯1902年发表两个相邻能级之间没有中间能量这一创见时，量子论问世不过两年，因此要由后来的学者去发现两者之间的密切关系[41]。

穆勒（Muller, H.J.）于1927年也成功地用X射线和γ射线诱发了果蝇的高频率突变，并产生了数百种突变体，而且发现这符合孟德尔的遗传规律，从而促进了遗传学的发展。这也就是"现代遗传学"时代赋予"绿皮文献"三位作者的历史任务。量子论和"突变学说"这两大理论几乎同时诞生，但这两者只有发展到相当成熟后，才会自然而然地发生联系，从这些论文发表起，真正的现代遗传学时代才开始。现代遗传学已经被分成三四个基本上独立的分支，包括传递遗传学（或经典遗传学）、进化遗传学（或种群遗传学）、分子遗传学和生理遗传学（或发育遗传学）。

20世纪80年代，人们甚至将定位突变技术（Site-Directed Mutagenesis）

即"蛋白质工程"归纳为"反遗传学"或"代理遗传学"[42]。21世纪初，神经生物学发生的最重大的一项技术发明，是用光来调控分子，也就是"光遗传学"[43]。

4.2.2 里索夫斯基和齐默尔的开创性研究

穆勒于1927年成功地证实，电离辐射可以用来诱变果蝇，产生数百种突变体。苏联遗传学家里索夫斯基于1930年开始从事黑腹果蝇实验群体遗传学研究，曾对自然群体中潜在的隐形可见突变及隐性有害突变研究做出过重大贡献。1934年，他进一步说："用短波辐射和高速电子，例如X射线、β射线、γ射线辐射处理是目前诱发突变的唯一有效的方法，而且得到的是稳定和可测定的结果。"[29, 44]他期待有朝一日采用不同的处理方法，使我们能够诱发任何有机体发生可遗传的变异。因为经过这种实验的各类不同的动植物都无例外地得到肯定的结果。X射线和辐射能够诱发所有类型的可遗传的变异，这使得辐射遗传学方法最适用于遗传分析，例如在近缘种（相关种）的比较遗传学研究、不同种或不同的个别基因的突变可能性研究、细胞遗传学研究、合成新的基因型和新的物种的"基因工程"（此与1973年问世的"重组DNA技术"引发的"基因工程"似有本质的区别）等研究中，它都是最有价值的方法。我们有理由相信，除去目前已解决或已接触到的遗传问题外，未来要解决涉及基因本质和基因变异本质的那些最基本问题时，都将与辐射遗传学方法有密切联系。

当然，此时所采用的处理方法尚不确定，或未能得出最终结论，但是，温度实验和一些化学处理显示，进一步的实验必将产生有意义的结果。未来最有意义的问题之一是，研究材料经过如此处理后，其结果和功效将大不一样，能够使我们按照意愿得到某些类型或组别的突变。只有经过精心设计的实验系统，使用的研究材料在遗传上要求绝对是纯的，并选择合适的处理及育种方法，才会引导我们解决这些重大的生物学问题[45, 46]。

1.里索夫斯基提出突变的第一定律

由于突变频数的增加量与射线的剂量成正比例，故而人们可以用突变系数来表达这种比例关系。举一个日常生活中的例子，一种商品的单价同商品的总金额并不总是成比例的，平时买6个苹果是一个价，人们也许因为苹果卖不出去降价处理而受到诱惑，以低于6个苹果的单价再买12个苹果。而当货源不足时，就可能发生相反的情况。由此可以断言，若辐射的一半剂量引起1/1000的后代发生突变，其余未突变的后代是不受影响的。它们既无突变倾向，也无不突变倾向。由此说明，正相关规律突变并不是由连续的小剂量辐射增强而产生的积累效应，突变一定是辐射期间发生在一条染色体中的单一性事件。

2.里索夫斯基提出突变的第二定律

发生这类事件是有局限性的，如果大幅度改变射线的性质（波长），从穿透力较弱的X射线到穿透力相当强的γ射线，则只要给予同一剂量，突变系数则保持不变。所用剂量是用选定的标准物质（温度为0℃，压力为一个标准大气压）经照射后按单位体积内产生的离子总数度量的。只要将空气中的电离数乘以二者的密度比，就可得出组织内电离作用或相关过程（激发）总量的下限。因为还有其他过程不能用电离强度测量，但却能产生有效突变，因此上述度量只是下限[41]。

从这个定律可知，引起突变的单一性事件正是生殖细胞中的某个"临界"体积内所产生的电离作用（或类似的过程）。根据观察到的突变率，可以按照如下的思考来估计临界体积有多大。如果$1cm^3$产生5万个离子的剂量，使得在照射区域内的任何一个配子以特定的方式发生突变的机会是1/1000，那么，即可断定临界体积，即电离作用要引起突变所必须"击中"的"靶"的体积只有$1/(5×10^4)cm^3$的1/1000，也就是说，只有$1/(5×10^7)cm^3$。当然，这是一个估计数，按理论推算，得出的体积是边长平均大约只有10个原子距离的立方体，也就是说，只有大约1000个原子那么大。这个结果最简单的解释是，如果在距离染色体上某个特定位点不超过"10个原子距离"的范围内发生了一次电离（或激发），那么就有产生一次突变的机会。

里索夫斯基的报告有史以来第一次提出"基因工程"这一新概念,他的这一概念于40年后被美国科学家科恩和博耶(Cohen, S. & Boyer, H.W.)的一次"重组DNA技术"实验证实了[47]。

物理学家齐默尔对电离辐射引发有机体的物理和化学变化有浓厚的兴趣。他曾提出这样的问题,为什么能量极小的X射线有诱变作用,同样能量的热辐射却没有这种作用?齐默尔回忆道:"由于发现了剂量—效应曲线而又没有言之成理的解释,从而产生了一个全新的思路——运用量子物理学概念解释生物学问题。"现代物理学概念就这样接触到了生物学,并随之产生了丰硕的成果。

4.2.3 "基因的量子力学模型"问世

1932年齐默尔与里索夫斯基合作,通过诱变研究基因的本质。1935年后,德尔布吕克加入,共同提出了"靶标"理论,认为基因是一个物理实体,具有一定形状,用射线轰击后可能会提供一些关于基因本质的信息。

开始时,人们的注意力都集中在有害突变上,当然这种突变较为常见,但现实也确实存在有利突变。如果同一个体出现10多个不同突变,有害突变总是比有利突变占优势,那么物种非但不会通过选择得到改良,反而会因此而停滞,甚至消亡。基因是高度稳定的,且有相当程度的保守性。就像一个大工厂,为了创造更多财富,提出一项革新,但是尚未确证该革新是否能提高生产力,有必要在一定期间内只采用一项革新,保持其他条件不变,这就是下面将要叙述的"基因突变的原子—物理模型(Atom-physikalisches Modelder Mutations)",也就是人们熟知的"基因的量子力学模型"。

1.基因的稳定性

其实,德尔布吕克一直在关注着里索夫斯基和齐默尔两人关于辐射对果蝇作用的研究。他们经常在德尔布吕克母亲的家中聚会,往往为了某个问题，连续争论10多个小时。随后他自己索性全身心地投入到生物统计学，尤其是遗传学研究中，试图运用新的量子物理学认识遗传现象，以期发现生命的本质。他说道："物理学中的所有测量结果，原则上都应回溯到时空的测量结果上；而在遗传学中几乎只有一个例证，亦即性状特定差异。遗传学基本概念认为，这都是基因决定的，有可能用绝对单位来表示这类意义深远的基因。"毫无疑问，对果蝇进行精细遗传分析会引导人们评估出这个绝对单位，基因其实与已知最大的分子差不多大，它们都有着某种特异性结构。这一结论驱使许多研究者在思考，基因是否就是一类特定的分子，只不过对于它们的细微结构人们尚未认识清楚[48]。

在化学中，我们面对的某种物质与化学试剂发生某种均质反应时，我们说它们属于某一类化学分子；在遗传学中，确切地说在异质性化学环境内我们只有一种相关"基因分子"的样品，而且只有根据其类似的个体发育结果，我们才能鉴别此基因与另一个体的彼基因具有一致性。所以，问题可能不在于有一种均质化学反应，甚至也不在于预先设计好的实验的均质化学反应，把基因说成生物学分子中占第一位的主要依据，而是在于基因在任何情况下对外部环境影响都有其显著的长期稳定性，这才是问题的所在。除非我们将这些相关基因看作是从大量的在遗传学上相一致的有机体中分离出来的，并且对这些分离出来的基因的整体表现进行了某种化学研究。

运用物理学知识如何解析基因变化和稳定这两个有关突变理论的问题呢？这就接触到问题的核心，即只有通过稳定的性状确定下来的特征，才可能判断基因的显著稳定性。在因突变而产生某个难得一遇的新性状时，这个新的性状也会以明显的如实性实现传递。这表明，新产生的基因和旧的一样稳定，唯有某种形式的能量才会引起某种变化。承认这一点，原子聚合成为化学家们所说的分子，并以这种稳定态构型出现，物理学家们才能用这样一种稳定态构型的原子进行研究。可惜，采用诸如短波辐射这样的高能量形式时，这种稳定态构型就被打乱。因为辐射将单个或多个电子的振荡幅度提高到这样一种程度，超越现有的构型极限，以至"跳跃"到新的轨道上去了，因而就完成了一个新的稳定态构型组合。其结果是，分子内的原子发生重排，如此它们需要新的活化能，才能发生新一轮的改变，新的活化能取决于基因内原子是如何排列的。由此有可能通过进一步辐射使之发生逆变，这种回复突变所必需的活化能不一定与正向突变所需要的活化能相等。

这类的原子堆砌能够经受得起振动及电子态离散和自发跃迁，但振动跃迁是很频繁的，不涉及化学变化。电子跃迁形成的原子堆砌既能回复到基态，也会在原子重排后达到一种新的平衡态，例如达到一种互变异构形式。由于果蝇的自发突变率低，温度提高10℃，自发突变频率会增大5倍，这使德尔布吕克得出结论，"组成基因的分子有一半将经受电子跃迁，动能这时达到$1.5eV$[①]"。

后来，他还描述了X射线是如何将能量以每次平均离子化30eV的比例消耗在感应电子上的，这相当于一次自发突变所需1.5eV动能的20倍，kT值的1000倍。然而，为了产生1.5eV的能量，电离必然不会在远离其靶子处发生。德尔布吕克对光电子能量耗散的方式知之甚少，因而他难以确定诱导具有单位概率的突变所需剂量的绝对值。但是，这一剂量以每单位体积电离的数值表达，比每单位体积基因的原子数值要低10～100倍。他按如下方法计算这一剂量。

常见的X射线突变四溴荧光素在6000R剂量时，7000个配子中出现1个突变。因而，其整体发生突变可能需要$42×10^6$R剂量。1R剂量在1ml水中产生约$2×10^{12}$个离子对，所以，$42×10^6$R剂量能产生约10^{20}个离子对。由于1ml水含有约10^{23}个原子，这就意味着在1000个原子中至少有1个被离子化了。

照此可以认为，"1个基因可能是由1000个原子组成的了"，德尔布吕克出于谨慎，对此没有作出最终肯定，这显示出一位杰出科学家应有

[①] 1eV指一种微量粒子的能量单位。1eV就是一个电子在电场中经历一个伏特的电位差所获得或失去的能量。

的严谨、审慎的学者风范[49]。果然，由威斯（Weiss, J.）[50]及科林森等（Collinson, E., et al.）[51]同年分别著文指出，电离辐射的生物学效应主要是由环境水中羟基自由基和氢离子引发的。

假定两个基因是相同的，表明相同原子就会有相同的稳定排列，所以，将基因说成某一类分子时，我们不怎么考虑它们有类似的表现，而是较普遍地想到它们有一种确定好的原子聚合。基因的这种构型面对细胞内正常情况下发生的化学反应，其稳定性应当是极高的，基因仅仅在催化意义上，即后来称作自催化或异催化的意义上参与一般情况下的代谢。德尔布吕克认识到，只有在构建基因"分子"的每个原子均固定在它们的合适位置和电子态中时，才能说清楚这类的稳定性。所以，每逢原子总体上获得了某种能量，它高出改变其特定状态所需要的活化能时，原子排列才发生时断时续的跃迁式变动，这些改变显然就是指基因突变。考察不同温度条件下的分子稳定性，恰恰是生物学问题中最让人感兴趣的一点。

最简单的供给能量的方式是给分子"加热"。把它置于一个高温环境（"热浴"）中，让周围系统（原子、分子）冲击它。考虑到热运动的极度不规则性，不存在一个确定的，立即产生"泵浦"①的，截然分开的温度界限。更确切地说，在任何温度下（只要不是绝对零度 $-273\ ℃$），都出现"泵浦"的机会，这种机会有大有小，而且是随着"热浴"的温度而增高的。表达这种机会的最好方式是，为发生"泵浦"就必须等待，这个平均等待时间称为"期待时间"。

"期待时间"长短主要取决于两种能量之比，一种是为"泵浦"而需要的能量差额（用 W 表示），另一种是描述有关温度下的热运动强度特性的量（称为特征能量 kT，用 T 表示绝对温度）。产生"泵浦"的机会愈小，期待时间便愈长，而"泵浦"量本身同平均热能相比也就愈高，就是说，$W:kT$ 比值也就愈大。奇怪的是，比值 $W:kT$ 有相当小的变化，会大

---

① 泵浦（pump），即泵，又名帮浦、抽运；与泵不同的是，泵浦一词主要出现在激光领域。

大影响期待时间。据德尔布吕克本人计算得到的数据，若活化能超出kT*值（热力学温度条件下的速率常数）的30倍，期待时间亦即它们的自生突变频率可能低到每个原子每隔1/10秒就发生一次；但当W是kT的50倍时，它们的自生突变频率可能将延长到16个月；而当W是kT的60倍时，它们的自生突变频率可能低到每个原子每隔3万年才有1次[41,48]。（kT：在热力学温度T时，一个大气压原子的平均动能，是在有关温度下的热运动强度特性的量。其中k为玻尔兹曼常数，k=1.3806×10-23J/K，T=-273℃。）

而从细胞的代谢活动看，DNA和RNA的行为也表明基因的稳定性。例如在动物严格禁食的实验中，饥饿鼠细胞核中的DNA含量一直不变，而RNA的含量则迅速下降。DNA不变性是目前赋予它特殊功能的自然而然的结果，这些功能使它成为物种遗传性状的贮存库。

2.遗传学的自主性

德尔布吕克对突变源的兴趣不同于里索夫斯基和齐默尔，令他感兴趣的是遗传学的自主性特点。这是一种定量的科学，要计算的单位不是质量、电荷或速度，而是显示某些性状的个别有机体；这就使得遗传学研究不依赖于物理学的测量。那么如何把遗传学与物理学联系起来呢？他认为这不会是通过化学，因为任何一位化学家都不希望研究材料既能满足精确测定，又都具有相同的分子形态。那时人们尚不完全了解基因在生物的发育中如何起作用，也不具备足够的知识。再说，德尔布吕克本人早年在柏林凯塞·威尔海姆（Kaiser Wilhelm）化学研究所进行铀裂解实验时，他的实验结果就被化学家作出了错误判断，结果将他们的研究引入了死胡同，所以他对化学家不信任的态度是由来已久的或者是根深蒂固的。他承认结构化学家要成功地把量子力学应用于越来越复杂的分子上，原则上是没有什么困难的，但实际推广应用于遗传物质时却有不少困难。因为要有一个先决条件，即实际上要有无数个无限稳定的相同分子。当细胞内的异质性已"达到原子这一层次"时，化学家怎么才能得到这么多的相同分子呢？当一种基因在染色体里只有一份拷贝时，他怎么才能分离出足够数量的这种基因呢[48]？

其实，早在1935年他就强调指出过，遗传学有自己的规律，不应掺杂物理学和化学的观点。因此，绝对不可以将生物学概念中的"基因"和化学中的"分子"等同起来。他让读者明白，当初他认为基因概念跟物理、化学概念不同，基因只是一个抽象的概念。直到将它和染色体联系在一起考虑，并且后来又和估计具有分子一样大小的染色体零部件联系在一起考虑时，他还是这个态度。他确实没有这个能耐或实力去直接揭示基因的化学性质，故而通过研究其稳定性本质和局限性，以及通过设问基因和原子理论提供的有关原子堆砌表观方面的、已经确定的知识是否相符，才间接接触基因概念与物理、化学概念的关系问题。

3. 靶子学说——遗传学和物理学基础理论挂上钩

德尔布吕克、里索夫斯基和齐默尔他们三位最后的结论是：基因的原子构型必然是特异性的，不会像高分子中仅由相似亚单位构成的一股长链；要是有那样的高分子聚合物，回复突变率接近正向突变率是不可想象的；在某种"精确"估算的最小容积内发生突变，涉及原子排列的一些变动。德尔布吕克通过统计学方法估算出发生突变的最小容积，其中大约包含了1000个原子。从细胞学观点看，容积边长不会大于300Å。

人们这才发现，这个最小容积相当于一些常见蛋白质分子量的基因，对某些科学家来说，无疑是十分有吸引力。从量子力学意义上说，这一事件是"一次击中"，它代表一个"离子对"的形成，或代表在遗传物质最小容积内，即所谓"敏感体积"内的一次激发。这个设想支持了1922年德绍尔（Dessauer, F.）和1926—1927年克劳瑟（Crowther, J.A.）提出的"靶学说"[52, 53]。不仅如此，他们还检验了自发突变与人工诱变的平行关系，强调了基因结构的回复突变率的重要性，并估算出了基因最小尺寸。德尔布吕克认为，这一工作的重大意义还在于遗传学事实可以和物理学基础理论挂上钩了。看来他与他的两位合作者观点不一样，德尔布吕克只专心于证明基因不是单一亚单位聚合的分子，他甚至没有将基因的稳定性归因于某个分子的构型，他念念不忘他的"原子聚合"，至于分子则不大关注。这并不妨碍人们从他们三位学者的基本数据、资料中得出这样一个结论："基因的稳定性是由于原子内部力的强化，它们的突变是由于量子从一个稳定态构型跳跃到把这一构型与另一构型分开的能量峰值[48]。"

今天看来这个结论已经过时了，但在20世纪30年代中期，情况不是这样的。那年德尔布吕克29岁，在柏林凯塞·威尔海姆化学研究所任研究助理。当时生物学研究尚是德尔布吕克的副业，然而他写出来的遗传学论文还真像回事儿，颇像是一位深谙生命机体活动规律、习性和从事过多年研究的资深学者，具有渊博的知识和敏锐的判断力。他的这一重大角色转换，连他的老师玻尔也大为惊讶，玻尔写道："我的互补论学说有那么大的影响力吗？互补论学说有可能用于探索生物学中的许多不解之谜，但是没有估计到，这个学说竟能驱使这样一位青年物理学家把他的全部注意力转而倾注到生物学问题。"

4.2.4 "绿皮文献"的巨大生物学意义

1935年，德尔布吕克、里索夫斯基和齐默尔三位共同发表了一篇题为《基因突变的本质和基因的结构》的文章。这篇文章在分子生物学发展历史上具有重要意义，它后来被人们称为"绿皮文献"，自然有它的独特之处。文献不像后来的某些不同学科合作者撰写的类似文章的形式，它并没有把各人的观点、分析综合在一起，而是被他们撰写成了一篇奇特的汇编，三位著者各占一定的篇幅。犹如中国民间的一句谚语"萧家庄的锣鼓——各打各"，各人从各自专业出发，写自己的看法、见解和观点，只是在文章的结尾处才共同对结果从理论上加以解释[40]。

他们分析了用以解释短波辐射诱变作用的各种机制，里索夫斯基作遗传分析，齐默尔则作剂量测定。形象地说，齐默尔在做数据图上的横坐标，里索夫斯基做的是纵坐标，德尔布吕克再用量子力学语言陈述他们的结论，于是形成了所谓"基因突变的原子—物理模型"，又称为"基因的量子力学模型"。显然，没有里索夫斯基和齐默尔两人的工作，就不会有德尔布吕克的靶标模型，所以里索夫斯基和齐默尔两人的贡献远比过去评价的要深远得多。由于这篇文献发表在一家不起眼的《哥廷根科协消息》杂志上，因此，除去翻印本文外，人们实际上看不到这篇论文，所以，凡提到过这篇论文的人几乎一个也没有看到过[29]。

　　这种通过多学科的相互渗透来探索放射性对像基因这样生物材料的效应，预料会有十分深远的意义。它对于20世纪30年代发展起来的靶子学说不无重大影响，尽管在开始时物理学的概念应用到生物学研究中的效果不很理想，但从此以后，理论遗传学的观点从此被打上了物理学的烙印，或具有了物理学的意味。他们把基因比作是量子力学系统内的一种稳定态实体，而其突变型则被视为这一稳定态实体经过时断时续地跃迁而变成为另一种稳定态实体。这一变化可以自发产生，也可以通过X射线或其他扰动诱发产生。这个基因的分子模型于1935年发表，并没有引起人们的关注。只是在10年后，由另外一位量子力学创建者、来自奥地利的著名物理学家薛定谔在他撰写的一本小册子《生命是什么？》(*What Is Life?*)的末尾处对之进行了严格而深入细致的讨论，这才引起了公众的普遍关注。

　　这篇论文使得德尔布吕克获得了洛克菲勒基金会的资助，让他有机会赴美国帕萨迪那（Pasadena）和加州理工学院摩尔根果蝇实验室工作了一段时期。1937年欧战阴云密布，德国以及受到战争威胁的国家的一些资深科学家纷纷外流。德尔布吕克在美国遇见了美国著名化学家鲍林（Pauling, L.），两人合作研究并发表了一篇重要文章，文章指出："分子之间的相互作用现在已有了很好的认识，处于并列的两个有互补结构的分子之间具有稳定性，在两个全同结构分子之间则不具有稳定性。在讨论分子及其合成酶的具体相互吸引时，一定要首先考虑互补这一概念[54]"。

　　鲍林后来在阐明化学键本质及其应用于复杂物质结构的研究方面，为日后破译DNA双螺旋体结构增添了一把钥匙，获得了1954年诺贝尔化学奖。他的相关论文，就连爱因斯坦阅读后也大声惊叹道："太难了，看不懂！"也难怪，他是一位物理学家，隔行如隔山。

4.3 如何选择遗传研究材料

随着细胞与遗传研究中新概念的涌现和技术的演进，再加上所采用的材料更适合研究工作，现代遗传学以空前的速度向前发展。

选择研究材料时，必须先对现有的各类材料有过深层次的思考，不可率性而定。例如，本书第1章所述及的耐格里选用的山柳菊使他怀疑起了孟德尔定律，德弗里斯选择月见草导致他提出了经由单一突变形成物种的错误观点，约翰逊的菜豆使他否认自然选择的重要意义[2]；最佳选择却能反映事物发展的本质和趋势。德尔布吕克在美国加州理工学院摩尔根果蝇实验室从事的研究课题是遗传的物质基础，在这里他与这些"果蝇学家"合作得并不理想。他认为："果蝇这个有机体，结构如此复杂，是多细胞形态，不会是解决遗传物质基础最合适的研究材料。"那么究竟什么样的生物体才算是合适的研究材料？这是人们长期以来一直在思考的问题。

虽然果蝇作为模式动物为研究癌症做出了许多贡献，但果蝇具有开放的循环系统，不具有获得性免疫功能；果蝇体内无血管生成，无免疫监视的癌细胞，不会以和人体内癌细胞相同的方式发育、增殖和转移，其生命周期也较短，故它还不是研究肿瘤发生所有内容的理想材料。

在本书第1章中叙述的孟德尔选择了植物豌豆做杂交试验，摩尔根选择了动物果蝇做基因突变试验，现在轮到德尔布吕克选择了。如上面所述，他对上述两位经典遗传学家的选择都不满意，于是，他将注意力转向除去植物、动物之外的微生物身上。

4.4 微生物步入现代研究舞台的历程

4.4.1 微生物在生命世界中的名分受到质疑

临近20世纪中期，许多人还认为微生物与高等生物之间不存在任何相似性，至少在遗传这一领域是如此。基因主要被认为是重组和分离的单位，后来才被认识到是突变和功能单位。遗传学要涉及杂种研究，杂种通过有性生殖才会产生。要研究染色体的作用和遗传的动态，只有将遗传分析与细胞学观察两者结合起来，而这些工作开始时都不是用微生物来操作实现的。杂交也好、细胞学观察也好，全不是用微生物来操作的，微生物是通过营养生长途径实现生殖繁衍的。在很长一段时间里人们都不知道它们有性别之别，兼之它们形体细小、结构简单和缺少一个易于观察的细胞核这些客观存在，使得许多早期的生物学家不是将它们忽略掉了，就是将它们放到一个寻常生物学定律不适用的"混乱"的门类，从而阻碍了细胞学观察。

由于它们缺少组织结构，人们也就不可能在体细胞和生殖细胞之间、性状和基因之间、表现型和基因型之间进行分辨。因此早期的细菌学家和遗传学家一致认为，细菌缺少一种遗传器件，它们的遗传与动植物遗传毫无共同之处。那时在微生物学界内部，似乎也未表述过任何遗传学概念，他们更不具备任何的遗传学研究方法[55]。上一章的艾弗利的细菌转化实验以细菌作为遗传研究材料，迟迟未得到人们的认可，其中一个原因就是细菌在当时尚未被公认是研究材料。

4.4.2 遗传学和化学各有说法

如上一章叙说的，经典遗传学尚不能填平基因与性状之间的空白，即说不清两者间的关联性。不过，它却能够让科学家断定染色体上必定有一种具体物质，既能够精确地操控生殖、繁衍后代，又携带有遗传性状。20世纪前半叶，遗传学家所用的材料既不能供人们研究出这种具体物质，也不能供人们研究其作用方式。摩尔根等人曾一度试图将生理学和遗传学结合起来，证明基因对果蝇机体内某些化学反应具有一定的影响，但在属于有性生殖的复杂机体内，通常情况下只有经过相当长时期，并且经过发育和形态发生所必经的转化之后，基因才会显现出这种影响结果。

在显微镜下观察到微生物后长达3个世纪里，细菌学只限于观察研究。直到巴斯德时代，细菌学才成为一门实验性科学。尽管人们早期将微生物作为致病因子，但它们在转化地球表面各类元素循环过程中表现的不可取代的功能，以及它们在某些产业部门所起的作用都不容忽视。从生物学研究角度考虑，长期以来微生物的这些有用价值仍被放在次要位置。细胞学说兴起之后，本应有助于将生命世界整合起来，可是细菌仍被排除在这个大类之外，因为它们被认为形体细小，在实际操作中不能识别特点各异的结构。人们只是将它们做些培养、形态描述以及试着做些分门别类的研究。然而，当时在遗传学研究中，遗传学家所用的机体不符合化学家的要求，反之亦然，化学家所用的机体也不符合遗传学家的要求。为使他们双方都能接受，必须选择一个普遍适用的生物材料，于是，微生物就这样被推上了现代生物学研究舞台，其中尤以细菌和病毒最为突出。

直到20世纪初，微生物才渐渐成为生理学和生物化学关注的对象。随着医学和工业的发展，菌种鉴定要求越来越准确，分离到的微生物也愈来愈多。微生物学家在研究菌株生长状况和进行形态描述的同时，也能进行些相对精确的分析。例如，探索菌株的营养需求和它们利用一些化合物作为自己生长的能源的能力和抗微生物制剂的敏感性等。

同时期的化学家也发现，微生物菌体中的各类酶对他们的研究工作十分有用[18]，从酵母或细菌培养物中提取一些有用的组分也十分方便。在分析代谢产物或测定酶的活性等方面，因为微生物生长快且相对容易培养，用它们作研究材料比采用小鼠肝脏可以进行更多的重复。他们发现，小鼠或细菌这些实验材料中，总是产生与蛋白质性质相同的酶，它们会发生相同的化学反应。在形形色色、特点各异的各类生物背后，生命世界竟会产生相同的成分，靠相同的方式，执行相同的功能，似乎大自然只认同这种运作方式。

到了20世纪中期，人们这才将微生物与遗传分析拉近了一步。人们在霉菌与酵母菌中观察到有性生殖和接合现象，便把这些微生物的代谢和遗传结合起来研究了。此时，孟德尔豌豆杂交试验中豌豆植株的花叶颜色、摩尔根果蝇杂交试验中果蝇翅膀的长短等，已经不是那么重要的性状了，而机体的化学合成能力、生长强弱等能力才是他们关注的性状。于是，遗传学家和化学家第一次走到一起来了，他们共同研究霉菌在某种培养基上生长产生的化合物；遗传学家又能从这些微生物中分离到突变株，而这些突变株却不能在这种培养基上生长，于是生化学家便参加进来研究，试图解释它们不能生长的原因。经过一段时间认真的研究后，他们认为，可能是某一次突变阻断了代谢链中的某一个环节，另一次突变阻止了某一个关键代谢产物的合成，或者改变了参与反应的某种酶的性质。

这说明，机体内的任何化学反应都是受到此有机体遗传支配、基因调控的，特定的基因调控特定的化学反应，而化学反应由酶催化，于是特定的基因决定着催化此化学反应的特定的酶——蛋白质的特性。"一个基因一个酶"的假说便产生了。这样，先前研究中基因与生物性状就合逻辑地填补了生物性状与基因两者间事实上存在着的一段空白区，基因→酶→性状的推理成为必然的逻辑，化学遗传学应运而生。基因与生物性状有一段脱节，亦即有一个空白区，酶——蛋白质就存在于这个空白区内[18]。

4.4.3 细菌

代谢反应被认定为研究生物遗传的标记，细菌这种结构简单的生物便成为得天独厚的理想材料。因为细菌结构简单、无分室、遗传物质具备可操作性，生长快，繁衍也快，所以人们有可能将完整细胞内的基因表达与高度纯化组分构成的某一系统内的基因表达联系起来考虑。过去将细菌排除在遗传学研究范畴之外，就是因为它们形体细小、表观形态简单、缺少易于观察的细胞核等实际操作中不能识别特点的结构。如今把基因和生物化学反应联系起来后，这些特性反而最有利于细菌作为遗传变异操作的实验材料了。运用统计学方法查明，变异其实就是不常发生的量变结果，这与高等生物发生的突变是一致的。细菌跟果蝇一样，也具备遗传决定因子，即也有基因，它们按照既定的程序调控机体形态发生、代谢以及机体的全部性状。一些细菌还存在接合现象（类似高等生物中的雌雄两性杂交），以此方式实现基因之间的杂交。细菌中的基因是沿着线性结构分布的，与高等生物染色体类似，病毒也是如此。整个生命世界从细菌到大象，都要服从遗传学上的游戏规则，才能保证全部世代期间内机体形状和特性不变；要改变机体形状以及改进其特性，也必须服从遗传学上的游戏规则。

在遗传学发展初期，人们用高等生物进行实验，有性生殖似乎是实现某个物种基因交换配置的唯一途径，基因组合也多到使得个体有不计其数的变种，而且高等有机体都是双亲遗传，双亲缺一不可。等到人们发现也可以用噬菌体来研究遗传规律后，实验就变得容易多了。噬菌体是以细菌为宿主的病毒，它们只把宿主作为营养培养基进行自我复制，既无重组，又无分离，只是一种核蛋白分子的复制和自体催化。研究噬菌体的产生机制，可以绕过培养细胞的复杂过程去研究酶的形成机制。细菌繁殖还有另一套办法，可以不通过交配就能将遗传物质从一个细胞传递给另一个细胞。噬菌体可以作为细菌基因的传递媒介，实现所谓"侵染式"遗传传递的目的。

"侵染式"遗传传递就像医院中医生用注射器给病人打针一样，噬菌体吸附在宿主细菌细胞表面，通过尾鞘收缩力，将自身的外壳蛋白留在胞外，只将自身头部的遗传物质DNA注入宿主细胞内。病毒DNA注入宿主细胞数分钟后，宿主细胞即停止自身原有的遗传信息复制，几乎动用全部资源来转录病毒的DNA，合成的唯一的RNA是那些代表合成病毒遗传信息的复制物。我们也就可以不再读取宿主细胞的遗传"文库"，而只读取病毒的遗传"文库"。侵染式遗传传递顷刻间便完成了遗传信息的传递过程，比之前使用豌豆、果蝇作研究材料又前进了一大步。

采用"侵染式"遗传途径，免去了利用动植物复杂有机体的有性生殖过程——经过缓慢而单调的胚胎发育、形态发生，直至成形等一系列转化之后，才能获得基因表达的最终实验结果，而且在这中间还有可能遭遇疫病、化学品污染、干扰等[18]。除此之外，基因还可以通过其他途径实现转移，例如把细菌细胞研碎，让释放出来的基因吸附和并合到其他细菌自身的染色体上。因此，遗传因子的转移并不一定要和有性生殖发生必然的联系。

下面简单介绍遗传学舞台上新登场的细菌和噬菌体。

1. 大肠杆菌的发现和命名

说到细菌，不可避免要谈论到大肠杆菌（*E.coli*），之所以用"大肠"定种名，是因为它们主要生活在人和高等动物的结肠或大肠中。

故事还要从德国慕尼黑一位年轻的儿科医生埃希里克（Escherich, T.）说起，他从1885年起就供职于这个城市的儿童综合诊疗所和胡纳氏儿童医院，担任临床助理医生。当时，意大利那不勒斯小城发生了一起霍乱疫情，他在观察、治疗疫情时提出了一个新的研究思路，即病儿肠道中的微生物菌群可能是腹泻病症的传染源。于是，他耐心地反复观察、实验，终于从病儿使用过的肮脏尿布中分离到了这种病原菌。同年，他将这一发现发表于《进步》（*Fortschritte*）这一刊物，题为《新生婴儿和婴幼儿的肠道细菌》[56]，一举成为儿科研究领域占领先地位的细菌学家，不仅如此，他还是婴幼儿营养学的权威，积极倡导用母乳喂养。

初始，他将此菌株命名为"埃希氏杆菌（*Bacillus escherichii*）"；到1895年，始称大肠杆菌（*Bacillus coli*）；在1900年，又称"短矛杆菌（*Bacterium verus*）""共存大肠杆菌（*Bacillus coli communis*）"或"大肠气杆菌（*Aerobacter coli*）"等多种名称。当米古拉（Migula, W.）第一次提出以"埃希氏菌属（*Escherichia*）"作为大肠杆菌的属名，并由卡斯特兰尼（Castellani, M.A.）和查莫士（Chalmers）于1919年出版的《热带医学手册》第三版中确定这一名称之后，"大肠杆菌"的名字才被最终确定[57, 58]。埃希里克因此而成为一名不朽的人物。

不仅如此，大肠杆菌的特别之处还在于它与其他细菌不一样，自从它成了分子生物学乃至新兴的生物工程中的"主角""明星"，"E"字头缩写的Escherich，每月都成千上万次出现在科学文献中。但愿以大肠杆菌为主角的现代生物技术革命和医学中的许多重大突破中，埃希里克医生所做的贡献将和以他的名字命名的大肠杆菌一起永存。

2. 大肠杆菌的特质

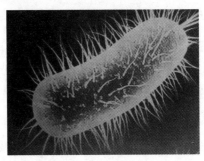

图4.2　大肠杆菌

一株大肠杆菌长约1～3μm、直径1μm，其大小不过$2\times10^{-12}cm^3$，重约10^{-14}g；有400万个碱基对，这么多的碱基对，总长度足以编码3000种左右的蛋白质。其染色体总长度约为1000μm，比细菌自身长约500倍，是病毒ΦX174噬菌体的300倍。这种细菌所包含的遗传信息量大约是病毒的1000倍，也就是说，相当于10^{10}个单词。如果将这些遗传信息印成书，这就是一本3000页左右的巨著。

大肠杆菌形体特别细小，但它们的生长繁殖能力快得惊人，成几何级数繁殖。打个比方，1kg重的细菌菌体增重1倍，仅需1～4h，植物则需要1～2周，鸡2～4周，猪和牛则要5～16周。人们做过实验和推算，在正常情况下，动物细胞每繁殖一代约需24h，酵母为1.5～2.0h，而大肠杆菌仅需20～30min。上一段列出的一株普通大肠杆菌重约10^{-14}g，从理论上计算，经24h培养后，1株细菌繁殖成1677.72万株，经4.5天培养后，1株细菌就能繁殖成为10^{36}株细菌，总质量相当于地球海洋水的质量之和。如果用恒化器培养，能将细菌的世代时间缩短为原来的1/3～1/4；如果用恒浊器培养，其世代时间只需40s，细胞密度为10^9/ml；从热力学观点看，用不了10s就可以繁殖一代[31]。

还有另一种计量单位，1mm³体积能容纳6.33亿株细菌，若是6360亿株细菌，总质量仅有1g；而球菌则更小，而且这还不是最小的[58]。小小的体积，不出数小时便会生成一个大种群；细菌学家能在一次操作中很方便地筛选到以10亿计的细胞体，从中能检出一个唯一可遗传传递的、具有特异选择性的个体[18]。亲代菌株通常按10^{-9}的突变频率产生突变株，则极易从培养物中找到任一特异类型。若采用高度选择性环境，以某种物化因子杀灭非突变型（野生型）或不使其得到所需代谢物而停止生长，则优越性尤其显著。

3. 大肠杆菌被推上分子研究的舞台

大肠杆菌受到遗传研究者的青睐，也不是一蹴而就的。它的选择与孟德尔的豌豆杂交试验，艾弗利的细菌转化实验以及之后的德尔布吕克的靶子学说模型等一样，也曾面临众多非议、质疑，最后在经历了许多无可辩驳的、无懈可击的、可重复的实证后，才俨然登上分子研究的舞台，这样便产生两个重要的结果。

第一，以细菌培养物作为遗传研究材料，打开了通向遗传物质内部细微结构的通道。遗传分析操作简便，还能解析因为用复杂有机体作研究材料造成的迄今尚属未知的遗传奥秘。把微生物培养物铺在一些选择性培养基上，经过这一简单操作，不出数小时，便能获取到数十亿计的突变或重组事件的资料、数据；用动植物作研究材料获得等值的实验资料、数据，则是难以想象的事。

经典遗传学将基因描绘成念珠球状样的图像，现在遗传现象剖析能力的增强，要求我们要重新审视完整结构的基因图像。突变会使确定为功能单位的基因发生变性，重组也能将它们分割开来，实际上它们所包含的遗传因子有数百个之多。

此外，细菌还提供了一个通向认识遗传化学物质的途径。事实上，从细菌研碎物中释放出来的基因如果都能渗入到其他细菌中，并在其中安家落户，生根立足，赋予它们新的特征，化学家们在这些过程中还真是大有作为的。他们自有办法将这些基因提取、分离出来，定量测定，精制纯化，如同加工处理其他普通化学物质一样，这样，问题又回到了艾弗利的著名的细菌遗传转化实验了。

随着科学技术的发展，近一个世纪以来，人们已认识到DNA存在于细胞核内，它的全部成分也都已弄清楚，可是它有什么作用、它的分子结构是什么样的，人们还是不清楚。人们只知道它携带有孟德尔遗传单位的特异性，这就是它的作用。通过化学分析，结合晶体学图解，人们能够解析其结构，4个碱基成百次地重复，沿着链交替变换排列，形成一股长长的聚合物，而且这4个碱基的排列顺序决定了蛋白质中的20种不同氨基酸的顺序，所有这一切引导人们将包含在遗传物质里的序列，视为决定分子结构和细胞特性的一系列指令。将某个有机体的基因蓝图视为一代复一代传递的信使，同时引导人们在4个化学基的组合中读取到4个碱基组成的数码系统。简而言之，它是要人们相信，遗传逻辑与计算机逻辑具有相似性，目的就是要引导全世界各行各业的精英，齐聚在"遗传学游戏规则"四周，拿出自己的绝活儿，共同演出一台有声有色、响彻五洲的大戏。

第二，各行各业都来利用细菌培养物，还会导致另一个结果。利用如此细小而简单的有机体作遗传研究材料，人们可以同时运用各种不同的技术。遗传分析已不再满足于观察细菌细胞的性状、变异及在杂种体内的再配置了。一台离心机可以允许同时平行操作提取遗传物质和精确测定其性状与特性。与此同时，必须分析对应的蛋白质，精确测定其结构，检定其酶活。结果不仅能追踪、观察突变引发的功能变化导致的突变效应，而且还能剖析相关结构改变而引发的突变效应；反过来就有可能根据突变引发的损伤性质，分析细胞特性、组成和功能。

遗传分析已不再是简单致力于将遗传机理一一解析，而是已经成为一种精细、准确的测试手段，能检定细胞组分、作用以及它与细胞内的其他零部件的关系了。

一个多世纪以来，研究病理学的人想通过研究细胞的手段，剖析细胞而不致对它造成损伤，因为它是解释正常有机体的最可靠的方法之一。实验生理学从机体的外部通过机械作用或毒物效应给机体造成损伤，分子生物学则从内部给机体造成损伤，以此作为突变效应，它力图触及的不是形成的结构，而是调控结构设计形成的程序。强加在实验室细菌种群上的选择变得十分有效，研究人员几乎不费吹灰之力，随手就能得到某些"怪种"；机体由于发生某种突变而受到损伤，产生的这些"怪种"，其中有些功能可能是有用的。所以说，在分子水平上实现的突变最节省能源，而且是最有效的调节机制，在自然选择中占据优势。

生理学家和形态学家使用这样一些怪种来分析完整机体出现的畸变，生化学家和物理学家则利用它们来分析其提取物出现的光、色和像差。他们玩的是一场异曲同工的游戏，同一种分析兼具两种或多种用途；他们各有所好，各取所需，从此就不会再出现两个不同领域互不认同的现象。

4.研究策略的审视

审视一下生物学研究策略的变化吧！贯穿于生物学的研究历史中一直存在两类迥然不同的研究策略：一种是总想把有机体的表观行为拉回到物质的属性中去，还原其本来的真面目；另一种则相反，要大家承认这样一种事实，物质的任何品质都是活体生命整体所特有的。两种研究立场没完没了地争论，一方面是由于化学分析愈是精细，它们支配生命世界和非生命世界的规律就愈加显现出一致性；另一方面，对活有机体习性、演化等研究愈广泛，断层也就愈多。从病毒到人类，从细胞到个体，传统的生物学接连不断地整合了低级简单的生命体系，同时又在关注不断提高复杂程度的高等生命体系。每一个构建组合、每一个进化层次都代表了一道门槛、一道关卡，对它们进行的研究也要随之发生相应的改变。与此同时，其观察研究的材料、方法和条件也会突然发生变化或升级。还会出现另一种情况，能够在某一个层次上显现的现象，一到低层次上就了无印迹，但这些现象的解读对某个高层次则又没有价值。

现代生物学则力求将这些高层次、低层次两个两个地连接起来，就是要将这一道道门槛与关卡拆除，突显其整体特征。也就是要让这些层次整合的独特性和逻辑学上的独特性显现出来。姑且说细菌是极其细小的生命机体，属于极低层次。分子生物学从一开始就使用细菌作研究材料，搭建了首个整合平台。另外微生物取食的特点是"吸收"，吸收式营养的一个关键在于接触面要大，机体越小，对营养物质的接触面就相对越大，因为这个面越大越有利于吸收。科学家利用这个整合平台描述、鉴别各类有机体的共同特征。分子生物学俨然成为研究生命世界的前沿学科，同时也成为研究那些处于生命世界与非生命世界的边缘学科。他们的低层次平台用的是化学和物理学术语来描述的；高层次平台用的是构建组合、逻辑系统乃至自动化机械术语来描述的。层次越高，复杂程度也越高，付出的就越大；这不是别的，只是一种补偿，一笔有进有出的流水账。但是，实验系统的性质、观察方法等总是能允许同时考查两个层次，不停地比较机体所有方面和组分的细节，或已经分析、证实过的现象中的细节。

5.细菌岂止"人小鬼大"

我们关于细菌细胞的知识、完整有机体的知识、提取物的知识越来越丰富、深化，这都要归功于已实际采用并且经过迭次改进的技术积累，尤其要归功于每一个层次平台都是将遗传分析与化学和物理学分析有机地进行了结合。研究者必须打破完整细胞的保护层，将目光深入细胞的内部，识别细胞组分，研究它们的功能。借助完整细胞，人们便能够检验那些从细胞剥离出来的组分，再经分离、纯化精制后，置于试管内和机体内，看看是否具有相同的活性[59]。这便要对细菌细胞进行两个层次上的描述和比较，其实答案早就有了。早在1862年，巴斯德就曾断言："微生物，论形体它们是极小极小的，论它们在自然界经济活动中的生理学作用，却是极大极大的[60]。"极小到什么程度，又极大到什么程度？

远的来说，普法战争中法国战败，有人计算过，仅巴斯德一个人在微生物应用方面的发明所带来的经济效益，就足以偿还50亿金法朗的巨额战争赔款；不仅如此，还救活了千万人的性命，免除了更巨大的经济损失。微生物学发展初期，学术水平和技术水平都还处于起步阶段，就有了如此巨大的经济收益，这不能不令人惊异。

近的来说，当前微生物学研究已进入分子水平，有数据显示，单是"人类基因组计划（HGP）"这一项，2011年就已经为美国创造了1万亿美元的经济效益，当今还有什么能创造比这更高的经济效益呢？更重要的是，这个数字往后还会不断增长[61]。

6.细菌还"神通广大"到成为一个国家的立国之本

丙酮是生产无烟火药所需的一种化学品，其制造工序复杂、产量低、成本高，一战前，丙酮一度成为批量生产无烟火药的限制因素或瓶颈。一位犹太人化学家魏茨曼（Weizmann，C.A.），供职于英国海军部所属的一间实验室，经过潜心研究、筛选、分离到一株丙酮丁醇梭状芽孢杆菌（*Clostridium acetobutyricum*），利用它发酵生产丙酮取得了突破，并获得专利，投入工业法大批量生产，极大地缓解了英国海军火炮弹药的后勤供应问题。

有了丙酮便有了火药，英国人无疑是捞到了这把救命稻草。可是这把救命稻草价格不菲，因为这项技术的专利权所有人是犹太人化学家魏茨曼。按专利法，英国政府应向这项技术的发明人支付巨额专利费（即技术转让费），而且丙酮产量愈大，其技术转让费也就愈高，成年累月这样累积，算下来竟达到天文数字。要是在过去，英国不在乎，完全可以支付，但恰逢第一次世界大战，几年下来，英国被拖成了一个穷鬼，国库空虚，囊中羞涩。英国政府只得厚着脸皮派人跟魏茨曼商量：要不这笔账先欠着，给你开个欠条如何？或者给你个名分，册封你个爵士什么的怎样？

谁知，魏茨曼是犹太人，自有犹太人的思维逻辑和行事准则，他把犹太人要有自己的家园、祖国看得比什么都重要。魏茨曼本人大手一挥，回答道："钱可以不要，爵士头衔我也不稀罕，您给个态度就成——英国要支持犹太人建立自己的国家。"英国政府经过几番权衡后，接受了魏茨曼开的"价码"，再说，巴勒斯坦这块地域也是从土耳其手里抢夺过来的，丢了也不心疼。于是，在一战后巴勒斯坦开始接受犹太人移民，随后才有了后来的以色列建国的故事。后人调侃这段情节时说："都是细菌这个'小玩意儿'惹的祸，都是它引发英国政府与犹太人背着巴勒斯坦原著达成了幕后交易，闹得以色列人与巴勒斯坦人打了几十年的仗，至今仍看不到有休止的迹象。"

科学家魏茨曼最终还是活着见证了以色列国的成立，还当选为以色列首任总统。如今他的肖像印在以色列货币中，被称为"以色列国父"。

写作此故事，是为献给所有忠于自己理想，想扭转乾坤，而不懈地勤奋学习、脚踏实地工作的人。细菌这个"小玩意儿"真有四两拨千斤之力,"神通广大"到能扭转乾坤,使一个老早就失去家园、流落四方、寄人篱下的民族建立起了自己的家园、祖国,这是巴斯德当初所没有预见到的。

事实也正是这样的,分子生物学的许多基本概念当初是以细菌及其病毒作研究材料获得的,单单1980—1990年,这期间利用微生物作研究材料而获得诺贝尔生理学或医学奖的就有8位,还不包括有一位用微生物作研究材料而获得诺贝尔化学奖的。2016年入选美国全国科学院外籍院士的三位华裔科学家中,有两位是用微生物作研究材料的。细菌具备了这么多与众不同的特点,很显然是逃脱不了勤于思考、遇事总要问一声"为什么?"的狩猎者德尔布吕克等的研究视野的。他们从职业本能就渴望能寻找到一种理想的、技术操作简便、结构简单的生物体,细菌便悄然成了他们进行遗传操作实验的理想候选者了,比前人使用豌豆、果蝇作遗传研究材料朝前迈进了关键的一步。它们所扮演的这些角色最终被演变成为一种被广泛研究和深入、透彻了解的生命有机体,成为现代科学史的一颗新星,也是现代生物工程学和分子生物学实验室内的"豚鼠"。

它虽然细小到人们只能用显微镜才会看到它的真面目,但它的能量却十分了得。它不仅震撼了美国华尔街,还使得以全球范围的许多跨国大型生物工程公司为主体,组成了一个庞大的追风族,对这个细小生命趋之若鹜。由于人们对它刻意地研究、开发、衍生出来的DNA遗传密码,其重复比率竟然精细到500亿分之一,不啻成为全世界司法系统裁判刑事案件的一大助手,一个终结"审判官"。

说完细菌,轮到比细菌更细更小的细菌病毒了,它只有细菌1/1000大小,结构也更简单。细菌病毒即噬菌体,作为遗传信息传递载体便顺理成章成为实现细菌遗传操作实验不可或缺的了。

4.4.4 细菌病毒——噬菌体

virus(病毒)一词源于拉丁文,原指某种动物来源的毒素。1898年,荷兰微生物学家拜耶林克（Beijerinck, M.W.）用烟草花叶病毒（TMV）为实验材料证实，此病毒是烟草花叶病的致病因子，而且在被侵染植物组织中能增殖、遗传和演化，具有生命最基本的特征。

1.噬菌体的发现

噬菌体发现于20世纪20年代，最初发现者是英国伦敦布朗研究所的图奥特（Twort, F.）[62]。他成天与病毒打交道，想在它们的子代培养物中寻找出原先不致病的祖先。于是他用天花疫苗液接种在明胶上，指望疫苗病毒的祖先长成菌落。可是，不致病的病毒一个也没有找到，却发现了一个意想不到的现象，菌落上出现了一些黄白色的变异的球形菌落，再继续培养，它们就变成透明圈。经过镜检和染色实验，发现这是一些没有完整细胞的透明性颗粒。如果再以正常的小球菌菌液与它们混合在一起，也会同样从接触点开始，逐渐显出透明圈。其中的道理他还没有来得及弄清楚，就服兵役去了，他的观察实验也由此中断。

两年后，正值第一次世界大战打得正酣，法国巴黎拉斐特宫驻扎了许多从前线撤回来的骑兵部队，他们中间正流行着一种细菌性赤痢。巴斯德研究所素以高超的医学、免疫学、公共卫生及流行病学研究传统著称于世，研究所指派戴莱尔前去调查，研究这种流行病症。他在骑兵驻地将患者粪便过滤液反复培养在营养明胶上，屡次发现有透明性颗粒出现。于是他决定选择一名赤痢患者，逐日培养他的粪便滤液，追踪所谓的透明性颗粒出现的时刻。直到第四天，终于等到所有的致病菌志贺氏痢疾芽孢杆菌（*Shigella dysenteriae*）全部消失，并裂解成水明胶一般。在同一时刻，那位被追踪的赤痢患者的病情也有了好转，并开始痊愈。于是，戴莱尔便将它们命名为"噬菌体"，并从这一现象进一步扩大实验证实，噬菌体能裂解多种细菌，具有广泛的医疗用途。他还发展了定量测定噬菌斑和定量稀释的技术，再用这些技术，描述噬菌体的生长过程，与我们今天的认知颇为接近[63]。

第二次世界大战中，德国和日本军部医疗队曾经利用它们治愈过多种疾病。自从科学家发明了磺胺药和抗菌素后，它们才被人们冷落。但在今天仍有某些特殊病例，因为抗菌素使用不当，致使一些适应性很强的致病菌产生了对多种抗菌素的抗药性，人们这才会想到噬菌体的医疗用途。我国医学界于1958年就曾利用噬菌体的这一特性，治愈了钢水引起大面积皮肤烧伤的病例，其中有两人（邱财康等）在1300℃高温钢水灼伤情况下，烧伤面积分别达到89.3%和94%。在严重灼伤病例中，防止伤口被细菌绿脓杆菌感染，以免出现败血症是整个医疗过程中关键的一步。当然，噬菌体在环保、农业、发酵以及新兴的生物工程的研究、开发中也有重要的作用，其前景也是很广阔的。必须强调指出，本章所述及的是噬菌体作为遗传研究材料而备受人们关注[30, 64, 65]，世界上第一次解析遗传二进制开关的分子机制，就是通过研究噬菌体取得的[43]。

2.噬菌体的生活史

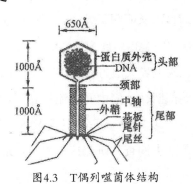

图4.3　T偶列噬菌体结构

噬菌体形体只是细菌的1/1000，重约10^{-17}g，地球上再也找不出比它更小、更轻的生命有机体了。噬菌体虽小，但"五脏俱全"，它也是由核酸和蛋白质构成的，外形酷似医生给病人打针用的注射器，它专一将自身所含的遗传物质DNA注入细菌细胞里，而将蛋白质留在细菌外部。那些进入到细菌细胞内的DNA劫持了细胞，将寄主细胞裂解掉，释放出了数百个与原先一样的具有完整蛋白外壳的子代噬菌体。形象地比喻，这颇像是中国古典小说《西游记》中所描述的，孙悟空钻进铁扇公主肚子里面去，闹了个底朝天，继之，喧宾夺主，最后取而代之，坐山为王。这些子代噬菌体接着再去侵染其他的细菌细胞，如此循环不已，所以世人称它们是"细菌病毒"；"电脑病毒"这一说法也源自于此。

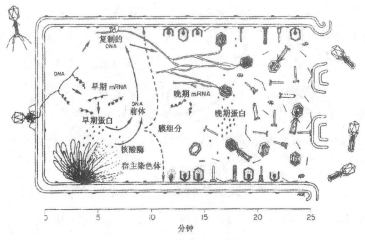

图4.4　T4噬菌体生活史

3.爱因斯坦见证了噬菌体实验研究

1920年戴莱尔在荷兰莱顿大学任职期间，用他出色的实验证明，噬菌体是以一种非连续性形式存在的，也就是说以某种颗粒小体形式存在的。这项著名实验引起了同在这所大学物理学系任教的，在当时已颇有名气的德国物理学家爱因斯坦（爱因斯坦本人一直认为自己是一个数学家）的关注。爱因斯坦应邀到莱顿大学执教，他开出的膳宿清单列出来后令人不敢想象：只有牛奶、饼干、水果、一把小提琴、一张写字台和一把椅子。他在《我的世界观》一文中说："安逸和享受与我无缘，照亮我前进，并不断给我勇气的，是善、美、真……"

爱因斯坦成名后，到美国普林斯顿高等研究院从事纯理论研究期间，他的收入是16000美元，其实他只需要3000美元。他解释说："任何多余的财产，都是人生的绊脚石；而简单的生活，才能给我创造的原动力。"难怪他曾将获得的奖金支票当书签使用。

爱因斯坦在入住的115室睡的仍然是单人床铺，而且过的是近乎清教徒式的日子，就连接受美国罗斯福总统的宴请，还需经秘书批准，用爱因斯坦自己的话说，他住进"集中营"了。难怪研究院给他们发高薪，院内没有学生、教师的干扰，没有实验室，研究进度自定，不需要向谁汇报，研究结束时，甚至连一份总结都不用写。明摆着就是要让这些进来的人在有限时间内，一门心思扑在研究工作上，少有非分之想。于是，便出现了这样的结果，从这个高等研究院先后走出物理学大师爱因斯坦，数学家哥德尔（Godel，K.）、伯凌，"现代计算机之父"冯·诺依曼（von Newmann，J.），"原子弹之父"奥本海默（Oppenheimer，J.R.）和天文学家斯特龙根（Stromgren，B.G.D.）等科学巨匠，当然，别忘记中国著名数学家陈景润和性格怪异的奥地利年轻粒子物理学家泡利（Pauli，W.）。

泡利五短三粗，身材壮硕，其肢体动作异于常人。他站着时，习惯性地前后摇晃，摇晃的同时，脑袋左右扭动，让人觉得他的肌肉一直处于紧绷状态。他说话口无遮拦，天生一个刺儿头。一次人们议论到某一个崭露头角的物理学家时，他戏谑人家："这么年轻还这么没名气。"他要是不喜欢谁的想法或理论，会说那种想法或理论"连错误都谈不上"。有时还好话反说或歪说，让人听后比挨了一巴掌还难受。有一次爱因斯坦组织了一个论题研讨会，泡利当时尚是一个名不见经传的研究生，他当着众人的面说："大家看，爱因斯坦教授讲得还不算太蠢嘛！"倒是爱因斯坦很是大度，一笑了之，反映出大家的气魄、包容、厚德和大度。

1933年，爱因斯坦就在美国普林斯顿高等研究院任教授，1949年他已70岁，虽已退休，但他在普林斯顿高等研究院仍有一间办公室；从家到办公室单程2公里，他每日步行上班，直到1955年逝世。

上面话说远了，再重回到噬菌体实验话题。同在荷兰莱顿大学任职的爱因斯坦，一方面出自好奇，另一方面想看看这些细菌学家们整天在实验室内干些什么。有时也来与戴莱尔盘桓，间或还讨论噬菌体实验。他目睹了这一实验的全过程，并郑重地对戴莱尔说，他作为一个物理学家，愿意将这项实验视为噬菌体非连续性形式存在的证据。戴莱尔本人毫不掩饰自己的兴奋和喜悦心情，颇有感慨地表示："我的大量生物学实验会得到这样一位数学大师如此高的评价，真不敢相信这些实验从本质上让这样一位物理学家满意"。

这件事的核心价值，不仅在于噬菌体的某项实验得到一位著名物理学家的关注和肯定，而且在于学科间的藩篱开始出现松动，物理学家通过这些细小松动留下的缝隙，来窥探生物学实验室内的人在干些什么。10多年后，另一位德国物理学家德尔布吕克不仅走进生物学实验室，了解生物学家们在干些什么，而且还开始考虑物理学家能够为生物学做些什么，最终自己索性也全身心地投入到生物学研究中。德尔布吕克的研究转向就意味着噬菌体的现代研究开始了，这是不以人们的意志为转移的客观规律，也是科学横向发展的历史必然[18]。

4.噬菌体的现代研究

噬菌体的真正现代研究始于20世纪30年代，自从它进入物理学家的研究视野时起，它的命运大变，"身价"猛增。恰在此时，德尔布吕克的好友著名病毒学家斯坦利（Stanley，W.M.）两年前获得了烟草花叶病毒（TMV）蛋白分子结晶[66]。这给了德尔布吕克以巨大的启发，他也由此推断："假定病毒都是一个个的分子，那么要实现基因复制，研究病毒复制便是关键。"由于无细胞过滤液可能会传递一些动物肿瘤，理所当然地人们要选择过滤性病毒。可是斯坦利研究的烟草花叶病毒不是过滤性的，怎么办呢？此时此刻，德尔布吕克根据现有的实验室条件、设备和经费情况，最重要的是根据三个过程的比较情况，最终决定选用噬菌体作为遗传研究材料。这三个过程是：第一，卵细胞的致育作用；第二，噬菌体颗粒侵染细菌；第三，诱导性病毒使正常细胞转变成为不正常的。

德尔布吕克还根据他在30年代进行的推算，认为噬菌体与基因的大小差不多，如果研究基因自我复制，则噬菌体就是一个再理想不过的材料。他的这一判断对促进分子生物学的诞生，以及了解这个学科的中心内容，即基因的结构起了某种关键性作用。原因如下：

第一，噬菌体易于生长，而且科学家能够在很小的空间内培养出数百万株噬菌体；

第二，它们的世代时间和细菌是一样的，大约20～30min；

第三，由于它们是由两种类型的分子，即蛋白质和核酸构成的，所以

在探索蛋白质和核酸的复制过程中,能够精确检测其实验结果的,唯有噬菌体;

第四,更重要的是,噬菌体DNA分子中有1/3的片段是可以被置换的,而噬菌体不丧失其裂解生长的特性,所以可以利用"分子手术刀"切去这1/3的片段,加入或者置换上较多的外源DNA。

除此,还有操作实验时间短,不超过一天;对人体无害;有关技术易于掌握等。又由于噬菌体是当时所有已发现的最小生命体,它只有一股DNA或RNA单链。上面的基因只供编码三种蛋白质,其中有两种是用以构建噬菌体的部分微米级结构的,第三种蛋白质用于DNA(或RNA)复制。然而,它却具备了能够显示普遍性遗传学含义的特质,涵盖了从细菌到大象;从细小至8~12nm直径、重约10^{-17}g的口蹄疫病毒,大到有30m长、135t重的蓝鲸。从此,它已经不再是往日人们用医学眼光来看待的噬菌体,也不是用细菌学基本观点来研究的噬菌体了。德尔布吕克以及之后围绕在他四周的许多研究者一致认为,噬菌体已经不再主要被用于研究病毒习性和复制的手段了,现在人们利用它,主要是研究和观察遗传过程及剖析基因自身的性质。在分子遗传学历史中,它可以和当年经典遗传学史上作研究材料的果蝇具有同等的地位[67]。

噬菌体比果蝇及链孢菌更具有优越,这一点在选择研究复制的合适系统时显然起到了某种作用。以噬菌体为材料研究单个遗传粒子,从而能摆脱组织的遗传系统的复杂性。细菌学家和细胞遗传学家不一样,研究人员可以操纵这个亚细胞界,不局限于研究分子水平上繁殖的整个合成单位,而且能够在某种程度上控制进入细胞内的物质。基于这个原因,人们选择病毒学方法也许能更直接地解决遗传物质复制的问题[68]。

德尔布吕克选择噬菌体作研究材料还有一段插曲,即1937年他初到美国加州理工学院,当时在这所大学校园开展的果蝇遗传研究正热火朝天,他跟这些"果蝇学家们"合作得并不顺利。奇迹发生了,在该校的生物学院地下一层的一间实验室内,德尔布吕克经常能遇到以埃利斯(Ellis, M.L.)为首的研究组成员,这个小组正在从事大肠杆菌噬菌体实验。他们抬头不见低头见，时不时一起交流，这使得德尔布吕克很快意识到，噬菌体是一个进行定量研究的理想生物系统，它不需要像高等有机体那样要双亲遗传。噬菌体像植物病毒那样，只把寄主作为营养培养基进行繁殖复制，既无重组又无分离，只是一种核蛋白分子的真正复制和自体催化。它们像酶那样自我繁殖蛋白质，研究噬菌体的产生机制，可以撇开细胞生长的复杂条件去研究酶的形成机制，或许这还是解决生物学基本问题的关键[29]。噬菌体也从此被推上了现代科学技术分子研究的历史舞台，瑞卡德（Reichardt, L.F.）是世界上第一位解析遗传二进制开关分子机制的，而且他还是通过研究噬菌体取得的呢[43]！

4.5　从噬菌体研究组看到科学发展普通动力学要素

1969年的某一天，位于美国纽约长岛北岸冷泉港生物学研究所的会议大厅灯火辉煌，鼓乐齐鸣，人声鼎沸，呼唤声不绝，好一派欢声笑语的快乐景象。原来会议大厅舞台上正出演一场别开生面的活报剧，为"当代分子生物学之父"德尔布吕克生日祝寿暨荣膺1969年度诺贝尔生理学或医学奖。这场景很特别，参加演出的14位演员全是诺贝尔奖获得者，他们清一色的是原噬菌体研究组成员。这些从世界各地专程赶来的14位诺贝尔奖获得者，共同演出了一场主题为"我们的成就完全归功于德尔布吕克"的大戏。

大幕徐徐拉开，舞台中间放了一个大木桶，14位诺贝尔奖得主按获奖年代（1958年、1959年、1962年、1965年、1968年）先后相继登场。他们围着大木桶绕台一周，边走边说，台词只有一句："我们的成就完全归功于德尔布吕克。"台下的诺贝尔奖评议会委员们一遍一遍地呼唤："谁是德尔布吕克？德尔布吕克是谁？"剧情进入1969年，诺贝尔奖评议会委员想不出这一年诺贝尔奖得主的名字。委员们异口同声地呼唤道："干脆把木桶来它个底朝天，看看木桶里到底有什么！"于是，便有一位诺贝尔奖评议会委员拿来一个长柄钉耙，径自在木桶里这么一扒拉，扒出了一本书，书名是《噬菌体和分子生物学的起源》（*Phage & The Origin of the Molecular Biology*），这就是这14位诺贝尔奖得主为庆贺德尔布吕克60周年华诞而撰写的论文集。

接下来是大合唱，14位诺贝尔奖得主齐声高唱，歌词中有一句："生物学、病毒学和星卜学教授们都在慨然宣称，他们的成就完全归功于德尔布吕克……"歌毕，诺贝尔奖评议会才若有所悟，他们齐声问道："……现在是什么时辰了？"大厅深处传来德尔布吕克荣膺1969年度诺贝尔生理学或医学奖的喜讯，剧终。

这14位诺贝尔奖得主都曾积极参加德尔布吕克倡导创建的噬菌体研究组学术活动，受到研究组学术熏陶、启迪，并且在日后都为分子生物学研究做出过巨大贡献，获得诺贝尔奖。他们将参与研究组活动视为科学生涯中的重要"拐点"。那么噬菌体研究组活动为什么有这么大的吸引力和这么大的影响力，成为众多学者、精英学术生涯中的重要"拐点"？研究组的倡导者、组织、活动有什么独特之处呢？

4.5.1 物理学家走进遗传学实验室

1939年二战期间，德尔布吕克有家不能归，有国不能回，不得已只能在美国范德比尔特大学（The University of Vanderbilt）物理系谋得一席教职，赖以为生。实际上，他在从教之余，几乎将全部精力扑在了噬菌体的研究上。恰值意大利著名细菌学家卢利亚这时也流亡到了美国避难，他们二位在一次"美国物理学会年会"上不期相遇。同是落难人，自然一见如故，科学是没有国界的。他们相约共做48小时的科学实验，卢利亚就将早年在巴黎巴斯德研究所从沃尔曼（Wollman, E.）教授身边学来的噬菌斑实验技术，手把手地传授给这位从德国来的理论物理学家德尔布吕克。

这可能就是20年前在荷兰莱顿大学，德国的另外一位更具影响力的物理学大师爱因斯坦关注噬菌体观察实验的继续。后者曾透过学科间藩篱松动留下来的缝隙，关注一位来自法国的细菌学家戴莱尔的噬菌体研究实验，想看看生物学实验室内的人整天在干些什么，还一旁煞有介事地进行些挺像回事儿的评价。

德尔布吕克作为一位物理学家，他走进遗传学实验室，不仅看到了生物学实验室在干些什么，而且自己也着了迷，索性全身心地投入到生物学研究中，尤其是投入到了遗传分析研究中。他和卢利亚相约共做48小时的科学实验，可能就是下文将叙述的噬菌体研究组的雏形；而一位物理学家走进遗传学实验室学习噬菌斑实验技术，与10年后他所指导的噬菌体研究组成员、美国年轻的遗传学家、信息论者沃森，以一位遗传学家的身份走进英国剑桥大学卡文第许物理学实验室，学习X射线衍射技术相对应。这两位一进一出恰恰是20世纪前半期的科学生活中最具特征性的事件，标志着传统的噬菌体研究正在朝新学派过渡[30]。

4.5.2 噬菌体研究组的宗旨

1940年在美国冷泉港，以德尔布吕克、卢利亚、赫尔希为核心成员召开了"第一次噬菌体研究学术讨论会"，会议决定把这个新创建的学术研究团体命名为"噬菌体研究组"。研究组成员最初想了解噬菌体怎么会在半小时左右时间内，在宿主细胞中增殖成为数百个子代噬菌体；还想弄清楚哪些组分在噬菌体复制时起关键作用。换言之，重点在于检定这类病毒的遗传物质。

为达到这个目的，必须尽可能吸引更多的科学家参与这个研究组的工作，他们希望有人能看到或听到他们已发现的所有东西后，会怀着浓厚的兴趣和他们一起工作。一种强烈的甘愿冒险的精神激励着研究细菌病毒的人们，这种感情在推进解决生物学这个基本问题的宏大运动中起着一定作用。最终他们吸引了许许多多的人，并形成和这些有志之士共同组成的噬菌体研究组[44]。其中还有一对来自中国台湾的年轻华裔物理学家詹裕农和叶公杼夫妇，他们毅然决然地投奔到噬菌体研究组发起人德尔布吕克门下，后者对这对年轻物理学家非常支持[69]。

50年前，物理学家们看到许多令人振奋的发展将集中于原子的构成；今天，这些物理学家们认为，生物学的许多问题都将聚集到一个中心问题上，即细胞的结构。这些"门外汉"们感到细菌病毒这个领域将是他们大展宏图的广阔天地。德尔布吕克自谦是这些人中的一个幼稚的"门外汉"，他是一位理论物理学家，对生物学极为生疏，对细菌病毒更是一无所知。这些"门外汉"感兴趣的是，一个病毒颗粒进入细菌细胞内，20 min后这个细菌细胞便裂解，释放出100多个病毒颗粒。一个颗粒是怎么顷刻间变成100多个相同颗粒的呢？怎么才能查明这个过程呢？它是如何进入细菌细胞的？又是如何繁殖的？是像细菌那样生长、分裂，还是另有一套完全不同的繁殖机制？它是否必须在细菌内才会这样繁殖，或者杀死细菌后，它们仍能像原来那样继续繁殖？这样的繁殖方式是否是有机化学家尚未发现的有机化学中的一个奥秘呢？

他们有着不同的兴趣，专业各异，研究方法也不尽相同，因而对所获得的研究成果有不同的解释。一些人如科恩（Cohen，S.S.）等认为生物化学能解析基因，另一些人如德尔布吕克、卢利亚等则主张结合运用物理学、遗传学解析基因。有争议是常有的事，而怀有"异议"的人，往往就是有异常禀赋的人。其实，这样的学术环境才能使研究日新月异，不断提升，持续地将科学发展推向新的高峰。他们各抒己见，自由讨论，谁也不强求对方一定要认同自己的观点、看法。然而，大家都致力于协作，例如一些人共同研究某一种细菌（大肠杆菌）和某一种噬菌体品系（T系）。他们并不是共同使用一个实验室，而是在分布于世界各地的实验研究场所积极从事研究。

4.5.3 "人才"大流动和一个"吸智"平台

德尔布吕克正好赶上了一个特殊"人才"大流动时期，须知这种大流动却是改变历史发展的一种动力学要素。

二战期间德国以及被德国威胁及占领的欧洲各国，有近50万犹太人被迫流落他乡，有上万名科学和文化精英逃亡到美国，这种"人才大流动"

与本书的主题"DNA是如何发现的？"有着某种直接或间接关系。美国以"拯救科学和文化"的名义，接收了大批从德国等欧洲各国流亡来的科学家和文化精英。他们当中有"计算机之父"冯·诺依曼，"现代宇航之父"冯·卡门（von Karman，T.），"氢弹之父特勒"（Teller，E.），著名物理学家费米（Fermi，E.），数学家库朗（Courand，R.），音乐家勋伯格、斯特拉文斯基……还有与本书主题有不同程度关联且在本书多次提及的相对论创立者爱因斯坦、量子力学创建者之一玻尔、"原子弹之父"西拉德、"分子生物学之父"德尔布吕克、细菌学家卢利亚……

换个角度讲，美国密芝根大学静电学权威摩尔（Moore，A.D.）在1911—1915年大学读书期间，老师从未提及麦克斯韦（Maxwell，J.C.）的名字，尽管其理论是电学原理的基础；我国著名物理学家周培源在美国大学读书期间，师从爱因斯坦，学习广义相对论，其间，一位来自欧洲的科学家到芝加哥大学宣讲量子力学，全大学没有一人能听懂。在20世纪20～30年代，美国一些科学领域在蹒跚学步，处于起步阶段，有些领域甚至是一片空白。蛋白质结构研究方面也是如此，30年代除了威科夫（Wyckoff，R.）拍过几张蛋白质的X光照片外，再没有人拍过类似的照片。从20世纪20年代起，有记录的只有一次尝试，当海德尔伯格（Heidelberg，M.）知道在斯克内克塔迪有X光设备，他便带着血红蛋白晶体去那里，但那里的技术还不成熟，设备也不配套，因而他失望而归[70]。

因为战乱，欧洲许多国家的大学及科研机构遭受破坏，大批科学家外流，绝大部分流向美国。从1894年以来美国工业生产就一直居世界首位；1853至1979年的科研经费累计约6200亿美元，全世界知名科学家和工程师半数仍旧生活在美国，目前活着的2/3诺贝尔奖获得者还在美国工作，一些高水平的科学家比例可能还要大于50%，所以，没有多少年，美国科学研究在各方面均处于领先地位。这也可以说德尔布吕克赶上了好时机，是美国的科学环境成就了德尔布吕克，成就了噬菌体研究组，也成就了分子生物学。

4.5.4 一本《生命是什么？》给噬菌体研究组的壮大和发展点了一把火

这时又出现了一件奇妙的事件，德尔布吕克1935年在柏林时，与里索夫斯基及齐默尔合作发表的，人称绿皮文献的《基因突变的本质和基因的结构》刊登在一家不起眼的杂志上。这篇被人们誉为靶子学说模型的经典文献，想不到在战争期间被另一位从奥地利流亡到爱尔兰的著名量子力学创始者之一薛定谔接过去了。他从物理学层面讨论活细胞问题，认为生命有机体有一套特定的遗传缩微密码文库，借此可以读取到"基因的分子图"。我们也就不难理解缩微密码能精确地表示十分复杂和特定的发育计划，并能以某种方式使得该计划得以实现了，这也就是这本小册子最有积极意义和最有影响力的一面。根据这一概念，基因的复制不只是我们在晶体三维生长中看到的"机械性重复"，复制好的结构像是在复杂有机分子中那样呈"非周期性的"，其中每个原子和每个原子团都有各自的作用。在大分子亚单位的同分异构排列中，字母码和化学码是相似的。物理学家除熟悉这一概念外，更重要的是要用非周期性晶体概念来说明这个遗传缩微密码文库与晶体学的关系。人们期盼有朝一日有位物理学家，而且是一位杰出的物理学家能担当此任。

1944年，薛定谔写了一本小册子《生命是什么？》，这本小册子激发了人们的广泛兴趣，尤其是引起了那些年轻的仅具有粗浅又过时的动植物学知识的物理学家们的兴致。作为物理学家的威尔金斯（Wilkins, M.）、克里克等自不例外。这些物理学家中有人在二战中参与过美国"曼哈顿计划"，制造了世界上第一颗原子弹，害怕因原子武器巨大的杀伤力而承担道义上的责任。还有，在不少人的心目中，原子弹爆炸这一事实意味着物理学已走到尽头了，再研究下去，人类的命运堪忧。而且，物理学研究变得愈来愈复杂，常需要许多人的参与、协作和极贵重的仪器，个人的作用不太明显。于是，在薛定谔的《生命是什么？》小册子的鼓动下，很多杰出的物理学家毅然决然地投身到生物学这个瑰丽的新园地，寻求新的发展空间。

当时的生物学的确不怎么具有吸引力，也谈不上有什么"新概念、新技术、新方法"。猛然走进生物学实验室，人们所能看到的，除了满架子的标本、一架老掉牙的显微镜外，研究者们无非在做些蛙类和胡萝卜切片实验，一旁再背诵些拉丁文学名表。一直到20世纪50年代初，生物学的主要研究内容依然是被作为定性研究对象来看待的，在微生物学研究领域，对定量实验方法的抵触现象随处可见。薛定谔的那本小册子的出版，给生物学平添了许多异彩，给那些战后徘徊、观望的年轻的物理学家们指出了一个大有作为的新领域。这时，恰好德尔布吕克正在美国冷泉港举办一系列有关噬菌体研究的学术活动，小册子的出版，一时间使生物学成为一门很时兴的学科，吸引来了各类学科的代表人物（主要是物理学家），他们纷纷涌入噬菌体研究组。小册子的出版，确实对这个研究组的发展和壮大起到了一种极大的，也是决定性的推动作用。

4.5.5　社会工程学的应用

运用社会工程学原理，组建某种社团开展学术活动，进而催生一个新学科诞生，在科学发展史中也早有先例。例如在数学界，历史上著名的希尔伯特（Hilbert, D.）运动，引发了"现代代数学"的诞生，这与噬菌体研究组的学术活动颇为相似。

玻尔在哥本哈根发起并组织的"量子力学研究组"，亦即人们所称的"哥本哈根精神"，则是另一种创举，也是玻尔感召力的极大表现。他将全世界最活跃、最有智慧和最具洞察能力的物理学家都吸引过来了，有来自17个国家的63位杰出物理学家，其中有克莱因（Klein, O.）、克拉麦斯（Kramers, H.A.）、艾伦菲斯特、泡利、狄喇克（Dirac, P.A.）、伽莫夫（Gamow, G.）、克洛克、卡斯密尔、朗道（Landau, L.D.）等众多精英。他在这里创立的所谓"哥本哈根精神"，使得这些世界一流的物理学精英不经意间触及了宇宙的神经，对准大自然内部结构的人类智力之眼被打开了。在这之前，在世人的眼中宇宙还只是一种说不清、道不明的不可知现象[61]。

还有，1901年爱因斯坦在瑞士伯尔尼联邦专利局当技术员期间，他与青年时代的朋友索洛文（Solovine，M）和哈比希特（Habicht，C.）一起，组建了一个"奥林匹亚科学院"，经常在一起探讨物理学、数学、哲学等各种科学问题。德布罗意（de Broglie，L.）、海森伯（Heisenberg，W.K.）、薛定谔等也曾参与这个社团活动，且为创建量子力学做出了巨大贡献。维纳（Wiener，N.）、罗森塔尔则创立了控制论，也与这种学术上自由组合的协同作用密不可分。

这种"小环境"在人才成长过程中具有重要地位，他们在志同道合的基础上自愿结合组成的学术社团，成为一批"研究高手"的世界，也是多学科的"科学狂人"的出没之处。他们往往思想活跃，各自怀揣的奇思妙想层出不穷，极富创新精神；追求科学真理是他们的共同愿望和最大的乐趣。这种充满活力、亲密无间的"小环境"，正是孕育新秀和形成新学说的沃土。这些精英们聚集到一起，他们的综合创新能力不是简单地叠加，而是他们日常彼此交往、点拨、启发、相互影响，使得每个个体的创新能力成倍地提高，从而显现巨大的社会进步推动力。

1. 噬菌体研究组的组织结构

德尔布吕克不仅在学术上秉承了老师的衣钵，而且接过了玻尔在社会工程学原理的应用手法，在一定程度上还有发挥。他先后进行了一系列学术活动，例如创建比较稳定的通讯联络网，出版了科技情报刊物《信号》和《内部议论》，举办过"噬菌体暑期学校"、学术讲座、写作野营，这些都为参加者提供了更多的学术交流平台。德尔布吕克秉承了典型的"德国式"办大学的理念，将学术自由放大到极致，尽可能不干预成员的独立思考，使得研究组成为灵感的源泉，因此，研究组吸引来了各种学科、各学派的代表人物。最盛时，有上百个来自37家世界顶尖的研究机构和大学的科学家参加了噬菌体研究组的学术活动，其中包括前文提到的来自中国台湾的年轻华裔物理学家詹裕农和叶公杼夫妇。研究组并没有刻意吸引生物化学家参加，可是生物化学家科恩也被吸引过来了，科恩曾经和斯坦利合作研究、分析过烟草花叶病毒分子并获得结晶。在这里，科恩也受到这个研究组的影响，转而研究起了细菌病毒。不久，科恩又将现代量子生物化学应用到了噬菌体—细菌宿主系统的研究中，从而为噬菌体研究组的活动做出了重大贡献。

参加噬菌体研究组的人员数目极不稳定，人员有进有出，来去自由，属于开放型的松散组织。参加者一般是临时性的，在111位研究组成员中，有59位只是短期协作，例如完成一篇论文，充其量不足一年的工作量；有15位留在研究组长达10年以上。如果将这59位短期协作者排除在外，其他人平均留在研究组内的时间只有6年。

这个崇尚个人自由选择课题的研究组，研究进展是通过一系列精确有效的科学实验活动取得的，而不是靠长时间的有组织、有计划的研究工作累积获得的。研究工作累积虽说"游移不定"，但十分活跃。爱因斯坦也是这样说的，"只有自由的个人才能做出发现"。科学史也表明伟大的科学成就通常并不是通过有组织和有计划的研究取得的，如同新思想往往源于某一个人的思考中一样，因此，学者独立开展的研究是科学进步的首要条件。

1946年，噬菌体研究的辉煌时代已经过去，人们的研究热情逐渐平息下来，但是有着不同兴趣的人还在从事这方面的研究，他们原以为这只是一件简单的事情，后来才知道这种想法错了，原来这不是几个月的事，也不是一两个人能干成的事，而是需要几十个人，花费几年乃至数十年才能弄清楚的事。

2.生物学史上的一次重大抉择

作为这个研究组的第二号人物卢利亚还采取了一项具有深远意义的战略性措施，指派他的学生沃森远赴欧洲哥本哈根海尔曼实验室学习生物化学，这是一个具有远见卓识的重大举措。他深深感受到，DNA的化学知识对了解它的生物学功能是不可或缺的。他在和德尔布吕克一起闲聊时，常常带着怀旧的心情不无感慨地说道："欧洲人的那种迈着四方步子走路的老传统，那种欧洲式的慢条斯理的生活节奏，往往有可能让他们产生第一流的科学概念。"他深谙慢节奏生活与科学进步之间的"函数关系",实质上就是,有效率的工作与有质量的慢节奏生活成正相关,因此他派沃森到欧洲学习,希望他能够接受一流的研究训练,一方面能很好地掌握现代酶学方法和技术,另一方面培养和发展有关核蛋白合成的同位素操作技术、高级物理学知识,从而成为一名研究分子结构的物理学家。可是,令沃森感兴趣的不是生物化学,他的全部心思还是在遗传学方面,他在哥本哈根海尔曼实验室期间,人们常看到他抱着大部头的遗传学丛书。

噬菌体研究组在整体上对化学抱有成见,采取漫不经心的态度。德尔布吕克早年在柏林首次从事铀分裂实验,由于他本人对实验结果作出过错误判断,掉过头来反倒埋怨化学家将他们的分析引入死胡同,因而并不鼓励沃森朝化学方面发展。难怪沃森和克里克后来在如何审视、处理碱基比例问题上,没有找研究组成员请教,多是去找不是研究组成员的著名生物化学家查伽夫,并从他那里获得了至关重要的启示。

沃森在欧洲有一系列离奇作为,巧妙地周旋于多个学科顶尖代表人物之间。他在短短一年半内(1951年10月—1953年3月)获取的涉及多个学科的大量极其宝贵的信息、知识,远远超出这个研究组派他远赴欧洲学习生物化学的预期。噬菌体研究组在运用社会工程学原理中的"请进来,派出去"方面,显现出来的作用和影响力具有史诗般的意义。后来有人评论噬菌体研究组的工作时说道:"可以将研究组的工作比作'信息'方法的反映,可以用'范例、云集、网络和专题'来形容这个研究组及其发展的社会意义。"[29, 30]

4.5.6 噬菌体研究组取得的成就

这期间电子显微镜和X射线衍射技术也获得了迅猛发展,再加上免疫学方法的应用都为噬菌体研究创造了必要的条件。

1. 一步法实验

德尔布吕克的第一项成就是成功实现了噬菌体增殖的一步法实验,这标志着从此开创了噬菌体现代研究的新篇章,他的这项成就至今仍是研究噬菌体增殖的基本方法[71]。1943年，卢利亚和他还一道证实，在对噬菌体敏感的细菌培养物中，出现了抗噬菌体的突变株系，表明自生性细菌突变株具有选择特性。此结论与当时流行的细菌学教义相悖，可以说，一举推翻了拉马克关于获得性遗传的最后一道防线。这项实验标志着细菌遗传学的诞生，它足以与1866年孟德尔的豌豆杂交试验相提并论。这个噬菌体研究组接着在属于细菌遗传学范畴内的诸如自我复制、遗传重组、有性生殖等基本概念方面均取得了重大突破，这些研究成果后来都顺理成章地构成了现代分子生物学大厦的理论基础，发展成为分子生物学信息论学派，德尔布吕克设立在美国加州理工学院的实验室也便成为这个研究组的"梵蒂冈"。

2.噬菌体同位素标记实验

任何新建立的学科体系都会有不完善的地方，研究组中一些人最初也认为病毒的遗传物质是蛋白质。这个推测的根据是噬菌体在生长潜伏期内存在无DNA的噬菌体前体。他们在各类实验中还证实，噬菌体都要有一定分量的蛋白质才能携带DNA，所以当初认为遗传信息的传递是由蛋白质来完成的。在此必须指出，艾弗利1944年发表的那篇著名文献中，显然也考虑过这种可能性，所以他没有明确肯定文中指的遗传特性取决于DNA。

这个研究组的早期成员赫尔希等由此推测，既然前人已明确肯定侵染性噬菌体是在细菌细胞里面繁殖的，那么噬菌体在吸附到细菌细胞表面以后，必然有什么物质进入细胞的内部，于是他们各自使用不同的放射性同位素，分别标记噬菌体的外壳蛋白和内含物DNA。实验证实，噬菌体在吸附到细菌细胞表面时，它的外壳蛋白留在细胞表面上，只有头部的内含物DNA进入细胞的内部。而且这些进入细菌细胞内部的DNA，会繁殖成为数百个与原来噬菌体一模一样的，也具有完整蛋白外壳的子代噬菌体。人们将这个称为"放血者"的实验，确认了具有遗传特性的绝对不是蛋白质，而是DNA[72]。

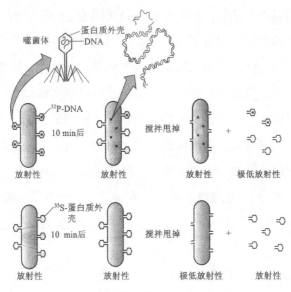

图4.5 赫尔希等的著名同位素标记实验

这一著名的同位素标记实验跟8年前艾弗利的著名细菌遗传转化实验是何等吻合;对年轻遗传学家沃森和在剑桥大学的物理学家克里克正在从事的合作项目的冲击之大,怎么形容也不过分。他们正在积极探索一条前人从未走过的道路,尝试建立DNA双螺旋立体结构模型,而且正处于模型建立征途中的十字路口、关键时刻。赫尔希等的同位素标记实验结果大大地激励了他们,使得他们发誓要将这项具有里程碑意义,且具有遗传学、生物学深远含义的工作进行下去,直到最后获得成功。在同位素标记实验成功后不到一年,果然不负所望,他们两位共同的宝贝——DNA双螺旋立体结构模型问世了。

3. 遗传信息流"中心法则"问世

1953—1962年是噬菌体研究组学术活动的黄金时段,成就颇丰。一些过去欲说未说,或因证据不足、数据不全,抑或羞于充当领头羊、排头兵而不敢说、不敢提的新概念、假说,由于有了上述决定性的实验结果,为他们壮了胆,便一股脑儿地都抛出来了。这是一个信息爆炸期,许多过去没法解释的问题、说不清的道理,都先后找到了答案。例如20世纪50年代后期,人们曾假定RNA有好几种存在方式,到60年代初期便统统得到证实。于是，便有可能构成一幅完整的基因—蛋白质的生化图解；它还为DNA复制提供了一致性解释。下列流程图表示的遗传信息流向，称为分子生物学的"中心法则"。

$$DNA \rightarrow RNA \rightarrow \rightarrow 蛋白质^{①}$$
$$\downarrow$$
$$DNA$$

图4.6　遗传信息流向

垂直方向表示"自催化"，新名称叫作复制或遗传传递；水平序列表示"异催化"，指细胞内非染色体物质的代谢活动[12, 30]。实际上如图4.6所示的那样，可以将它分成两个独立的流向，即DNA→RNA称为转录，RNA→蛋白质称为翻译。当这些过程的生化途径变得比较清楚的时候，就有可能在没有细胞存在的试管内（只用前体和DNA或RNA模板）合成出完整的蛋白质。20世纪60年代期间，最赋有革命性的研究进展当推伽莫夫1963年计算出的遗传密码，即三联体密码。从此，人们便可以用"自催化"和"异催化"这两个功能性术语来重新解释噬菌体DNA自我增殖的这个最基础的问题，从而完成这个研究组当初给自己定的历史使命[73]。

卢利亚和德尔布吕克他们两位不是第一个研究细菌突变的，正如孟德尔不是第一个通过植物杂交来研究遗传的一样，前两位是研究细菌遗传学的，后一位是研究普通遗传学的。为了使获得的结果能够令人一目了然，清晰易懂，这必然要求他们的论文在解释实验安排、数据分析时，义正词严，文笔流利，文字也高度精炼。虽然这并不表明他们所获得的结果掷地有声、出乎人们的意料，但他们的论文的的确确成为所有后来者发表论文时比对的标准、范例。

噬菌体研究组主要成员只有52人，不仅结出了丰硕的研究成果，还先后走出了20位诺贝尔奖得主，算得上是历史上少有的出成果、出人才

---

① 目前最广泛的理论：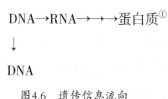

的团队。

4.5.7 噬菌体研究组的局限

噬菌体研究组在如此短的时间获得如此巨大的成就，其中一个根本原因，在于研究组的许多成员在集中研究侵染大肠杆菌的极少数几个噬菌体品系，以及将分布在世界各地的噬菌体实验室获得的研究成果统一进行综合分析——这样会优于过去"经典性"噬菌体研究时期的工作。

噬菌体研究组也有自身的不足之处，有人将其比喻为一座"小教堂"，研究组的一些参加者有时置外来信息和概念于脑外，时常有意无意提出一种与他们的学术活动及从事的合作项目离题千里、古怪而毫无意义的问题，从而忽略了对噬菌体课题本身的研究。

另外，研究组毕竟没有将真正从事创新性研究的艾弗利、查伽夫、弗兰克林等著名的、卓有成就的科学家吸引过来，这不能不说是噬菌体研究组的又一大憾事。

以这个噬菌体研究组成员为核心，在世界各地纷纷建立起了分子生物学研究机构或实验室。设在剑桥大学内的规模庞大的分子生物学研究所，是在卡文第许物理学实验室基础上发展起来的，他们中间的许多人与噬菌体研究组有着千丝万缕的联系。属于法国全国科学研究中心的分子生物学委员会，联合了很多位于巴黎、萨克尔、斯特拉斯堡的科学研究机构，例如巴黎巴斯德研究所就有莫诺（Monod, J.）、诺沃夫（Lwoff, A.M.）、沃尔曼（Wollman, E.）、雅各布（Jacob, F.）等。这个研究所一度还是分子生物学研究的世界科学中心之一，分子生物学的许多基本概念都是在这个研究所取得的。在瑞士日内瓦大学物理学研究所，有凯南伯格（Kellenberg）和维格勒（Weigle）等一班人；在当时的美国印第安纳大学，有卢利亚及他的学生沃森、德尔布科（Delbucco, R.）；加州理工学院有德尔布吕克和他周围的一班人；还有冷泉港这个分子生物学发源地，更拥有一大批噬菌体研究组早期的成员；日本名古屋大学和意大利的一些研究机构也都纷纷建立起了分子生物学研究机构或实验室。分子生物学从此成为一个公认的专门学科，有正式的组织，有公开招聘研究人员的章程，有自己的刊物《分子生物学杂志》（Journal of the Molecular Biology），还有支配研究机构自身经费的办事机构等。瓜熟蒂落，分子生物学真的诞生了。凡此表明，噬菌体研究组为分子生物学的诞生在学术上、组织及资源上打下了坚实的基础[74]。

1966年以后，研究组没有必要继续维持下去了，从此便被纳入分子生物学大范围内，而分子生物学所涵盖的范围更为广泛。正如法国著名分子生物学家雅各布事后若有所悟，满怀感慨地说："今后我们所做的一切，全都属于分子生物学研究范畴的组成部分。"分子生物学既然已经是一个明确的实体，那么，亚分子、原子或量子生物学等都是毫无意义的术语了。生物学实验分析已经深入到分子层次，生物大分子本身不具有生命属性，只有这些生物大分子形成细胞这样的复杂系统，才表现出生命的活动。没有活的分子，只有活的系统，像蛋白质和核酸这样的生物大分子对化学家来说是最复杂的分子，对生物学家来说则是最简单的体系，再进一步将它们拆分下去，将会失去生物学的特性。

4.6　德尔布吕克对分子生物学的影响

德尔布吕克对分子生物学的影响是十分深远的。

第一，选择噬菌体作为研究材料，借以研究基因复制，为了解这个学科的中心内容即基因的结构，起到一种关键作用。1940年，德尔布吕克率先建立了一步生长曲线方法，使同步生长的细菌几乎同步被噬菌体侵染，而且不再发生侵染，从而为定量研究噬菌体增殖提供了可能性。如果说孟德尔的贡献标志着普通遗传学的诞生，那么德尔布吕克的贡献则标志着细菌遗传学的诞生。

第二，在1953年以前，传统生物学的研究方法在生物学界仍占主导地位的情况下，以德尔布吕克为首的少数几位早期噬菌体研究者，几乎没有获得过其他科研机构的任何支持，研究课题也没有挂靠单位，一切全凭研究者坚信所从事课题的潜在价值，凭着各自的执着、学养、风范、精神等特质，三人为伍、五人为组，以零星分散的方式，凭着浓厚的兴趣自发地从事噬菌体研究，最后转变成为学院式噬菌体现代研究，组成了一个产生巨大影响力的噬菌体研究组。他们将噬菌体研究过程中产生的一些新概念、新思想、新技术，徐徐注入昔日生物学思想的清潭中，最终形成一门崭新的学科，即现代分子生物学。一大批研究组人员，其中大部分是年轻的物理学家，在噬菌体组的组织、协调和引领下，凝聚在一起，这保证了噬菌体研究项目能够稳定顺利进行。仅1958—1975年期间，从这个研究组就先后走出20位诺贝尔奖得主；又由于德尔布吕克选对了研究材料，在之后1980—1991年之间有8位诺贝尔奖得主是用他选定的材料而获奖的。德尔布吕克后来不无调侃地戏言道："50年前的物理学家看到令人振奋的发展皆集中于原子的构成，50年后的今天，这批'门外汉'也认为生物学的许多研究方向都将聚集于一个中心问题——细胞的结构。他们感到细菌病毒这个领域，对于那些想搞出些名堂的'门外汉'来说是大展身手的广阔天地。"

第三，德尔布吕克将孟德尔的豌豆杂交试验所建立起来的经典遗传学理论，推向了由沃森和克里克两位主演的分子舞台。不仅如此，德尔布吕克还是一位反还原论的勇士，早在1935年他就强调过，遗传学有自己的规律，不应掺杂物理学和化学的观点。因此，绝对不可以将生物学概念中的"基因"和化学中的"分子"等同起来。他反对因果论者认为的完全可以用物理学术语来解释生物学的做法，认为那是走进了"自然发生论"的死路，从而维护了生物学的立场。他通过推理和假设，为信息论概念的研究开拓了道路，即不仅要用信息这一术语的物理学内容来分析结构，还要了解活有机体实验是如何得到重复的，亦即遗传信息是如何传递的。

第四，德尔布吕克虽非一名杰出的物理学家，但他却是一位独具匠心的灵魂分析师式的科学家——他所具有的那种活脱脱的哥本哈根精神，不愧是从玻尔"模子"走出来的，他思维敏捷且清晰、诚实可信、极富幽默感、善解人意、广结友情、爱护同事、乐于与年轻人交往，颇得同仁们的敬重。一个新移民能在异国他乡短期内影响一大批科学精英，组建一个很有影响力的学术团体，除他的学术思想具有极大感召力之外，与他亲和性佳、善于处理人际关系等优点密不可分。

多年来德尔布吕克一直反对在科学研究中相互保密，认为这不利于新概念的形成，而且批评某篇论文时从不讲情面，但人们仍然认为他的批评是可取的，因为在他严厉又无情的外表后面，是他所坚信的"如果不把自尊心搁置一边，在科学上将无所建树的信念。"

他还告诫年轻科学家，"选题立项不要追风赶时髦"。此跟日本诺贝尔奖得主大隅良典倡导的"做别人不做的事情"，其实说的是同一回事，到科学研究的空白区寻找课题，切忌急功近利，什么出成果快就干什么。

德尔布吕克期待对生物学进行新一轮的探索，但此时他走到了另一个极端，错误地忽视了生物化学，认为那是无用的或用途极小的，但是在另一方面，他和薛定谔一样，还想寻找物理学的其他规律，后来研究须霉（*Phycomyces*）时，才不得不学习起了生物化学。他坚信在量子机制和统计热力学范围内能够描述生命系统中重要的微观特征。在20世纪中叶，信息论还是一种新概念，主流概念或典范的转变尚处在孕育阶段的阵痛期，可能正需要有这样浪漫色彩的研究风格或德尔布吕克式的反生化论风格，人们才会有勇气、胆识提出一种新格调的生物学思想，即使把握不大也要大胆表达。在他的这种浪漫色彩的思想影响下，从研究组初期所得出的研究结果中引出来的一些直接结论虽然都是正确的，而从这些结论再引出具有普遍意义的推测，则又往往是错误的，他们曾主张的遗传性状由蛋白质决定的结论就是一例。

二战时，美国优越的科学环境成就了德尔布吕克，成就了噬菌体研究组，也成就了分子生物学。不仅如此，构成世界现代科学的三大支柱技术的相对论、量子力学和DNA双螺旋立体结构模型，全是在欧洲开花，在美国结果。全世界获诺贝尔奖人数最多的国家是美国，其中半数是外籍移民或移民的第二代。中国有句民间俗语，"墙内开花，墙外红"。科学是没有国界的，所以也就没有墙内外之分，只能说是人类文明进步的必然趋向。因此，人们将德尔布吕克称为"生物学类型的康德（Kant, I.）"，这位新时代"康德"没有任何背景，没有世俗的权位，有的只是一股永存的，但有时不能令人立刻领悟的精神力量。他不仅鼓励同仁不断提出新问题，而且在他积极实验某一学说模型时，还能热情地提出一切不确定的因素。更可贵的是，他不主张在科学研究中相互保密，这样也有助于适时改变对生物学研究的探索思路，他还要求研究组成员在解释自己的实验时，尽可能详尽些。后人遂将德尔布吕克称为"分子生物学之父"。

德尔布吕克到了晚年对基因研究已不再关切，认为噬菌体已掌控在"高人"的手中，基因问题已有多位高手在研究，用不着他再去关心。1950年，他才意识到从噬菌体繁殖中寻找新的物理学规律是不能实现的，现在需要用正统的化学技术来探索生物复制之谜以及揭开受噬菌体侵染的细菌细胞的"黑箱"。如同当年他放弃了天体物理学转而研究原子物理学，而后又研究起遗传学那样，现在他又灵机一动，放弃了遗传学，转而研究感觉生理学。"老骥伏枥，志在千里"，他仍是一个闲不住的人，他先是用红螺菌（*Rhodospillum*），后又用须霉作研究材料，又积极组织了一个须霉研究组。希望花两倍于在噬菌体研究组的时间（25年），运用生物物理学、生物化学和遗传学技术来研究有机体的光传感系统，研究活细胞将太阳能转化成化学能和电能的机理，然而这方面的成就与已往的研究工作比较，大为逊色。

普朗克是人类历史上第一个提出量子概念的，德尔布吕克是第一个将量子力学应用于生物遗传分析的，这是德尔布吕克的一项意义重大的贡献。他开创的这番事业自有"二传手"来接手，这位身手不凡的"二传手"把传承这项工作做得既风生水起，绘声绘色，又比喻生动，举例确切，基因遗传全部过程仿佛被这位十分了得的"二传手"写活了，让许多门外汉（主体是年轻物理学家）读来有滋有味，爱不释卷。这位"二传手"向生物学徐徐注入颠覆性思维，同时也使得物理学自身获得了空前的发展，且看下章分解！

第5章
薛定谔和他的《生命是什么?》小册子

德尔布吕克1935年在柏林时，跟里索夫斯基、齐默尔合作共同发表的人称绿皮文献的《基因突变的本质和基因的结构》被刊登在一家不起眼的《哥廷根科协消息》杂志上，除非有人专门找来原刊复印，否则人们是看不到的，所以提到这篇论文的人几乎都没有看过原文。薛定谔与德尔布吕克交往甚笃，1935年文章一发表，他就从德尔布吕克处获得了一份，似乎上帝早就决定了他们两人的命运。要不，为什么唯有薛定谔能看到德尔布吕克那篇《基因突变的本质和基因的结构》的文章呢？命运注定要薛定谔担当承前启后的重要角色。薛定谔本人也自认："只能用分子学说来解释遗传物质，在物理学方面不存在用其他理论来解释基因稳定的可能性。如果德尔布吕克的解释不能成立，我们也就不必再费脑筋去寻找另外的解释了[41]。"

薛定谔1944年写的那本《生命是什么？》小册子，成了"分子生物学之父"德尔布吕克的第一个精神产物。这本小册子本属科普读物，本意是面向非专业普通读者传播他本人对生命机体的思考，但却吹响了物理学家，尤其是年轻物理学家向生物学研究领域，特别是遗传学分析研究领域进军的号角。在当时，只有像他那样有声望、有影响力、有代表性且卓有成就的物理学界老前辈率先站出来发表自己的观点，才会产生如此巨大的号召力。

5.1 薛定谔凡人逸事

薛定谔是奥地利人，其父经营着一家麻布厂，这位麻布厂主人除经营麻布生意外，还常常挤出一部分时间做栽培，研究植物学，也写过几篇有关植物系统发育的短小文章。薛定谔的母亲是一位化学教授的女儿，因此人们有理由认为，薛定谔自幼接受过生物学和化学的双重熏陶，至他从维也纳大学毕业时，他又成为一位物理学家，并留校任教。他在第一次世界大战中曾服过兵役，当了一段时期的炮兵军官，这样便又给他增添了社会实践的经验，造就了他博学多闻、兼顾多学科的角色。他兴趣广泛、多才多艺，立志要通晓大

图5.1　薛定谔

自然包罗万象、浩如烟海的科学知识，几乎没有他不想了解的知识。他看上去像是孜孜不倦地在从事相对论和量子理论的研究，但他也常常涉猎其他学科领域，做些大智若愚的短暂"科学旅行"。他在寄居都柏林的日子里，生物学便是他主要的兴趣所在。他还研究过苏格拉底的哲学，且直言不讳地说，希望参加一个普通哲学问题的探讨。他还曾把自己科普系列讲座内容编纂成另一本小册子，名称是《大自然和希腊人》（*Nature & Greeks*）[75]。

薛定谔一生几乎都是在单枪匹马、特立独行地进行自己的研究工作。他从来没有在某个学术团体中成为中心人物，他本人也极不愿意在团体活动中抛头露面。他大部分时间都坐在自己家里一张大餐桌旁，专心致志地从事卓有成效的工作。他会在早晨骑着自己拼装的破旧脚踏车到学院上班，豪情满怀地投入工作。闲暇之余，为换换脑子，他也曾兴致勃勃极其巧妙地完成了所有的三角形都是由等腰三角形组成的几何命题的论证。生活中他穿着随和、不修边幅，一副邋遢相，不拘礼节，而行止潇洒，人们认为他是一个古怪的、不可捉摸的另类。1912年，他应邀到比利时布鲁塞尔参加沙勒维的一次学术讨论会，从车站到参加会议代表下榻的旅馆有好长一段路程，别的代表们都理所当然地乘坐各种类型的车辆抵达旅馆。唯有他一人独自背了一个大旅行袋，徒步至旅馆，活脱脱像一个无家可归的流浪汉。到了下榻的旅馆，颇费了些口舌，账房先生才半信半疑地相信他

就是来自奥地利的、赫赫有名的大物理学家薛定谔。

薛定谔和德尔布吕克的关系十分融洽，彼此常有走动。1933年2月，德尔布吕克参加薛定谔在家中举行的化装舞会，他扮演了一个管家先生，还煞有介事地临时借了一身服务员制服穿上。舞会办得尽欢而散。半年后，当他得悉薛定谔获得当年诺贝尔奖，就喜不自胜地又扮演成一个大管家，并以大管家身份向他的"主子"薛定谔先生表示祝贺。后者在回信中说道："我亲爱的大管家先生……您多年来的忠实服务我始终铭记在心，为此，我将每年向您酬谢100磅土豆的年金。"这反映了一个科学家的一份幽默和情趣。

5.2 从物理学层面讨论"生命是什么？"

在20世纪40年代初期，薛定谔在都柏林某研究所工作。有一天他碰上了艾瓦尔德（Ewald, P. P.），后者在第一次世界大战前曾就读于哥廷根大学，现时是一位德国理论家，在大学任教授。艾瓦尔德送给他一篇文章，即前文提到的德尔布吕克1935年在柏林时，跟里索夫斯基、齐默尔合作共同发表的、人称绿皮文献的《基因突变的本质和基因的结构》。

薛定谔与德尔布吕克交往甚笃，显然，自己朋友写的论文自然而然会引起他格外的关注，薛定谔有好长时间对这篇论文一直兴味盎然，像着了迷一样。他把该文作为1943年2月在都柏林三一学院所进行的一个系列讲座的基础，该系列讲座后来以《生命是什么？活细胞的物理学观》小册子出版。

薛定谔对生物学的兴趣，一方面有家庭背景的影响，另一方面还是在于薛定谔本人。他勤于思考，常常带着那对老鹰般深邃而机灵的眼睛，观察物质的内部结构，思考着生命世界中那些生生不息、千姿百态的物种的遗传习性为何如此奇妙，活机体是如何一代复一代地以自己为模板繁殖出活像自己形象的生命机体。每日上班途中，他都骑着那辆自己装配的除去车铃不响其余零部件都不时发出"咯哒"之声的自行车,穿行在大街小巷。沿途一边东张西望,一边思考着自己鼻子的大小、形状等为什么总是像父辈的鼻子,照此可以追溯到祖辈的鼻子。他由此推断,这中间必然存在着某种遗传性因子,才会出现这种世代相传、生生不息的自然现象;从而便能肯定,这个从他祖父那一代遗传过来的鼻子,应当是由某个基因决定的,这个基因在23℃条件下,保持了一个多世纪的稳定性;他祖父又将决定鼻子大小、形状等特征的基因,如实传递给了他的父辈,他的父辈又如实地传递给了他自己,也就不足为奇了[76]。

基因是如何起作用的?基因的结构是什么样的呢?这些关于遗传机制的功能等详细资料仍然是一个谜。科学家对大自然的奥秘有着永无休止的好奇心,这正是科学研究的动力。像薛定谔这样执着、好奇,而又勤于思考的科学家,对"生命是什么?"有着深层次的思考。对执着探讨的人来说,如果让他丢弃和远离这个吸引他兴趣的对生命的本质方面的问题,恐怕办不到了,拦也拦不住[77]。

5.2.1 《生命是什么?》小册子是德尔布吕克播下的第一颗精神种子

令薛定谔念念不忘的还是德尔布吕克等1935年发表的那篇著名文献《基因突变的本质和基因的结构》[40]。只是由于欧洲战争爆发,政局动荡,他才暂时中断对这篇著名文献做进一步深入探讨。薛定谔在万般无奈中不得已离开了奥地利,于1940年流亡到英国爱尔兰,在都柏林主持一个高级研究所的工作。到了这里后,他才有空闲时间重新梳理早年对德尔布吕克那篇文章的思考。1943年,在都柏林三一学院他为该市广大民众做过一系列讲座,这是他之所以能在这座城市避难所承诺的。后来他又到曼彻斯特做过一系列讲座,内容都以对德尔布吕克靶子学说模型的思考梳理后的结果为基础。

德尔布吕克等1935年发表的那篇著名文献中,通过统计学方法估算出基因容积,差不多包含1000个原子。从细胞学观点看,容积边长不高于

300Å（1Å=10^{-10}m），大体与边长为10个原子的立方体相等。这个结论比遗传学的繁育实验以及直接从细胞学中观察到的基因体积小了三四个数量级。薛定谔紧紧抓住这一遗传学事实，并与物理学基础理论挂上钩进行了透彻的分析。第一，他认为基因中存在一种缩微密码，一个基因也许是整个染色体纤丝，是一种非周期性固体，通俗地说，就是一种生物大分子，正是它包含了足够多的信息，足以充当缩微密码的载体。第二，他强调，一个基因包含的原子数量少了，少得无法克服涨落效应，因为一种遗传性状可维持若干世代，达数百年之久，这种不变性是无法用经典物理学解释的。这个矛盾可以从刚刚问世的量子力学获得满意的解释，因此，基因的奥秘中蕴藏了量子力学。薛定谔从空间大小（缩微）和时间范围（不变性）两个方面对基因作出研究后，得到了上述两个极为重要的结论，构成了生命的分子基础[41]。

他接过德尔布吕克的学说，运用分子结构、原子间的连接和热力学稳定性术语来描述遗传事件，断然提出：“遗传物质虽然离不开我们迄今已掌握的物理学规律，但也有可能涉及物理学中尚属未知的其他规律。它们一旦被我们掌握，便会和已知的规律一起，成为这门学科不可缺少的一部分。”这也是他于1944年将所有做过的讲座内容汇集成《生命是什么？》小册子的原因，这也使德尔布吕克8年前发表在一个不起眼刊物上的经典文献被挖掘出来，并被认为是一篇不可多得的著名经典文献。这篇文献从默默无闻、尘封多年、不为人知中显现在广大读者面前，重新引起公众的注意[78]。

1944年，剑桥大学出版社出版的那本《生命是什么？》小册子，成了"分子生物学之父"德尔布吕克的第一个精神产物。这本小册子本属科普读物，几乎是用诗一般的风格写成的，提出"一个放射性原子的可能寿命远比一只健康的麻雀的寿命更难预见"。但这本小册子却吹响了物理学家，尤其是年轻物理学家向生物学研究领域，特别是遗传学分析研究领域进军的号角。

5.2.2 一个"朴实的"物理学家的自白

薛定谔自谓是一个"朴实的"资深物理学家,他打算投身于生物学研究。他要冒天下之大不韪,甘愿丢弃原来所谓"尊贵者负重任"中的"尊贵",以及随之而来的"重任"。他试图蹚出一条道路,在一个他并不精通的领域中著书立说,并且不在乎书中会说了些错话或外行话——如果有的话;他希望在广度和深度上扩展知识,超越原有已吸引他的领域,试图将所掌握的知识整合成统一的整体。有人将他的这一作为看作"疯人"的举措,但他终究看不出有什么理由让他放弃这个决定,让他从这一作为中走出去。

这位"朴实的"物理学家首先要清楚研究生命有机体自身应当具备什么样的概念。他熟悉自己的物理学专业,尤其熟悉统计力学基本原理,于是他利用这些已有的知识开始思考生命机体、机体的习性和功能表达的方式,并且思考是否能够通过这些比较简单但又不能立时令人领悟的科学知识,得出一个有关这个生命机体问题的结论来——只有具备这样思想的物理学家,才能为生命机体问题做出相应的贡献。他必须将这种理论上的推测和生物学中发生的事实加以对比。另外,虽然这位"朴实的"物理学家的概念在整体上非常精确,但他还需要对这些概念进行细致的修正和补充。他承认目前尚未找到任何比这些更好、更一目了然的通向既定目标的方式,承认他的观点不一定是最为正确的,显而易见恰恰都是必要的过程。

薛定谔提出了如何运用物理学、化学说明一个活机体占据的空间范围内所发生的时空事件,他从一开始就向读者指出:"要说明这些事件,就现在已知的物理学、化学知识显然是无能为力的,但这不是怀疑运用这些科学手段来说清楚这些事件的理由。持此怀疑态度的人,难道也会怀疑运用力学分析来了解原子的稳定性吗?"他流露出一种期待,即生物学家和化学家已经尽其所能将他们的知识与发生在细胞内的事件联系起来考虑了,现在该轮到我们这些物理学家将已知的物理学定律和发生在细胞内的事件联系起来考虑了。

狄拉克因发现"正电子"而闻名，在量子力学研究方面也有不俗的建树，不愧为与薛定谔共同获得1933年物理学诺贝尔奖的同道人。他帮腔说："量子力学可以解释大部分物理学和整个化学，现在我们或许还可以再加上生物学。"

5.2.3 从物理学层面讨论活细胞问题

1. 基因与非周期性晶体

基因与非周期性晶体存在某种类同性，薛定谔提出了大分子即非周期性晶体作为遗传物质（基因）的模型。用他自己的话说："可以把一个小分子称为'固体的胚芽'，以这种小的固体胚芽来构建愈来愈大的（化学）聚合物其实有两种方式。一种是比较单调划一的方式，在三维方向上一再重复同样的结构，这就是晶体生长采用的方式；一旦建立了周期性，聚合体的大小就没有确定的限制了。另一种方式是不用单调划一的手段来构建愈来愈扩大的聚合体，而是构建愈来愈复杂的有机分子，在这种分子中每一个原子及每一个原子簇都起着各自的作用，与许多其他原子或原子簇并不完全等效（在周期性结构情况下则是等效的），我们完全可以称这种有机分子为非周期性晶体或固体，并将此假设表述成'相信基因也许还包括整个染色体结构，就是一种非周期性晶体'。"

2. 遗传物质的稳定性和不变性

薛定谔大胆预测，自然界必定存在着一种由同分异构连续体构成的非周期性晶体，俗称生物大分子，其中必定包含数量巨大的排列组合，再由它们构成遗传密码的文库。人们可以根据这些遗传密码，即有可能用量子力学的观点，论证基因的稳定性和发生的突变。除此之外，他还运用统计物理学中有序、无序和熵的概念来分析生命现象，表示生命物质的运动必然服从于已知的物理学规律。他说道："染色体是一种非周期性晶体，就是说组成基因的原子以其稳定性方式连接在一起。基因绝对不是一滴均一性液体，而可能是一种蛋白质。染色体中包含机体的全部信息转变物，它的发育以及运作机能,全被编码成为数字化缩微密码。"

虽然当时香农(Shannon, C.E.)的信息论尚未问世,至于伽莫夫的基因密码假设也是10年以后的事,薛定谔在本书中就已从信息学角度提出遗传密码的假设,不可谓不是超前的科学预见。他认为,染色体结构确实具备了实现这一套程序的手段,就好比一个政权机构,将立法和执法的权力集于一身。说得通俗些,它既是运动员,又是裁判员,既具备实施这一套程序的方案和能力,同时还有建筑师的绘制蓝图和现场施工技术。一句话,基因的遗传奥秘已经被他描绘得如此生动,引人入胜,仿佛被他写活了[30]。

薛定谔写道:"生命受一种高度有序的原子团控制,在每个细胞中这种原子团只占原子总数的一小部分。根据已经形成的关于突变机制的观点可以断定,在生殖细胞的'支配性原子'集团里,只要很少一些原子位置发生移动,就能使有机体的宏观遗传性状发生一种既定的改变。这些无疑是当代科学告诉人们的最感兴趣的事实。[41]"他甚至接过前辈科学家那不勒斯(Laplace, P.S.)的观点,认为掌握了受精卵的结构就能了解生物性状,认为能从基因构造预见到所产生的活有机体是什么样子。所谓"牵一发而动全身",说的就是这个现象。受精卵细胞核这样细小的物体如何包含有机体全部未来的发育过程的呢?如何包含面面俱到的和精确细致的遗传密码文本的呢?他认为,一个排列恰到好处的原子聚合结构,看来也是唯一可设想的物质结构,可具有足够的抵御能力以保持其稳定有序,我们可以设想它能提供各种可能的(同分异构)排列方式。如果原子聚合结构足够大,大到足以能在一个狭小空间范围内包含某一个复杂的已成定论(determinations)的系统。其实,此结构中的原子数无须过大,就会产生近乎天文数字的可能排列数目[79]。

薛定谔根据德尔布吕克对基因结构的分子图像,设想缩微的遗传密码与一个高度复杂而特异的发育程序有着一对一的对应关系,并以某种方法包含着使密码起作用的程序。那么它是如何做到这一点的呢?我们又如何将"可以设想的"变成真正理解的呢?薛定谔当时并不指望这个普遍性结论很快被证实，物理学家们对这个问题提供了详细的信息，相信在不久的将来会实现。但他确信，在生理学和遗传学指引下的生物化学对这个问题的研究将获得突破性进展。

薛定谔一生受玻尔兹曼（Boltzmann，L.）学术思想影响极深，爱因斯坦年轻时也最崇拜这位伟大的物理学家。按照玻尔兹曼统计热力学的观点，单个分子的行为是不可预测的，许多分子的行为则是可以预测的[80]。薛定谔由此得出结论，"在遗传学中，我们面对的机理是完全不同于物理学的概率论机理的"，这一区别形成了他撰写《生命是什么？》的主线。薛定谔还证明，数量大到天文数字的遗传信息，是通过一种化学密码装置贮存在像染色体那样细微结构里面的。他的这番话对生物学家来说，的确具有实实在在的启发作用。

3. 生命热力学和熵

热力学定律说起来虽然抽象，但用穿衣、吃饭比喻就会更易理解了。热力学第一定律可以解释我们为什么要吃饭的话，热力学第二定律则可以解释我们为什么要穿衣。

食物经过消化、吸收等一系列生化过程以后，一部分转变为机体组织的构造材料，其余的则经过氧化分解反应而产生热，这些热又以化学能的形式贮存在人体内。热是物质运动的一种宏观表现，它是由物质中的分子和原子的无规则运动产生的。物质热运动的能量不能无中生有，也不能无端消失，它可以转化为其他形式的能量，但在转化过程中，能量既不会增加，也不会减少，此即热力学第一定律。在正常的生命活动中，化学能可以转化为维持体温所需要的热能、机体运动需要的机械能、信息传送所需要的传导能、体内物质渗透所需要的渗透能以及体内生物合成所需要的能量等。

热力学第二定律描述的是热传递过程，也就是为什么我们在夏天感到热，冬天感到冷。说得更形象些，我们每个人的体内，平均每天约有7%的蛋白质被分解掉，人类只能靠消耗其他动植物能量来补充，重建系统，而其他动物也无一不是凭借食物链而得以生存的，植物同样是以消耗太阳能来维持自身的有序化而控制熵值的增加的。人们后来发现，热不能自动地由低温物体传到高温物体，也不能完全转化为功，即热的利用率不能达到100%，此即热力学第二定律。

热力学第三定律说的是热定则，又称能斯特（Nernst, W.）热定则，我们就拿绝对零度（约$-273℃$）不可能达到来说事，温度等于绝对零度时，任何物质的熵都等于零。

4. 玻尔兹曼和熵的概念

玻尔兹曼在19世纪发展出熵的概念，用来衡量一个物理系统的混乱程度，亦即不确定性量，例如气球里的气体。认为熵增过程是系统从有规律状态到无规律状态的变化过程。熵是一个系统失去信息的量度，这样，他便把熵的概念同信息的概念联系起来了，一个系统有序程度越高，它的熵就越小，所含的信息量也就越大。玻尔兹曼指出，热力学第二定律的论证只有在概率基础上才能成立，就是说，不能自发发生的过程是发生概率很小的过程，有规则状态的概率较小，无规则状态的概率较大。他深信能从研究系统中各种可能状态的概率来计算热平衡状态。

科学一般都从研究平衡态开始，力学起初是研究力的平衡的静力学，电学先研究静电，化学先研究平衡反应，但科学总要从研究平衡态向研究非平衡态发展。现实的热力学都是开放系统，其初始状态是可几性很少的状态，而从初始状态起，逐渐向可几性较多的状态过渡，最后进入最可几的状态，这就是热平衡。如果我们把这种计算应用于热力学第二定律，我们就能将普通所谓熵的那种量等同于实际状态的概率。也就是说，熵是无规则状态的量度，熵增就是发生概率的增加。这样，玻尔兹曼就对热力学第二定律进行了统计解释，建立熵的微观模型：$S=k\log W$，S为熵，W为微观态（可能有的分子组态数），k为玻尔兹曼常数）[81]。

玻尔兹曼的研究为什么如此重要？普里高津（Prigogine, I.）说："这是因为他把科学史中独立引入的各种方式的描述联系起来了，即把用力学定律表示的动力学描述、概率描述和热力学描述等联系起来了。"还可以进一步说，玻尔兹曼提出了统计热力学的基本理论，运用统计学方法将原子水平上的微观世界和热力学数量级水平上的宏观世界联系起来了。正是由于他的工作，人们率先打通了力学和热力学这两个相反学科之间的连接通道，提出了"熵"的概念。熵是物理学中用来度量不能再被转化来做功的无效能量的单位，也是数学上的一个尺度，用来定义我们现在称的"无序"或"原子聚合概率"。熵不是一个模糊的概念或说法，它像一根棍棒的长度、物体任何一点上的温度、某种晶体的熔点、任何一件物体的比热，是一个物理学中可计算的量。

美国科学家惠勒说："一个人如果不懂得'熵'是怎么回事，他就不配算是在科学上有造诣的人。"

1906年玻尔兹曼逝世，人们在他的墓碑上只刻着一个公式：$S=k\log W$，后人用这种悼词来悼念他，却是十分新鲜，折射出世人对知识的崇敬，也警示后人别忘记他对科学的贡献，哪怕就是一个公式。奥地利人为纪念他的伟大贡献，还专门建立了一座以他的名字命名的"玻尔兹曼基因功能研究所（Boltzmann Institute for the Gene Function）"。该所藏有1.5万个转基因果蝇组，每一个组作为一个基因的研究单位，这样便有助于了解人类致病基因的作用分式。

热力学第二定律指出，物理和化学变化导致系统的无序性或随机性（即熵）增加。自然界中发生的每一件事，已发生和正在发生的每个突变过程、突变事件本身，都意味着熵在增大。生物无休止的新陈代谢，不可避免地使系统内部的熵增大，从而干扰和破坏系统的有序性。因此，一个活有机体在不断增大自身的熵，就是说增加的是正熵，接近熵值最大时的危险状态，那就是死亡。要避免这种死亡危险，唯一的办法就是从环境里不断吸取负熵，有机体就是靠负熵来维持生命的。

薛定谔提出，生命系统显现有两个基本过程：一个被他称为"从有序产生有序"；另一个是"从无序产生有序"。薛定谔用前一个过程综合了迅速导致DNA发现的已有的物理学知识，并做了描述；接着他又开始用后一过程，将放大了的热力学规律与生物学统一起来。薛定谔提出生命以负熵为生的见解，认为生物是从环境中吸取"序"来维持生命系统组织，并保持和不断增加（或提高）其复杂程度的。他的关于基因组是具有稳定性和编码能力的非周期性晶体的观点，后来被沃森及克里克对DNA的分析证实了，不仅如此，也为导致现代生物学中的许多发现提供了框架。

5. 薛定谔的熵流观点是耗散结构思想的萌芽

生命系统却违背热力学第二定律。这个定律表明，在一个封闭系统中，自然界演化的方向应该是从有序到无序，熵将趋于最大值，因而，在平衡意义上无序将处于支配地位。生命系统中的发育、成长和演化过程却是从无序构建有序的过程，他们从层次较低的有序到层次较高的有序，就是说，使其内部的熵降低，这是非生命世界中难以实现的。薛定谔用"非平衡热力学"的理论解决了这一难题，他指出生命系统存在于能流世界中，与外部环境进行着大量的能量交换[82]。生物体通过吸收自身周围或邻近周围系统中的能，用以维持一种高度有组织的状态，促进它在自身内部形成较低熵的状态。生命体保持着总质量和总能量守恒，生命只不过是一个熵增熵减的动态过程，是一个远离平衡的耗散结构，它通过支出更大的宇宙熵预算，来维持其局部的组织水平，即负熵。他用数学式表示如下：

$$\triangle S = \triangle Se + \triangle Si, \quad \triangle Si \geqslant 0$$

式中$\triangle Si$是系统内部产生的熵，必须大于零，$\triangle Se$是外部引入的熵，可以是负数，因此，系统的总熵变化$\triangle S$可以是正数，也可以是负数，只要$\triangle Si \geqslant 0$，也就不违背热力学第二定律。换句话说，生物体一定是负熵的贮存场所，形象地说，熵流如今被说成是生物体靠负熵过日子。说得更明白些，新陈代谢的本质在于使有机体成功消除进行生命活动时不得不产生的全部的熵。实际上，净负熵流是贯穿于生物体边缘的全部熵流之和，个别营养物的代谢可能有益于正熵或有益于负熵[83]。这些系统都通过异催化和自催化的非线性过程逐渐形成，而熵的产生、增大、复杂化和循环，以及受热力学制约的生物学过程，不久的将来或许会给物理学尤其是热力学增添新的研究空间。

薛定谔的这些看法是耗散结构思想的萌芽，他的这一夙愿只能由后继者普里高津的研究来实现了。因为耗散结构理论蕴含着关于力学规律性与统计规律性、可逆性与不可逆性、进化与退化、有序与无序、平衡与非平衡、线性与非线性等新时代的科学思想。

20世纪60年代，比利时物理化学家普里高津提出了"耗散结构理论"，这是热力学关于探讨结构稳定性和熵涨落的一种新的尝试。该理论认为生物体是远离平衡的开放系统，它从环境中以食物形式吸取低熵状态的物质和能量，将它们转化为高熵状态后排出体外，这种不对称交换使生物体和外界熵的交流出现负值，这样就可能抵消系统内熵的增涨[84]。生物的生命活动，只不过是同熵的生成不断斗争的过程。这样理解生命本质的关键是熵，是何等含蓄，何等深刻！

5.2.4 《生命是什么？》小册子的影响力

薛定谔从量子力学角度论证了基因的不变性、遗传模式的长期稳定性，他提出来的问题可以归纳为四点：

（1）机体是如何防御破坏它自身组成的趋向的？
（2）它的遗传物质是如何保持不变的？
（3）这些物质是如何保持这样的如实性进行增殖的？
（4）感觉和自由意志是什么？

其中尤其以遗传物质的不变性以及活机体能够保持（或提高）其复杂性程度这两个问题，真正涉及他所写的《生命是什么？》那本小册子的核心内容。

小册子提出的这些最富开创性的论点，已成为现代生物学的内容。这些概念给物理学家极深的印象，也只有像薛定谔如此有声望的资深科学家提出，才会"撩拨"起那些二战后由于种种原因，尚徘徊在十字路口的年轻的、才华横溢的物理学家们以空前的热忱，纷纷转向生物学这个老学科中寻求发展空间，开拓新园地。生物学家虽然在字面上尚未完全吃透它，但它确实标志着一个重大转折点，甚至是一场革命。

小册子的作者薛定谔本想从复杂的生命物质运动中找出未知的物理学定律，实际上却概括了20世纪30年代物理学界对生命物质运动和对遗传学问题感兴趣的原因所在，也启发了人们用物理学的思想和方法探讨生命物质运转的兴趣[85]。一些知名的物理学家转向生物学，尤其是在沃森和克里克发现DNA双螺旋体模型后，许多物理学家转向生物学，其动因与阅读了这本小册子都有直接或间接关系，所以有人将这本小册子比喻为从思想上"唤起生物学革命"的号角。这本小册子悄然成了孕育生物学革命的"汤姆大叔的小屋"，掀起窗帘，除去尘埃，又成了分子生物学的产房。这本小册子一出版，顷刻间便引起了人们的广泛关注。除去作者的地位、影响外，还因为他是从物理学角度考察生命系统的，也就必然得出一些关于分子及热力学的论断。他对这些问题阐释得如此的精练、生动和感人，以至于获得了生物学家、物理学家和化学家的普遍赞誉。

薛定谔不像玻尔那样，抛出相互排斥的互补关系作为铺垫，而是提出与已知的物理学有关的其他定律，好比电动力学定律同更一般的物理学定律有关一样。如他将细胞比作发电机，将枯燥无味的遗传学现象描述得使物理学家兴趣盎然，阅读起来也有滋有味。人们无法将已知生命物质结构的工作方式归结为普通物理学定律，这不是什么"新动力"在支配生命有机体内单个原子的行为，因为它的构造与当时在物理学实验室内研究过的任何东西都不一样。这好比仅熟悉热动力引擎的工程师不了解电动机的构造，发现它是按照他没有掌握的原理工作的一样，打造饭锅用的铜在这里却成了细长铜丝绕成的线圈，制汽缸和传动杠杆的铁在这里却被嵌填在那些铜线圈里面。由于细胞与电动机各自的构造不同，便使得这些装置运用了全然不同的做功方式，不用蒸汽推力，只需按一下开关，人们总不至于觉得这是"魔力"在驱动吧[29, 41]！这让物理学家阅读起来何其熟悉、亲切！

科学家雅各布曾这样解释这本小册子引起轰动的原因："战后许多年轻的物理学家憎恶那些已研发的原子武器，加之另一些年轻的物理学家早已厌倦于实验物理学研究要求使用大型、复杂又昂贵的设备装置造成的压力，在这些因素的影响下，他们看到了这门学科的'末日'，正在寻找其他更理想的领域。"于是，一些人便带着希望却有点迟疑的眼光审慎地看待生物学：希望是由于他们的最有名气的老师和老前辈已将生物学描绘成为一门充满希望、前景广阔的学科；迟疑是因为他们在生物学方面，只是从学校教科书中学了一星半点的动物学知识和肤浅又模糊的植物学知识。

玻尔将生物学看成是探寻物理学新定律的源泉；薛定谔也如此，他预言那些渗透入生物学，尤其是渗透入遗传学中心领域里的物理学定律，有朝一日会得到复兴和提升。只要听一听量子力学创始者之一的薛定谔发出"生命是什么？"的提问，同时按照分子结构、原子键、热力学稳定性等术语来描绘生物的遗传规律，就足以激发这些年轻物理学家们对生物学的热情。这些年轻物理学家们的进取心和兴趣都集中在这样一个简单的问题上——遗传信息的物理学性质。

克里克于1965年不无感慨地回忆道："对那些只是在1939—1945年战后才进入这一学科的人来说，薛定谔的那本小册子……似乎有着一种特殊的影响。其主要论点是生物学要求化学键的稳定性，而只有量子力学才能对此加以解释，它让物理学家都感到必须拜读这本小册子。小册子不仅文笔极为优雅，而且以一种引人入胜的手法传播生物学概念，它从分子水平上解释生物学概念，不仅是重要的一步，也是不可回避的一步。不仅如此，这本小册子还吸引来了那些原来根本不打算进入生物学研究领域的人群。"

总结这本小册子产生的影响是不易的，说什么的都有。评价薛定谔的生物学思想绝对不能根据他有没有提供现代科技发展水平所要求达到的东西这一标准，而是应当根据他比其前辈提供了新的思想贡献这一原则；坚持既指出他的历史局限性，又不能苛求他的原则，这样就不难作出公正评价。例如他企图通过生物学研究，发现某些新的物理学规律的设想，现在公认是他的一大失误。仅仅这样说还不够，因为这没有将薛定谔的这一失误与当时科学界认知水平联系起来考虑，因为这类失误实际上是时代的产物。当时坚持这种思想的，除薛定谔之外，还有玻尔、德尔布吕克。虽然物理学家的这个目的至今未能实现，但却从此启发人们用物理学的思想和方法来探讨生命物质的运动。将鲁沃夫（Lwoff, A.M.）当初说的话重新提出来不是没有意义的，"我所询问到的一些物理学家均断然认为，薛定谔的设想是完全可以接受的；另一些人则认为，他的那些公式毫无意义"[86]。其中对薛定谔的设想提出质疑的，最起劲的当推勃罗兹，接着又有人对勃罗兹的质疑提出反质疑，争辩并没有完结，还在继续。

从逻辑上讲，薛定谔提出了内容广泛的信息问题，不仅提出了遗传信息，还包括熵、能量交换、生命的概率和规律性的问题。它们虽成为当代几位分子生物学家"哲学"的主要方面，但也有可商榷的地方。现在的问题不是简单、武断地否定他们，而是在于他们在其他学科的专家心目中仍然占据一定的地位。这本小册子已被译成多种文本，目前仍在重印；我国也于1973年、2003年出版了中译本。它已成为一部经典性著作，引发了众多争议不说，也为评论该书或对评论作评论，以及对评论以评论作评论的科学社会学家、科学史学家和科学哲学家，提供了丰富的营养和材料。

5.3 几个有待商榷的问题

为解决热力学与生命之间的矛盾仅仅做了一个初步探讨，从物理学的角度看，人们对生命的描述仍存在很多难点。

第一，当生命热力学提出来的最普遍性问题还未来得及解决时，人们就不可能将已有的某些科学史料进行实质性的剖析和评价。发现像达尔文、伽利略这样伟大的科学先驱是容易做到，但要知道薛定谔究竟先驱到什么程度，并且因为什么成为先驱的，却不是那么容易做到的。于是便有一些人站出来说，他的设想是完全可以做到的，甚至将他的《生命是什么？》奉若经典，并认为可以与达尔文的《物种起源》一书相提并论。另外一些人则认为他的那些公式毫无意义，他本人不熟悉"互补论"概念，甚至曾用嘲弄、挖苦的口气反对玻尔主张的物理学中的互补性思想，他却对还原论非常支持。这些都引来一片质疑声。虽然说薛定谔认真参考了德尔布吕克初期的工作，但他的立场却与德尔布吕克不同。他将生命的整体活动都归为细胞内染色体上的基因的活动，还原为构成基因的有机分子的活动，并最终还原为构成分子的原子活动。生命有机体照此还原下去，就成了一个纯粹的原子集合体，人类只不过是按照自然界的定律，控制着原子运动的机器——这样自然界里的一切定律，包括生命活动的定律在内，归根结底全属于统计物理学的定律，这就是典型的还原论观点。

随着20世纪50年代后期的分子生物学研究取得巨大进展，人们这才发现，按当时已剖析的生命现象无须运用太高深、太微观的物理学，它主要还是宏观和介观的物理化学现象。换言之，在物理学与生物学之间存在而且也必须存在化学这个中间层次。根据现代还原论的看法，还原应该是逐层进行的，由于突现（emergence）的不可预知性，跨层还原常常是不切实际的，易流于臆说。人们质疑薛定谔的跨层还原这种物理主义思潮，即生命现象可以还原为物理现象的实证不足，是站不住脚的。

第二，"遗传物质虽然离不开我们迄今已掌握的物理学规律，但也有可能涉及物理学中尚属未知的其他规律。它们一旦被我们掌握，便会和已知的规律一起，成为这门学科不可缺少的一部分"。这正是引起争议的一个重要问题，重要的是在于不应根据基因这类分子的尚不明确的活动规律来想象这是不可预测的，应根据生物序，亦即根据仅仅存在于一个复本中的单个原子团有序地产生的一些事件，并按照最微妙的规律奇迹般地互相协调并与环境适应来预测。生命的有序性和非生命的有序性看来是不尽相同的，且生命的有序性远比非生命的有序性更为复杂。非生命的有序，例如晶体，只是结构上的有序，结构与结构之间是不能传递信息的。生命是活生生的，具有所谓的"活力"，也就是"生物功能"。可以说，生命体除结构上的有序之外，还要加上功能上的有序，即生物大分子或生物零部件（如细胞质膜）能进行有秩序的活动，从而完成一些设定好了的功能。例如，DNA分子能进行自我复制，并将复制的信息传递给周围其他细胞内的DNA分子；酶分子能起一种奇妙的催化作用，如在很短时间内催化完成一些不易发生的化学反应；细胞质膜能输送钠离子与钾离子，而使细胞内外的离子维持一个浓度梯度[87]。

薛定谔在书中写道："受物理学规律支配事件的有规则进程，绝对不是原子的一种高度有序构型的结果，除非那种构型本身多次重复。"生命和统计物理学规律的这种明显不对称性，以薛定谔这一概念而论，说明他还未认识到这是化学在起作用，因为这恰恰是化学催化剂如何作用的关键。幸亏造物主早就为我们人类预备了各类酶或酶系，酶的作用足以阻抑DNA链的不规则运动，于是，在单个分子内允许发生不违背已知物理学定律的有序过程。酶的纠错、校对和校定系统也保证DNA复制中的差错率在$10^{-10} \sim 10^{-9}$之间，这比其他情况下的误差率低4个或5个数量级。假设存在一种自由能的来源，单个的酶催化剂分子内的一个高度有序的原子构型，就能够以每秒$10^3 \sim 10^5$个分子的速度决定一个有序的立体特异性化合物的形成，这就是在最大限度耗费太阳能的情况下，从无序构建成为有序。

在解释生命物质大分子的稳定性这个令他颇为烦心的问题上，可以看出薛定谔并没有花费多少心思在此处。因为化学还告诉我们，大分子键能的分布范围在3eV以上（包括3eV），这相当于每个键的半衰期在室温条件下至少是10^{30}年，所以，生命物质大分子的稳定性绝对不成问题。困难在于解释其非周期性模式中每一个世代是如何复制的，这一点薛定谔在书中没有提及，而这恰恰是重中之重的中心问题，到沃森—克里克DNA分子立体结构模型的复制机理提出来后，该问题的重要性很快便被大家认识到了。

第三，一个基因可能由1000个原子组成，德尔布吕克当初对这一数据很谨慎，没有下最后结论。然而，薛定谔竟然在自己的著作中引用了这一不成熟、未经进一步证实的数据，提出："当电离发生于离染色体的某个特定位点的距离低于10个原子时，就有了产生一次突变的良机。"薛定谔的小册子出版不久，同年威斯（Weiss, J.）[50]及科林森等[51]果然分别著文称："电子辐射的生物学效应主要是由于环境水中的羟基自由基和氢原子引发的，这个假设中的氢原子实际上是水合电子。羟基离子和水合电子的半衰期分别是1ms（假设过氧化氢的浓度为1μmol/l）和0.5ms。在这段时间，羟基离子和水合电子会扩散到各自的靶位，即便它们是在离它们直径距离达1000个原子以上产生的。"因此，德尔布吕克告诉人们："现时我们只能满足于下列的解说，单个基因是通过相同原子结构重复，还是由非周期性结构抑或是由生物大分子形成的一种聚合物整体？个别基因是由一个个单独的原子堆砌成的，还是一个大结构中独立的大部件，亦即一个染色体是含有一串珍珠样的一大排分开的基因，抑或是某种物理化学意义上的连续流？这些问题我们先暂时搁置一边，因为都还没有答案。"当年的情况就是这样的。

第四，有关"信息"和"熵"的概念虽已得到普遍承认，但对它们的最高层次的推测，就普通原理而言，尚未在分子生物学家实际操作实验中普遍运用起来。热力学中有两类熵函数，即克氏和玻氏熵函数，前者与分子运动秩序没有直接关系，后者有直接关系，它可以度量分子运动秩序。

所以，研究熵首先应结合具体系统的元素行为特征来研究，再分清采用的是何种熵关系式，否则笼统研究熵没有意义。薛定谔提出来的仅仅是秩序量化的一种函数关系式。如果用在热力学平衡态中得到的克氏熵来说明生物序，则至少存在两个问题：一是分子行为特征与生命细胞行为特征有质的区别；二是克氏熵既然无法解释分子序，那么它解释生物序的基础是什么呢？人们继续期待孕育中的真正精确性研究的时刻到来。这些反映多见于生物学文献内，在分子生物学文献中却不多见[88]。

第五，也与上列内容有关，即将信息论概念扩大应用到熵的概念中，有时不一定能够获得足够的证据。因此有人提出疑问，爱因斯坦的某一个定理或字母的随机组合，只要字母数目相等，所包含的信息量也是相等的。在这种情况下，要不要将这套证明也应用到遗传信息中去呢？遗憾的是，将信息论概念扩大应用到熵的概念中出现了一种倾向，人们将热力学内容所包含的有序性与生物学内容所包含的程序混淆起来了，将非概率性与信息量混为一谈，反过来，却试图在熵、无序、偶然性、概率等之间建立某种抽象等值（Abstract Equivalence），这些大胆的，有时竟然是粗制滥造的比附可能会导致失败[30]。那些在生命热力学、熵和信息论概念方面走得过远的专家、学人，还是应该回过头来，暂时要先满足于下面的一些提法：熵和热力学系统的研究达到某种程度时，我们再来探讨力能学；信息理论概念发展到某种程度时，我们再来研究信息的传递和变化；概率论系统发展到某种程度时，我们再来留意只是偶然才会发生的现象。例如我们在预测杂交试验结果时就是这样的，采用过分抽象的推理，往往使我们忘记生物大分子功能的差异和它们的作用。须知，要达到这些大分子的理想活性，取决于诸多因素，这些因素要比力能学或信息论术语中所表达的更加复杂、更加易变、更具特异性。

5.4 薛定谔对生物学的巨大贡献

从伽利略、牛顿起，这400多年的科学传统和规范是实证性与理性的巧妙结合时期，相对论和量子力学就是这种结合的典范。所谓实证性就是一切知识均来源于感觉能力；而所谓理性就是任何实验都必须与推理相结合，弃伪存真，去粗求精。薛定谔正是将近代物理学的这种思维方法运用到了生命科学的基本问题中，生物为了生存而使群体熵减，为了进化而使群体熵增。在分子进化过程中，核苷酸突变是进化的动力，而核苷酸突变和相邻点突变具有保熵性质，表明DNA是一个封闭式系统。熵变规律是生物进化的本质，也证明了玻尔兹曼关于"生物生存是为了熵而斗争"和薛定谔关于"生物赖负熵为生"的正确性。即生物生存必须抗争熵增加的封闭式系统，只有开放系统才能使有利基因增加，这种有利基因频率增加的过程是产生负熵的过程，也是生物依赖自己的生殖能力向自然环境索取生存物质和生存空间的过程。这是生物生存与进化独有的性质，对于物理的非生命封闭式系统来说，仅有熵增而已，这便是理论物理与生物学之间既有相同又有区别的熵理论，他的这些见解吸引来众多的物理学家涌入生命科学研究中。

《生命是什么？》这本小册子是晶莹剔透的瑰宝，各行各业的人用几小时便能读完它，从中能获取到终身也不会忘却的知识。书中简明回答了一个科学家企图解开生命奥秘时遇到的很多概念问题，它在决定分子生物学研究进程方面，确实起过某种推波助澜的重要作用。然而，这一重要作用并不被所有人认同，有些人认为这只不过是通向科普的众多渠道中的一个渠道，而不是在专业上经过深思熟虑后的论断或所包含的见解。另外，他用分子、量子论、热力学及密码的物理学术语，来探讨基因和发育的娴熟能力也颇令人赞叹不已，引发了众多生物学家和非生物学家从不同角度考察生物学中的问题。

在1944—1953年，生化遗传学只采用了生物学和生物物理学相当简单的技术，处在打基础阶段，因此，薛定谔用这种全新视角观察问题的方法，能够将一些新概念或新事物引到生物学研究范畴内。例如他在小册子中早早地从信息学角度提出遗传密码的假设，不可谓不是一个超前的科学预见。当时香农的信息论尚未问世，至于伽莫夫的基因密码假设还是10年以后的事，遗传密码的假设当时还未产生积极影响，因为当时涉足该领域的科学家人数还不多，他们仅仅出于个人研究兴趣、好奇，才涉猎这个领域。直到DNA双螺旋立体结构模型问世才打开了局面，扣敲生物学大门的科学家才接踵而来，他们运用数学和物理学作为工具、手段，展开了一场有形无形的分子生物学研究的竞赛，迎来了之后10年分子生物学大发展的黄金时段。在这段时期涌现了许多分子生物学研究的新概念，一时间在欧美学术界形成了一个罕见的分子生物学情报爆炸期，也是研究成果收获期。

信息这个术语，从严格意义上来说除可供物理学家使用外，供生物学家使用的时刻也到来了。从批判的观点考量，等待进一步补充证明，这也是正常的现象。第二作用固然比第一作用的荣誉少一些，但也是根本性的作用。薛定谔对生物学的兴趣，用薛定谔的话说，"是个人的一时爱好"，用昙花一现比喻实不为过。他将自己对生物学问题的思考，连同对这些思考所作的系列讲座，梳理之后一并用小册子形式发表出来，供后来人参考，在学术界产生巨大的影响。虽然薛定谔他个人以后并没有和生物学上这些问题发生任何瓜葛，但就是这本小册子也足以将他推到神话般的地位，激励无数的读者，并因此有可能孕育出一些全新研究的胚种，它标志着一步阶梯，甚至可能是一场革命。可以说，公众对薛定谔的"非周期性晶体"所怀有的热情远远大于玻尔的"互补性"原则，但德尔布吕克、本泽尔等却对玻尔的观点感兴趣[31, 50]。

薛定谔在这本小册子内提出来的一些新见解，一时间成为众多正打算进入生物学的年轻物理学家们要探讨的课题。它产生的影响力非常大、非常深远，以至于到1948年针对这本小册子的评论性文章达到65篇，小册子发行量达到10万多册，被翻译成中、德、法、俄、日和西班牙文版本。到1979年，涉及这本小册子的评论性文献又增加了120篇，而且这个数字还在增加，讨论仍在继续。

薛定谔的这本小册子连同他在量子力学方面的建树，在构成现代科学三大支柱，即相对论、量子力学和DNA分子双螺旋立体结构模型中，就占了其中两项。薛定谔称得上是一位超级科学巨擘。

第6章
DNA双螺旋立体结构模型的建立

从米歇尔、艾弗利、德尔布吕克到查伽夫好像都是在打擦边球，都没有想到点子上，没有触及问题的核心，即基因的结构与作用。

1953年前，人们都把注意力用于尝试建立单螺旋结构或三螺旋结构。1951年在阿斯特伯里（Astbury，W.T.）的实验室内发生过一件值得后人回味的事件。在这个实验室工作的贝顿（Beighton）已经拍摄到了非常清晰的DNA的X光衍射B型图片，只不过当时并没有想到要发表[29]；而富尔柏格在1952年采用的方法虽与当时沃森—克里克所采用的方法比较接近，但他根据结果建立起来的模型里，碱基被摆在分子里面，没有设想成双螺旋。

只有弄清楚脱氧核糖、磷酸和碱基彼此是如何联结成核苷酸的，许多核苷酸又是如何聚合起来的，才能确定DNA是怎样执行其遗传功能的。当时威尔金斯实际上已被边缘化，除沃森—克里克小组外，还有两个实验室在研究DNA结构，他们三家实验室具有同等的成功机会。

1.鲍林实验室曾在阐明蛋白质α-螺旋结构时做出过重大贡献，他们的研究涉及分子键合的作用力方面，鲍林本希望构建一个双螺旋结构模型，但根据密度测量，最后选择了三重螺旋模型。

2.弗兰克林小组拍摄到了一些非常出色的图片。她的工作和研究发现引出了下列几个问题：

（1）DNA分子的骨架是直的还是扭曲成螺旋形的？

（2）螺旋是单股、双股还是三股？

（3）嘌呤—嘧啶碱基是怎样结合在骨架上的？

（4）碱基是不是像瓶刷子的刷毛那样联结在骨架的外侧？

（5）螺旋若是双股或三股，那么这些碱基会不会在骨架的里侧，这些碱基彼此又是如何连接的[2]？

沃森—克里克小组开始研究DNA时均没有找到这些问题的答案，因为他们在开始研究时，既没有这项计划，更没有扎实的工作基础。

从生命科学中新出现的理论和概念，到当时已经发展起来的分析用超速离心机、色谱分析、电泳、X射线衍射技术等实验手段正一步步完善，这些条件都预示着揭开DNA结构的奥秘正处在"万事俱备，只欠东风"的时刻。人们期待有某个智者以超常的思维，凭借超常的智慧和实验技巧，带来超常的作为。

1953年真是一个不寻常的年份，在这一年中接连发生了许多事件：英国女王加冕，人类登上了珠穆朗玛峰，赫胥黎（Huxley，J.S.）和后来的汉森（Hanson，J.）发现了肌肉收缩的滑动机理，勃罗兹发现了一种解读晶体蛋白质X光衍射图的方法，沃森—克里克也是在这一年发现了DNA分子双螺旋结构模型。

6.1　威尔金斯的DNA图（A型）和他的"烦恼"

图6.1　威尔金斯

威尔金斯原籍是新西兰，他在英国长大，接受的是英国式的教育。1938年，他从剑桥大学物理系获得博士学位时，论文题目是《捕获的电子在磷里面的热稳定性以及磷光理论》。然后他在伯明翰大学担任兰德尔（Randall，J.T.）教授的助手，研究电子在晶体中的发光现象和运动。

威尔金斯转向生物学，尤其是转向生物遗传分析研究，一方面是受到薛定谔的那本小册子《生命是什么？》的影响；另一方面，二战中原子武器的巨大杀伤力，使得一些年轻的物理学家们看到这个学科也许已经走到尽头了，他们认为那样的杀人武器再研发下去，恐怕全球也将会被毁灭，他们不愿意承担道义上的责任，故而毅然决然离开了物理学。

早在1939年，英美两国即开始研制核弹，因为英国核物理学家，尤其是资深核物理学家人才济济，所以核物理学研究基地最先设在伦敦，而此时核物理学领域的英美知名专家几乎同时从公众视线中消失，其中包括威尔金斯等。日本偷袭珍珠港，把一直处于观望中的美国拉入战争，赶在法西斯德国之前制造出致命的核武器，就成了美国的当务之急。虽然美国政府很快制订了核武器研究计划，但进展非常缓慢。只是到了1941年春，当英国科学家通过计算证明，有可能造出原子弹时，美国政府这才加快了步伐。1942年10月，英国本土受到德国飞机轰炸，为安全考虑，美国总统罗斯福和英国首相丘吉尔共同签署协议，将核弹研究基地从英国转移到美国，命名为"曼哈顿工程"。

第二次世界大战中，威尔金斯将电子在晶体中的发光现象和运动这些概念应用到了与军事科学有关的方面。他先是研究雷达装置，后又在加拿大下安大略省白垩河（Chalk River）原子能研究所从事铀的分离，并因此参与了美国曼哈顿计划，研制原子弹。战后他回到英国安都大学物理系，开始转向生物遗传研究，观察声波对遗传物质的效应。他受到薛定谔的影响，被控制着生命过程的高度复杂的分子结构所折服，1948年又随他的老师兰德尔教授转到伦敦大学王室学院生物物理系，研究细胞在紫外线显微镜下的特性，发现有可能检测到诸如核酸这类紫外线吸收的物质。

威尔金斯的一位挚友，生化学家科恩参与过烟草花叶病毒颗粒的成功结晶工作，在他的影响之下，威尔金斯自己也对提纯病毒颗粒产生了兴趣。1950年5月，威尔金斯参加伦敦召开的法拉第学会的一次学术讨论会时，有幸免费获得了小牛胸腺DNA样品，喜不自胜，因为此时他正想用这种材料研究碱基在DNA分子中的位置。

一次，他在提取DNA时，不经意间观察到DNA形成了一些纤维细丝。拿到偏振光显微镜下观看，可以观察到这些纤维有完整的对称性，形状非常一致，在交叉晶格之间，还可以观察到它们具有明显的消光性，这说明纤维里的分子是有序排列的。这样，他便把DNA作为研究生物分子结构最理想的材料。他接着又证明，DNA纤维收缩和展开时发生由正变负的双折射，同时还制备出了具有一定特性的结晶纤维，并创造了挪动此纤维细丝方向的技术。他和助手一道，因陋就简，就地取材，用战争剩余物资装配了一架X射线衍射仪，成功拍摄到了世界上第一张DNA纤维的X射线衍射图像（图6.2）。

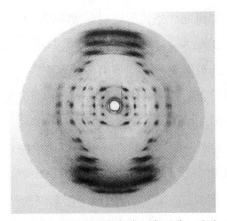

图6.2　DNA纤维的X射线衍射图像A型图

根据威尔金斯的推测[71]，图中有好几股链，盘绕成类似于螺旋体形状，外形很像一架螺旋式的梯子。更重要的是，他还发现，获得和保持DNA纤维结晶，必须有一个适宜的大气湿度环境。这些工作都远远超出1947年英国利兹大学（The University of Leeds）的阿斯特布利研究组获得的图像和成就[89]。

威尔金斯直到1950年仍未弄清楚核酸在细胞中到底有什么用途，虽说他是一位物理学家，但他并不是X射线衍射结晶学家。要显现更加细微的结构，就要求有更高分辨率的照相系统，不仅如此，还要求样品DNA纤维必须成束地平行排列，并保持这种结构，而且只有单纤维才能被拍摄到。但是他没有这样的技能，作为他的老师兰德尔教授也看到了这一点，于是又招聘来了一位女科学家弗兰克林。由她改进了样品的制备方法和仪器装置，从此这个学院的DNA分子结构研究才重新步入正轨。此后，威尔金斯才拍摄到第一张乌贼精虫头部DNA分子的X射线衍射图像，再一次支持他早先得出的DNA分子呈螺旋形的说法。尤其重要的是，他还提供了证据，说明螺旋体结构不是从DNA分子抽象出来的人工产物[90]。只是到了晚些时候，他才确定DNA纤维是双股链，确认对DNA分子碱基比率的研究是十分有意义的工作，这时他初步认识到嘌呤与嘧啶之间的氢键连接是DNA分子的基本结构。他还注意到，嘌呤大，嘧啶小，将大的零配件与小的零配件连接起来，看起来是构成DNA分子结构的关键所在。可是，他不是化学家，也不是遗传学家，所以他对此束手无策，也不知其所以然。

尽管如此，我们不能否认他在弗兰克林来到伦敦王室学院之前做出了贡献。例如，选择DNA作为研究生物分子的理想材料，另外，为开展分子结构的研究，他还发展了某些基本技术和概念。

遗憾的是，在王室学院召开会议讨论新招聘来的女科学家弗兰克林的工作安排时，威尔金斯正好去美国参加一个学术讨论会，所以他未能参加讨论。待他回院上班时，他所从事的课题由于有了弗兰克林的参与，并且在短时间内取得了一系列重大突破，使他从心理上产生了一种说不清、道不明的滋味。他还认为："我是先来的，DNA分子结构的研究我已从事多日了，弗兰克林应是我的助手。"不仅如此，他还两次扬言，"弗兰克林什么时候离开王室学院，我就什么时候再开始工作"。由于双方互不相让，从此种下了不和的种子，酿成日后威尔金斯有意无意地泄漏了弗兰克林辛辛苦苦得来的研究资料、数据和图像，这些对建立DNA双旋螺立体结构模型至为关键。尚未发表的研究成果泄露，这一举世皆知的伦敦大学王室学院科研成果管理不善的大事件，不仅成为人们久久议论的谈资，而且也使王室学院痛失了DNA分子结构研究世界科学中心的地位。

威尔金斯曾这样回忆道:"在1951—1952年这期间,我曾频繁地去克里克那儿,由于这期间不被允许从事DNA研究,一度转而研究血核蛋白,故而将在与弗兰克林合作期间得到的数据尽数告知了沃森和克里克,包括DNA分子链长、链的大致数目、螺旋间距和直径以及碱基堆垛、螺旋层线及胶束间存在着空间等全部资料数据。"等到重新研究DNA时,他又开始感到要对他的剑桥大学朋友留一手了,所以他后来虽已答应与沃森和克里克合作研究DNA,但内心十分勉强。

1953年3月第二个星期三,当沃森和克里克的DNA分子双螺旋立体结构模型的建立大功告成时,他还蒙在鼓里。这天他给克里克的一封信就很能说明他的自我膨胀的心态,信中说:"……那位黑皮肤女士(意为弗兰克林小姐)下星期就要走了,你听了后定会高兴!……我们从此可以全力以赴地向DNA模型、理论化学、晶体的数据和比较等各个暗堡发起总攻了。"这些颇有人身攻击意味的言语,让人们觉得他将个人关系置于崇高的科学事业之上,也显现出某种霸气,这些都有失一个科学家的形象[30]。

1962年他和沃森、克里克一道,分享了诺贝尔奖。20世纪90年代有报道说,他仍在伦敦大学王室学院供职,并且还当上了"自然科学家社会责任协会"会长。2003年,王室学院将一座新建的大楼命名为弗兰克林—威尔金斯馆(Framklin-Wilkins Building),以纪念他们在王室学院工作期间为DNA分子结构研究所做出的贡献。一个堂堂诺贝尔奖得主的大名竟然排在与诺贝尔奖无缘、已故多年的弗兰克林的名字后面。无奈,已到耋耄之年,他也自认了弗兰克林从来就不是他的"助手"。新建大楼命名后一年,威尔金斯也离开了这个充满纷争的世界。

6.2 弗兰克林的DNA图(B型)和她的不朽功绩

发现或者说装配DNA分子双螺旋立体结构模型好比是运动场上的一场接力赛跑,其实更像是建造一座大厦。瓦木工、水暖工、电工、装饰工等都要齐备,他们各有所长,各显其能。摆在他们面前的是必须弄清楚下列几个问题:DNA分子的骨架是直的还是扭曲成螺旋状的?只有一股螺旋还是两股、三股?嘌呤—嘧啶碱基是怎样结合在骨架上的?碱基是不是像瓶刷子的刷毛那样一排排联结在骨架的外侧?如果是两股或三股螺旋,这些碱基会不会在骨架的里侧,它们彼此又是怎样相连的?

接着进入这一领域的是以结晶学见长的一位女物理学家弗兰克林,她是英国人,其父是一所中学的物理学教师,后为中学校长。弗兰克林早年曾就读于以水平高、人才辈出而著称的伦敦女子学校。1938年二战前夜,她进入伦敦大学攻读物理学。正值其知识准备期,她结识了一位从法国流亡而来、造诣颇深的金属学教授维尔(Weill,A.)夫人。研究金属构造离不开X射线衍射这个最新技术手段,弗兰克林将这个最新技术手段成功应用于检测生物学研究材料,不能不说这与维尔夫人对她的影响和她日后的成就密不可分。她不仅师从维尔夫人,深谙X射线衍射新技术,还在和维尔夫人的日常交往中,学会了法语,天长日久,逐渐也能用法语进行交流,这为她战后到法国深造、谋职创造了便利条件。

图6.3　弗兰克林

1942年,弗兰克林从伦敦大学毕业,被任命为英国煤炭利用研究协会的助理研究员,从事煤炭分子细微结构的测试研究。在这期间,她所发表的论文和亲手设计的别出心裁的测试技术,有的至今仍沿用。才华横溢的她一出校门就显露出不凡身手。1947年战后不久,经维尔夫人几番力举,弗兰克林到法国巴黎全国药物局中心实验室任研究员。她在巴黎的大部分时间实际上是在继续学习X射线衍射新技术，同时还研究石墨的非晶态物质。在这短短的三年内，她完成了一系列石墨化碳和非石墨化碳的研究论文，这些成果被美、日、英等国先后应用于工业生产中，这使她一跃成为世界该领域屈指可数的佼佼者。更重要的是，她的创新性学术思想进入一个相对成熟期，即她不仅是一名普通物理学家，而且是一个实实在在的物理化学家、结晶学家、X射线衍射专家，到30岁时她已经能够独当一面。她固然有创新、超常思维等特质，但她的那种孤芳自赏、特立独行、不善交流、一派万事不求人的老姑娘脾气，也为她日后在DNA双螺旋立体结构模型研究最后冲刺时"败北"的悲剧埋下了"伏笔"[64, 91, 92]。

1951年春，弗兰克林放弃了巴黎的优裕生活，回到英国参与了一场有形无形的智力博弈。她转到伦敦大学王室学院生物物理学系研究DNA分子结构的X射线衍射技术，其时从事这方面研究的，校外有尼兹大学阿斯特布利和美国加州理工学院的鲍林，校内有系主任兰德尔教授，还有威尔金斯。他们不是由于样品纤维制备不理想，就是因为X射线衍射设备不合格或衍射技术不得法而研究进展缓慢。由于弗兰克林有在巴黎从事过各种类型的碳、石墨以及类似碳成分的X射线衍射研究的经验，又具备广博的物理化学知识，如今转向DNA纤维结构研究，可以说是轻车熟路，游刃有余，是再合适不过的人选了。学院方面为她配备了一位研究生哥斯林（Gosling, R.G.）作为助手，自成一个课题组，将威尔金斯晾在一旁。她和威尔金斯双方互不相让，关系紧张。不团结使这个学院的DNA分子结构研究受到严重干扰，而剑桥大学沃森和克里克两人却能很好配合，于是，这项DNA分子的X射线衍射技术研究的世界科学中心从王室学院自然而然地转移到了剑桥大学。

弗兰克林本人果然不负厚望，上班伊始，首先在样品制备上初露锋芒。她建议在水溶液中吹入适当的气体，这是先前介入这一领域的人未曾想到的，一举解决了DNA纤维的水合过程；接着她运用更先进的设备，组装了一个细焦距管，并将它连接到一架显微照相机上，获得了DNA纤维高分辨率的图像。为了在纤维轴方向和邻近这个方向寻找进一步的反射，随后她专门设计了一架显微照相机，用于X射线光束在一系列角度上的样品拍摄，与此同时，她对样品湿度进行调整——从70%上调到80%，获得了DNA分子的X射线衍射图像的B型图。这张图最能说明DNA分子呈螺旋形，此前威尔金斯拍摄到的A型图却说明不了什么问题[93]。

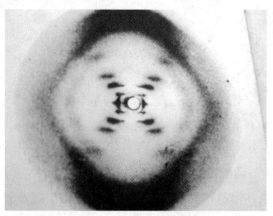

图6.4　DNA分子的X射线衍射图像的B型图

弗兰克林从事这项工作前，已经有了丰富的经验，因此从一开始就认定DNA分子是呈螺旋形的，有多股链，磷酸基暴露于水中，在分子结构的外侧。可见她从事这项研究无论在广度上还是在深度上都已经走过好长一段路了，这个时候的沃森还是一个不满20岁的愣头小伙子！他从美国到哥本哈根卡尔喀（Herman Kalckar）实验室学习生物化学，不久前刚到剑桥大学卡文第许物理学实验室学习X射线衍射技术。克里克这时还在研究多肽和蛋白质分子结构，并在写博士论文，根本无暇顾及DNA分子的结构研究。

接着，弗兰克林对拍摄到的B型图进行了定量测定，确定了DNA螺旋体的直径和螺距，特别是对B型图的密度测量，使她认识到DNA分子不是单链，后来又证明是双链同轴排列的。在证明DNA分子从干晶态到湿晶态的转变中，她拍摄到的图像是不同的，从而明确了DNA分子有A结构和B结构，还查明了这两种结构的过渡条件。她的出色贡献还在于1952年曾运用帕特森函数分析中的堆积法，确定了糖—磷酸骨架的位置，证明磷酸基团必定在结构的外侧，碱基在内侧，这是整个研究过程中非常关键的一步，她所设想的结构最能说明核苷酸聚合物是双螺旋的[93]。

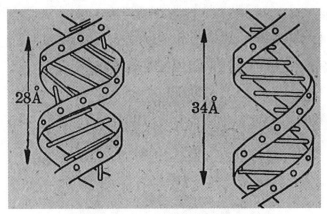

图6.5　DNA螺旋体A结构和B结构的主要区别

带状表示糖—磷酸链，氢键结合的碱基对将链联结。在A结构中，分子紧紧地包裹成一个晶体，每股链含11个核苷酸，螺旋轴向重复距离为28Å。在B结构中，分子基本上是松散式的，有10个核苷酸，螺旋轴向重复距离为34Å。

这些结果使她形成了一个概念，即在这个高度有序结构内，两种嘌呤化合物可以互相替换，两种嘧啶化合物也可以互相替换，嘌呤和嘧啶相互间却不可以互换，因此有可能照此方式，用核苷酸序列的无限多样的排列方式，来解释DNA分子的生物学特异性。从碱基互换到碱基配对，无疑是决定性的一步。她所从事的晶体图像分析，为结构中的有规则重复部分提供了一种解释方法，即认为结构中的可变部分的碱基和有规则重复部分的糖—磷酸是相互配合的。1953年3月17日，弗兰克林曾建议将包含上述内容的打印稿送交发表，这比3月18日沃森和克里克成功构建DNA双螺旋立体结构模型的新闻传到王室学院还早一天。

后来有人分析，这两方工作者的进展几乎是同步的，两者的差距不大，相信弗兰克林用不了多久，也会走完那最后一小段路。照克里克本人说"只有两步远了"。他指的两步，说的就是关于"碱基配对"和"双股链反走向"这两步。弗兰克林作为一个训练有素的结晶学家，自然会认识到晶体的对称性取决于双螺旋对称性，那么，单斜晶的空间基群C2对称性显然意味着这些链呈反走向平行这一事实，可以说是顺理成章的事。克里克也承认，"DNA分子两条链的反走向平行，我只是根据弗兰克林的数据和启发，才先于她一步想到了这一点"。

要是沃森不是在1951年10月来剑桥大学，而是在1953年或1954年来剑桥大学，那么就不会发生沃森和克里克四次接触过弗兰克林未发表的研究资料、数据和图片的事件。而这些资料对建立DNA双螺旋立体结构模型至为关键，否则，DNA分子结构解析这一史诗般的事件，就不会发生在剑桥大学，而会发生在伦敦弗兰克林所在的王室学院内，分子生物学的历史就得重写，或者在若干年之后，由别的什么人来完成，发明人也许就轮不到沃森和克里克了。

弗兰克林是一位地道的女学究，一心追求的科学真理是DNA双螺旋立体结构。她既不知道剑桥大学有几双眼睛正紧盯着她的工作，日夜兼程地追赶，更不晓得她的那些大量关键性资料、数据和图片已被泄漏出去了，而且比她原先想象的还要多，还要早。1953年3月18日沃森和克里克成功的消息传来，她和众人一样高兴，也十分欣赏制作精致、巧妙的模型。她没有怨言，没有叹息，没有芥蒂，更没有埋怨、指责，也没有说这个是她的研究成果，那个是她首先发现的。她出于一个真正科学家的正直品行、宽宏大度和责任感，认为她比任何人都更有发言权来证实这个模型的正确性。

于是，她立即着手将那篇签署日期为1953年3月17日，准备送交发表的论文打印稿仅进行了一些细小修改，改写成为一篇支持性文章，与沃森和克里克的文章同期发表于《自然》（*Nature*）杂志1953年4月25日的这一期上。沃森正是根据这篇支持性文章，才敢大胆地阐述此模型深邃的遗传学含义，提出遗传复制机理，并写出了第二篇文章，在同一刊物1953年5月30日这一期上发表。后人称赞弗兰克林此举，可以和居里夫人齐名，也有人将她誉为"居里夫人第二"。她的高尚科学道德观，以及她的巨大贡献确实难能可贵，值得人们尊敬。弗兰克林刊登在《结晶学报》（*Acta*

Crystallographica）上的第二篇文章，主要是关于数据处理方面的，亦是这一领域内的先驱性工作，为模型的定量研究提供了依据。

弗兰克林毕竟不是生物学家，她尚没有完全掌握模型的碱基配对和双股链反走向这两方面，她对DNA分子结构研究深远的生物学含义也还没有足够的认识，在通向斯德哥尔摩的征途中没有做最后冲刺的努力，没能捷足先登。她没有很好地保管那些尚未发表的研究资料、数据和图片，也为后人提供了教训。

不久，弗兰克林离开了王室学院，不再从事DNA分子结构研究，转而研究病毒的分子结构，以每年发表5篇论文的效率继续为人类社会做贡献。

英国当年以保守著称，人们总是对女性另眼看待。她在伦敦大学供职期间，男教工可以在很讲究的教师餐厅用餐，女教师只能到学生餐厅用餐，要不然，只能到大街上下馆子。他们看人，首先看到的你是女性（比中国称女性为女流之辈更文气些），然后才看到你是科学家。她离开王室学院转而研究植物病毒的分子结构，但向英国农业部申请科研基金时遭到拒绝，理由是农业研究协会不支持女性主持的科研项目，使得这位卓有成就的科学新秀只能泪流满面，伤心无助。英国女性可以当女皇，可以当首相，却不能主持一个农业研究项目，岂不怪哉，此与英国作为一个西方先进工业国家极不相称。弗兰克林一生没有婚嫁，死于癌症，只活了37个年头，否则，她会是诺贝尔奖很有希望的候选者。

弗兰克林离开王室学院已经有60多个年头，直到现在还有人不断著文纪念她。为了表彰弗兰克林在分子生物学研究中不朽的贡献，英国组建了"罗莎琳·弗兰克林学会"和设立了"罗莎琳·弗兰克林奖"，每年评选一次。2004年，美国将创建于1912年的"芝加哥医学院"改为以罗莎琳·弗兰克林名字命名的"罗莎琳·弗兰克林医科大学"。王室学院也没有忘记她，2003年，王室学院将一座新建的大楼命名为弗兰克林—威尔金斯馆，以纪念她在王室学院短短的但却是璀璨的两年左右时间对DNA分子结构模型的建立所做出的杰出贡献，并且将其名字排在威尔金斯前面。此次以他们二人命名的新建筑物落成,将已故去多年的、与诺贝尔奖无缘的弗兰克林的名字排在威尔金斯前面,这是实至名归,弗兰克林也从来不是威尔金斯的助手。

图6.6　美国芝加哥"罗莎琳•弗兰克林医科大学"

沃森应邀参加这座新馆的落成暨纪念DNA双螺旋立体结构模型建成50周年仪式,时年75岁。阅历深沉,世事如镜,还有什么需要忌讳的、不能丢弃的呢?沃森在新馆落成仪式上的演说中说:"弗兰克林的贡献,是我们能够有这项重大发现的关键。"这才符合当时的实际情况,而不是50年前那篇轰动全球的、发表在《自然》杂志上的文章中轻飘飘地说的:"王室学院研究小组的工作(亦即弗兰克林的贡献)始终激励着我们……"牛顿说他是站在伽利略、刻卜勒(Kepler, J.)、胡克、惠更斯(Huygens, C.)等巨人的肩上,站得高,望得远,所以能看到事物的本质;沃森则借助弗兰克林等人的肩,才能爬上生命科学的高峰。克里克比较老实,他承认"我只是根据弗兰克林的数据和启发,才先于她一步想到了这一点",才能走完弗兰克林没有走完的那两步,即碱基配对和双股链反走向这两步。

6.3 遗传学家走进了物理学实验室
——沃森的智慧和戏剧般成就

6.3.1 一个从美式"少年班"走出来的"奇才"

现在轮到总装工登场了。沃森是美国人，在实验中学时一直与学习好的同学来往。15岁进入芝加哥大学，提前入读大学课程计划的实验班，1947年获理学学士学位，颇像我国中国科技大学少年班，这是一个超前入读大学课程计划的实验班。当时他的主要兴趣是鸟类学，上课从不记笔记，但学期终了总是名列前茅，他还选修了无机化学、定性化学和有机化学。显然，在芝加哥大学他没有学什么遗传学。翌年，他成为印第安纳大学动物系12位研究生之一，19岁便获得了博士学位，4年便拿下本硕博，在高级实验室学习了制备蛋白质和核酸，还学会了德语。在众人的眼中他智力超群，但行事怪僻，不喜闲谈聊天，喜欢和年长的有才智又经验丰富的人打交道。参加学术讨论会，若讲演人枯燥乏味或缺少才智时，他就拿起书阅读，但从不退场。对于他不想交往的人，他保持缄默，甚至不屑一顾的样子。他的好奇心只限于科学问题，其余皆漠然视之。

1947—1949年，在印第安纳大学任蛋白质和核酸课程教学的教授说："蛋白质和核酸谁最重要，这是他们最关心的问题。但就当时的知识水平，我们还不能说核酸是否具有物种特异性。"果真如此，那么核酸只能是次要作用，所以这期间沃森所受的教育，只起到了"相反的作用"。自从沃森阅读了薛定谔的《生命是什么？》这本小册子后，便立刻改变志向，决意揭开基因的奥秘。他认为，以果蝇作为遗传研究材料的黄金时代已经过去。在他聆听了卢利亚的病毒演讲后，他被吸引住了，便在噬菌体研究组第二号人物卢利亚的指导下研究噬菌体遗传学。这期间，他与卢利亚、德尔布吕克以及噬菌体研究组里的人都认为，DNA的确切作用仍是一个悬而未决的问题，这应由化学家而不是生物学家来解决，因为当时生物学家正忙于从生物学角度探索基因的复制机理。不过沃森已经认识到对噬菌体越了解就越会触及基因的本质，在他写的《衣藻性别的遗传学》论文末尾也说过，"我们不得不重复这句话——'对基因作用这样重大问题的研究应该各自进行重复实验'"。这是沃森第一次提到基因作用的化学过程极为重要。

1950年11月，沃森奉老师指派到哥本哈根卡尔喀实验室学习生物化学，而沃森的兴趣在遗传学，人们常看见他在图书馆里抱着大部头的遗传学丛书。所以，不难相信，德尔布吕克和卢利亚已经将艾弗利1944年的著名转化实验的深远意义，也间接地传递给沃森。在1950年底到1951年初那个冬天里，没有证据说明沃森渴望从研究微生物代谢转到研究结构化学。他与别人合作的那些实验，也都表明他的工作没有一项会告诉我们基因是什么以及基因是如何扩增的。他内心深处担心基因可能具有"极不规则的"结构，因此直接研究它的结构难以取得成功。

6.3.2 研究双螺旋体模型的历史性"拐点"

1951年可以算是生物学发展到了一个重大转折的年头，弗兰克林在这一年初进入伦敦大学王室学院，沃森悠闲地遛达到意大利的地中海之滨那不勒斯小城度假也是在这一年。那不勒斯小城不仅风景秀丽，气候宜人，而且还是名人、大家出没的胜地，从1894年到1895年，摩尔根就曾在那不勒斯动物园工作了10个多月，凡是到过这座小城的人，无不留下深刻的印象：这里汇集了来自四面八方的不同的思想流派，从不同学派的争论中，可以学习到很多有益的知识；在这里能够接触到世界最现代的工作。当年摩尔根从那不勒斯小城取经回到美国以后，随即改变了他的研究方法——用实验方法代替了过去的描述方法。

几十年过去了，恰好在这个小城正在举行一个为期4天的小型"原生质亚显微结构学术讨论会"，沃森既非专门来参加这个学术讨论会的，又非某个学术团体的参会代表，而是在度假之余，出于好奇信步走入这个会场的。兰德尔教授是这次学术讨论会的特邀代表，只不过在临行时偶有小疾，故委派他的学生威尔金斯代为在会上宣读预先准备好了的讲稿，介绍伦敦大学王室学院生物物理学系新建立的X射线衍射技术实验室的工作成就。威尔金斯在报告最后，放映了一张结晶DNA纤维的X射线衍射图像，这张图像（A型图）立刻吸引了这位不速之客的全部注意力，这在他心灵深处产生了巨大震撼。他心想，基因还可以结晶？！这是他从来没有想到过的，那么，也就有可能研究基因的空间结构了。因为，只有认识了DNA的空间结构，才能知道基因是如何工作的。

后人不无调侃地称那不勒斯小城不愧是一块"风水宝地"，地灵则人杰，先是埃希里克率先在这块"宝地"上发现了大肠杆菌，大肠杆菌日后成为分子遗传学研究材料的"新星"，每年成百上千次出现在世界顶尖学术刊物上。"子贵父荣"，以E字开头简写的埃希里克的大名也跟大肠杆菌学名一起频繁出现在科学实验室的案头，出尽风头。

随后，摩尔根和沃森也先后来此"宝地"，沾染了一身所谓"灵气"，并将此"灵气"带到各自的研究中，助推了"基因论"，也助推了DNA双螺旋模型建成。

科学家所作的解释都是假说，这些假说必须永远接受检验，一旦发现不合适，就必须马上纠正，离开原来的研究路线，另起炉灶研究一个全新的问题。作为一个科学家，尤其是一个著名科学家改变主意不仅不是弱点，反而是他由于不断关注与自己研究领域相关的问题，以及有能力一再检验其假说正确与否的明显证据。创新往往不是仅靠一个学科乃至几个学科里的逻辑推理得到的，科学创新的萌芽、苗头、生长点，在于形象思维，在于大跨度联想。他用一个遗传学家的眼光，审视这个看上去风马牛不相及的物理学实验室的工作——基因还可以结晶，会突如其来地给他以某种启发，随之产生灵感，这才有创新。灵感产生以后，再按照科学的逻辑思维去推导、去计算，或者设计严密的实验去加以证明。

所以，一个科学家既要有逻辑思维，也要有形象思维。逻辑思维是科学领域的规律，很严密，形象思维是创新的生长点。创新思维方式归纳起来有点式思维、线式思维、矩阵式思维、立体思维、多维思维、系统思维、逆性思维或颠覆性思维等。点式思维靠立时领悟，迸发出些许火花，产生灵感，这种思维方式较适用于艺术家；线式思维是考虑工程各个环节的连续性，达到环环相扣又融会贯通，这种思维方式多为工程界采用；矩阵式思维注意到两个坐标，在两个坐标的交会点上寻找答案。沃森率先将基因可以结晶和基因的结构与功能大跨度地联系在一起考虑，这是人类智慧一次质的升华，是一个超常人的非凡思维或创新思维。在众多思维技巧中，他着眼于遗传学和物理学两个坐标交会点。他就是要在这两个坐标形成的会合点上寻找别样的探索途径，这就是矩阵式思维，这也是人们常说的"真理往往掌握在少数人手里"的逆向思维或颠覆性思维。要弄清楚DNA分子的空间结构，因为只有认识了DNA的空间结构，才能知道基因是如何工作的。

沃森如果像参加这个讨论会的来自各类学科的其他代表人物一样，对威尔金斯报告末尾放映的那张DNA结晶纤维的X射线衍射图毫无反应、没有感觉，像过眼烟云那样，不会想那么远，不会思考那么深，那么他就不是真正的沃森了。只有沃森一人真正想到了，将结晶DNA纤维的X射线衍射图像与生物大分子研究的内核——基因的结构和功能结合起来考虑，也由此演绎出了一系列扣人心弦的事件，生物学界真的要发生翻天覆地的变化了[12]。从此，沃森对化学产生了兴趣，心想，基因既然能结晶，基因的结构一定有规则，那么也是可以直接研究解析的了[11]。他深信，研究从细胞、细菌病毒和植物病毒里提取的核蛋白及核酸的分子结构是探索基因的最有效方法。

人类由于有了这样一些为数不多的超常人的超常思维，才使社会得以发展、进步，走出刀耕火种的石器时代，摆脱逐水草而聚居的游牧生活。这些成功人士的背后都各有一段或几段引人入胜的故事，把它们全部写出来，必将对后来人有无穷的启示，也必将产生更巨大的正能量。

一个人的创新能力必须具备两大要素：一是要学会到哪里去寻找他所需要的知识，寻找比他本人能记忆的多得多的知识；二是要学会综合，排选、分类，进而利用这些知识进行创新。沃森觉得，过去费了九牛二虎之力学习的生物化学，对于解释基因的结构实际上并未起到多大作用。他既非结晶学家，又非X射线衍射专家，要研究DNA纤维结晶的结果以及X射线衍射技术，谈何容易。要办好一件事，而且要把这事件办得十分完美，单有超常思维还不够，必须辅以超常作为。可以说，有超常思维的人，必有超常的作为。于是，他想方设法接近威尔金斯，以便从他那里获得更多的有关DNA结构的知识。沃森的下一步就是向剑桥大学进军，至于找什么人推荐介绍、接洽的人是谁、经费来源等这些都来不及考虑了。在所有研究DNA分子结构的人群中，只有沃森一人对研究DNA分子结构具有深远的生物学认识，也只有他才会有此胆识，不顾一切地努力追求他的既定目标，其中也隐含着要克服即将面对的各种困难。从哥本哈根转到剑桥大学卡文第许物理学实验室，便是其中抉择之一。

6.3.3 目标剑桥大学

卡文第许（Cavendish, H.）是英国著名物理学家、化学家，出生于法国，一生建树颇丰，他还从频繁移动儿童玩具镜子折射太阳光中得到启示，第一个计算出了地球的质量接近6×10^{13}亿吨。1871年，他个人为母校剑桥大学捐款建立了一栋实验大楼，校方为表彰他的贡献，便以他的名字命名。该实验室以人才辈出、高手如云、学术水平高而享誉世界，迄今已培养出了26位诺贝尔奖获得者，因此，它在世界上有"诺贝尔奖摇篮"的美称。

沃森小小年纪，不与别人商量，就自作主张，决定朝剑桥大学进军。他认为到那里去便于和威尔金斯套近乎。殊不知这一举动，客观上产生的影响，远远超出了他本来的意愿[94]。

第一，沃森的这一举动，与10年前德尔布吕克作为一位物理学家走进遗传学实验室学习噬菌斑操作实验正好相反，沃森现在作为一个噬菌体研究组成员、一个年轻的遗传学家走进物理学实验室学习X射线衍射技术。这两进两出正好反映了20世纪前半期科学生活的一大特征——学科间的藩篱开始被拆除。

第二，这一举动给云集于剑桥大学的物理学、化学大师组成的分子生物学结构论学派带来了生物学方面的基本概念。这些物理学、化学大师过去在血红蛋白和肌红蛋白研究方面取得过出色的成就，但他们从生物化学家、生理学家那里得到的启示，主要还是涉及蛋白质结构方面的知识，至于蛋白质从哪里来的却从未思考过。沃森的到来，使云集于剑桥大学的分子生物学结构论学派的这些众多物理学、化学大师们茅塞顿开，将物理学和化学研究资料置于生物学背景考虑，沃森无形中扮演了结构论学派和信息论学派两者的架桥人。

第三，这一举动使沃森能够与另一个关键人物——物理学家克里克走到一块儿了。一个是遗传学家，一个是物理学家，他们在学术上互为补充，堪称科学史上少有的合作典范。这两者的结合，最终完成了弗兰克林未完全掌握的碱基配对和双股链反走向这一小段路程，完成了DNA分子双螺旋立体结构模型的构建。沃森自己也承认："没有克里克，我就寸步难行。"尔后进一步发挥说，"没有沃森，克里克仍可大有作为；但没有克里克，沃森便一事无成"。

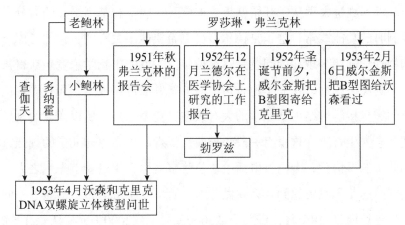

图6.7　沃森和克里克获得DNA双螺旋立体结构模型所必需的研究数据和图片的几个来源

一切有作为的科学家总结起来都会有下列三个特点：

第一，他们见到任何事物都会在头脑中产生问题，达尔文曾反复说过，没有"推测"他就无法进行观察。

第二，思维敏捷而且灵活，他们的念头层出不穷，有的点子却极具创见性，也有些点子确是平庸无奇、荒谬绝伦。对前者，他们能锲而不舍贯彻始终，对后者，他们则毫不犹疑地欣然弃之。

第三，他们兴趣广泛，能运用相邻学科的一些概念、事件和点子来建立自己所在领域的有关学说，充分运用类推方法并且重视比较研究。

沃森恰恰具备科学家所应有的上述三大特质，他年轻机敏、思维活跃。

6.3.4 生物学家与物理学家合作的楷模——DNA双螺旋立体结构模型诞生

要完成意义如此重大、影响又如此深远的课题，就凭这两位年轻人在短短18个月（1951年10月—1953年3月）时间内，无论在知识、技术、资源等方面都绝对做不到。况且，他们中一个是动物学专业的，另一个是物理学专业的，在此之前，他们从未直接接触或研究过DNA分子结构。研究DNA分子结构还涉及他们所从事的专业以外的知识，例如X射线衍射技术、化学、数学、结晶学等，这些便成为他们前进中的软肋。

沃森到剑桥大学从一开始就想寻求核酸在病毒和基因之类的大分子结构复制时的功能线索，这正是德尔布吕克希望他多关心的，让他考虑分子结构物理学问题。现在的问题是，这位年仅23岁的生物学家竟想获得再延长一年的经济资助，在一个他一窍不通的新领域进行摸索，而且等着进入这个领域且接触过结构结晶学的大有人在，竞争激烈，所以沃森的延期申请被管事先生否决。这里有一段小插曲，沃森的母亲深知儿子的倔强，在得知儿子的事情后，专门打电话给这位管事先生，想借管事先生之力，教训教训她的儿子不要想到什么就做什么。管事先生考虑再三，做了一回折中，将延长期改为8个月，资助金从3000美元减到2000美元。沃森在这8个月中省吃俭用，还没忘记给他的姐姐买两套时装作为礼物。可是，就是这2000美元，支持他做出了这项轰动世界的成就。

沃森受经典遗传学观点的束缚至深，坚持认为碱基是同配的，即嘌呤对嘌呤、嘧啶对嘧啶，将DNA分子与染色体类同起来了，这显然是错误的；另一方面他又是正确的，认为碱基之间是通过氢键结合的。克里克正好相反，他用属于结晶学范畴的空间群C2的概念，纠正了沃森的碱基同配原理，认为那是不符合晶体图像的；但在另一方面克里克却是错误的，他认为运用互变异构原理会使得特异性氢键结合变得不可能。他们意见不一，由于他们两位又都不是核酸生物化学方面的内行，故而谁也说服不了谁，在这种情况下，只能用实验数据说话，或请教别人，听听人家是怎么想的。

图6.8　沃森

于是他们四处寻贤，八方求圣，先后求教于核酸生化学家查伽夫、结晶学家多纳霍、结构化学家老鲍林的儿子小鲍林（Pauling, E.）、加拿大生化学家怀特（Wyatt, G.）、年轻数学家小格里菲斯（格里菲斯的大侄子）、物理学家弗兰克林，并获取到了关键性资料、数据及图片；而且能从生物学整体性概念出发，将有关DNA分子结构研究的一些零星的不成系统的、已发表或未发表的、相关不相关的属于遗传学、物理学、化学、生物化学、数学、结晶学和X射线衍射技术方面历年积累下来的资料、数据、图片等糅合在一起。他们不停地摆弄用硬纸片制作成的碱基模型，将这些碱基模型搬过来倒过去寻找各种配对的可能性。突然间，沃森发现由两个氢键维系的腺嘌呤和胸腺嘧啶碱基对竟然和至少由两个氢键维系的鸟嘌呤和胞嘧啶碱基对有着相同的形状。按酮式结构，A–T碱基对与G–C碱基对长度相等，又恰恰与DNA分子的直径相当，说明所有的氢键都是自然形成的，两种类型的碱基对形状相同，并不需要人为加工，明确了碱基配对，即G∶C和A∶T，一举推翻了以前曾有过的"同类配对"设想。最终，DNA分子双螺旋立体结构模型是在沃森手中拼装成功的。

图6.9　沃森和克里克正在装配DNA双螺旋立体结构模型

那时沃森曾思考过鸟嘌呤和胞嘧啶之间有可能形成第三个氢键，但经过晶体衍射分析的结果表明，这个氢键很是脆弱，于是他放弃了有第三个氢键的想法。在模型成功建成的欢乐心态的驱使下，仍认为鸟嘌呤和胞嘧啶之间由两个或两个以上的氢键维系。沃森和克里克获诺贝尔奖的文章发表于1953年4月25日，直至1968年2月，沃森在写作《双螺旋——发现DNA结构的故事》一书时，才改正了1953年3月成功搭建双螺旋体模型时犯下的错误，认识到了鸟嘌呤和胞嘧啶之间可以形成第三个很强的氢键。

沃森和克里克费了九牛二虎之力，到处"求神拜佛"，总算在沃森的手里将DNA分子双螺旋立体结构模型装配出来了。模型有什么作用？怎样解读它？这难倒了沃森。按他的悟性、联想技能、逻辑思维能力、知识背景等，让他解读模型有不小困难。其实，沃森在摆弄各种用以代替四种碱基的硬纸板时刻，克里克就在沃森身边。

且看克里克是怎样解读此模型的。

6.4 克里克其人其事

克里克是英国人，他是成功建立DNA分子双螺旋立体结构模型的另一个关键人物。他生于第一次世界大战的骚乱中，成长于第二次世界大战间歇时的风云变幻期。青年时代的克里克就怀有远大的抱负，立志在学术上成为一个"反活力论者"。1938年，克里克毕业于伦敦大学，获理学学士学位。在他做博士论文研究的第二年，第二次世界大战爆发，他到海军所属的一个研究实验室工作。与发现核素的瑞士化学家米歇尔一样，克里克的研究内容完全随指导老师的

图6.10 克里克

研究内容而改变。在这个实验室中他的工作是研究测定100℃条件下水的黏度。因为他亲手设计组装的实验仪器被德军的鱼雷所毁，所以他转而研究引爆鱼雷的环式操作系统。

战后，克里克可能受到当时著名结构化学家鲍林于1946年所作的一次重要演讲的影响，以及受到薛定谔写的那本《生命是什么？》小册子的启发，越来越注意将物理学中的一些原理、定律应用于生物学方面。1947年，他申请到剑桥大学的医学研究协会奖学金，到剑桥大学研究细胞内磁性粒子的运动。在这段时间，他最大的收获不在于磁性粒子运动的研究方面，实际上他从来没有着手研究这一课题，而在于对整个剑桥大学正在从事的研究内容有了全面的了解。这对于他博士论文的选题方向，起了某种决定性作用。

初生牛犊不怕虎。他在勃罗兹课题组做的第一件事，就是对勃罗兹和肯德鲁（Kendrew, J.C.）这两位物理学和化学大师的有关血红蛋白分子研究中运用的技术和获得的图像，横挑鼻子竖挑眼，作了一些不合时宜的评论。当时的主流看法认为，血红蛋白由4层肽链组成，平行排列，像一个

圆木墩子，堆积成像"帽盒"的模型。克里克认为，他们计算矢量的技术太表面化了，而且三维结构分析不容许长度，提出要将此简化为杆向的二维分析；这样，模型和衍射数据有10倍的误差，他得出结论，分子内的蛋白质只有一半可以按"帽盒"模式的方式安排，并且认为存在更多的绕扭、更短的直线走向，甚至在加宽链的平行距离时也发生缠绕。在大多数情况下，这些结论使一些按常规思考的同事大为惊异，认为这位新手果然身手不凡，其结论从此宣告球形蛋白质有规则几何结构论的夭折。不仅如此，他还发现了一种新的蛋白质，大小为血红蛋白的1/10，并且弄清楚了它的结构，命名为肠促胰液肽，这是一种刺激胰液分泌的肠道激素。于是，他又转而研究起了胰凝乳蛋白酶抑制物。

当克里克在一个个课题中走马灯似地转来转去时，"多肽和蛋白质：X射线衍射研究"这一课题吸引了他。他觉得那是一条"又破又旧的大麻袋"，什么都能容得下，其中也能容下DNA分子结构。螺旋体学说又使他认识到"交链的交链"是大多数生物大分子，尤其是螺旋体中常见的特征。

克里克第一次接触有关DNA的文献，应当追溯到20世纪40年代。当时他在"奇妙之路实验室"工作。他在谈起这些文献时认为，辐射会降低DNA样品的黏度，他将DNA研究的重要意义看得连蛋白质都不如。由于DNA分子当时尚不能形成结晶，因此，除一些万不得已的原因外，机灵一点的结晶学家见了它都躲得远远的，或者绕道而过。当他的挚友威尔金斯在研究DNA分子中遇到困难时，他甚至对威尔金斯调侃揶揄道："你还是去研究研究蛋白质那个小玩意儿吧！"虽然如此，他对生物学的兴趣，说实话，依然不能与云集在剑桥大学卡文第许物理学实验室方面的分子生物学结构论学派相比。所以，当1951年秋，沃森来到剑桥大学时，克里克已经在开始思考基因结构和蛋白质结构之间的关联性问题了，思考蛋白质的特异性必须根据其氨基酸序列的单一特征，思考这一切都可能与遗传物质的序列安排有关联性。沃森的到来，使他终于找到了知音，让他在实验中如虎添翼，两个年轻人情投意合，很快便想到一块儿去了。

克里克事后回忆道："沃森是我碰到的对生物学看法和我相同的第一个人。我断定遗传学才是本质的部分，即基因是什么和基因的作用是什么。沃森的背景是研究噬菌体，我只读过一些资料，缺乏感性经验，我的背景是晶体学，他则没有动手搞过，只是读过一些资料。所以我们一见面就讨论起了基因的组成等细节。"他们一起假设，否定，再肯定，反证，再肯定。尽管查伽夫发现嘌呤与嘧啶的1∶1比值已有两年，但没有得到人们的重视。沃森和克里克却认识到此数值关系的重要意义，只用了三周时间，就共同谱写了一曲轰动于世的凯歌，成功地组建了DNA分子双螺旋立体结构模型。

克里克最初看到模型被成功地装配出来时，还不在意。他早先在医学研究委员会看到一份研究报告时，就已经得知："晶体DNA具有单斜晶的空间基群C2对称性。"但是用硬纸板拼剪的DNA的各种组成分子的模型大大有助于克里克弄清楚DNA分子的立体结构，模型会引导产生不一样的预测，预测又会进一步促进实验性研究。不仅如此，模型的三维构象带给他直观的认识，触发灵感，引导联想。当看到沃森完成了碱基配对操作，他情不自禁地脱口说出："瞧！它正好有那种对称性。"克里克走近模型，再仔细端详，随之对模型进行了升级版解读，确定双股链是反走向的，碱基对是互补的。有G必有C，反之亦然；另一方面，有A必有T，反之亦然。这说明两条相互缠绕的链上的碱基顺序是互补的，只要确定其中一条链上的碱基顺序，另一条链上面的碱基顺序也就确定了，因此，如果以一条链作为模板合成另一条互补碱基顺序的链，也就不难理解了。这也就是弗兰克林未走完的，距离诺贝尔奖"圣坛"只有两步之遥的关键。

克里克事后深有感悟地默认："弗兰克林作为一个训练有素的结晶学家，自会认识到晶体的对称性取决于双螺旋对称性，那么，单斜晶的空间基群C2对称性显然意味着这些链呈反走向平行，可以说是顺理成章的事。我也只是根据弗兰克林的数据和启发，才先她一步想到了这一点。"

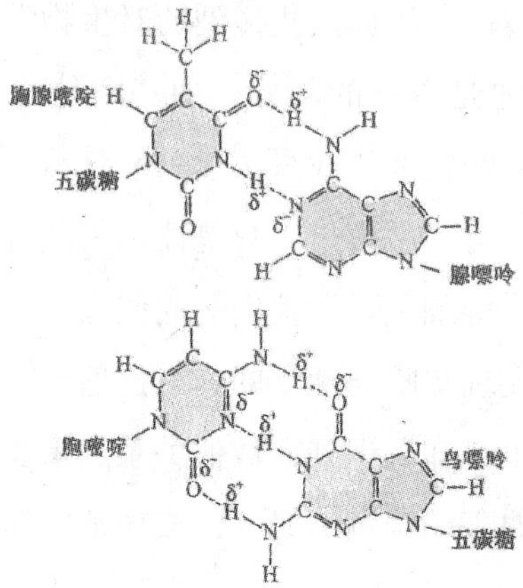

图6.11 腺嘌呤与胸腺嘧啶、鸟嘌呤与胞嘧啶两个碱基对示意图

至此,近半个世纪以来,许多人前赴后继,为之努力、付出,这次终于功到渠成,圆了几代人的梦想[95-97]。早在1880年就曾有一位生物学家认为基因是化学分子,但在1944年前,这还只是个假设,是分子生物学的研究成就提供了传递遗传学有关现象的化学解释。DNA双螺旋立体结构,解释了基因的线性顺序的实质,表明了基因精确复制的机制,按化学观点,这说明了突变的实质,指明了为什么突变、重组、功能在分子水平上是可以区分的现象。

消息传来,整个学术界为之轰动,用德尔布吕克的话来形容当时学术界的激动心态一点也不过分:"模型建成后,大家觉得,现在真是乱了套了。理论生物学将进入一个非常动乱的时期,理论生物学中一部分将涉及分析化学和结构化学,其中更重要的部分是,遗传学和细胞学中的许多问题将要重新被看待和审视,而这些问题在过去的40年里简直是走进了死胡同。"照此说法,遗传学家、细胞学家和生物化学家的研究套路全都乱了阵脚,再不改弦更张,转变研究思路,他们就是在白白浪费时间和仪器了。德尔布吕克还认为:"了解双螺旋及其功能不仅对遗传学而且对胚胎学、生理学、进化论甚至哲学都有深刻影响。它对现代人的最深远的影响莫过于几乎人类的一切性状,都可能有部分的遗传学基础。这不仅限于每个人的体质,而且还包括智力或行为特征。"遗传素质对人类非体质性性状，特别是对智力的影响正是目前争议最多的生物学与社会学问题。

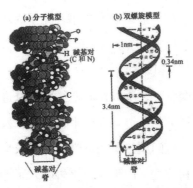

图6.12　DNA双螺旋体空间结构模型

克里克接着提出了"中心法则"，遗传信息从DNA→RNA→蛋白质。克里克对分子生物学的创新性贡献，从DNA双螺旋立体结构模型到"中心法则"，无不留有他的足迹。分子生物学中心法则现时还包括另外一步：DNA→前体RNA→拼接RNA→蛋白质。

遗传信息论被克里克这样一位物理学家提出，是科学史中颇有讽刺意味的事。其实早在20世纪50年代中期，生物化学家就已经知道了自然界中有各式各样的L-氨基酸，可是居然没有一个人能够捕捉到其中只有20种氨基酸参与蛋白质合成的核心概念。在这种情况下，只能由一位具备超常思维能力、造诣颇深，且过去从未直接研究过这些成分的物理学家来完成。1956年，克里克提出"接合体"假说，每种氨基酸通过一个特异的"接合体"识别核苷酸序列，使相应氨基酸依次连接，组成蛋白质，执行由核酸中核苷酸序列携带的遗传指令。

外行人的这种别具特点的创造性突破，以及由此带来的跨越行业界限的不拘一格的新奇思路，常常使得许多科学家的认识过程发生质的飞跃。一些重大的科学发现不就是在这种严格的科学与绝非严密的思路两者紧密结合的情况下脱颖而出的吗？克里克就是突破行业局限，用物理学家的眼光，不经意中推导出这么一套普遍存在的、由基因编码的20种奇妙氨基酸的。克里克不愧为一位持续在科学前沿拓荒的不多见的科学家，是知识海洋中的"蛟龙"。他与噬菌体研究组发起人德尔布吕克一样，也早早就转到神经分子生物学研究领域，一个人跑到美国索尔克生物学研究所（Salk Institut of Biology）从事脑力衰退研究去了。克里克20世纪90年代在一篇题为《惊人的假说：科学探索灵魂》文章中提出"用大脑中一些神经的交互作用来解释人的思想、意识"。

必须着重指出，克里克之所以在向斯德哥尔摩进行最后的冲刺努力中有了惊人的突破，诠释了两条链是反向平行的，并发现碱基配对，在于克里克从他的老师勃罗兹处阅读过英国医学研究委员会的一份报告，捕捉到了许多"活的"资料和数据。因为这份报告收入了弗兰克林提交给兰德尔教授的实验记录。弗兰克林提交给英国医学研究委员会的这份报告中说明A型DNA图的对称性：DNA结构即使翻转180°之后，乍看起来还是一样的。克里克旋即认为，这就是显示DNA拥有相反方向的双股螺旋，而沃森却没有这么多的机会看到这些极有价值的报告，他获取到的也只是一些零碎的"死的"资料和数据，有时在匆忙中还误读了好不容易弄来的数据，所以后者未能在DNA分子双螺旋立体结构模型建成后，立刻想到两条链是反向平行的并发现碱基配对，而克里克却能立刻想到。所以说，克里克的那种机灵劲儿不亚于沃森。

他的巨大贡献还在于他有效配合沃森完成了弗兰克林未走完的那一小段路程，在这一过程中，他出了不少金点子。他同时坦诚，"组建DNA分子双螺旋立体结构模型这样大的科研项目，没有生物学家的参加，是绝对完成不了的"，"由于我们既没有长远规划，又没有扎实的研究基础，我们二人中谁也不能单独完成DNA分子结构剖析"。接着他戏言，"假如在网球场上，沃森不小心被一球打死，单靠我一个人是完成不了这项实验的。"他感慨万分地说："我们二人中谁也不会单独发现DNA结构，但弗兰克林却相当接近成功。实际上她只差两步，她只需认识到两条链是反向平行的并发现碱基配对就成功了。弗兰克林离开后，威尔金斯最有可能取得成功。至于鲍林，我还不能肯定……"现在一些人议论沃森、克里克为组建DNA分子双螺旋立体结构模型，收集来的大量资料、数据及图片，其中不少是从"非正常"渠道获取的。人们将议论的矛头指向沃森，显然有失公允，当然，他是第一发现人，理应承担主要责任，但克里克是沃森的唯一合作者，他难道在这个问题上没有一点儿责任吗？这要留给科学史学家评议了。

值得一提的是，克里克对于物理学家向生物学转移的看法，认为现代生物学研究的最终目的都是以物理学和化学来解释生物学的。尽管物理学目前掌握的知识还很有限，但我们确实具备了适当的化学和有关物理学理论知识、量子力学结合化学实验知识，为生物学提供了坚实的基础。解释整体性生物学的策略要逐级进行，从大到小，直到原子水平；物理学家有足够的原子水平的知识。克里克最后还指出，物理学家背弃了活力论也是转移的原因之一，而其他物理学家认为，活力论思想对他们转向生物学没有任何影响。

2004年，克里克逝世前还在病榻上修改论文。2013年，恰逢DNA分子双螺旋立体结构模型发现60周年暨获诺贝尔奖50周年之际，克里克孙女将家中保存的诺贝尔奖奖章及其他物品在佳士德拍卖行拍卖，共获得520万美元。她将其中的50%献给她祖父克里克生前工作的索尔克研究所，并按传统将其余的20%献给以克里克命名的研究所。2015年，这个研究所建成当年就走出来一位诺贝尔化学奖得主——瑞典人林达尔（Lindahl, T.）。

由于DNA衰变速度与人类生命的衰亡过程不一致，DNA除去受外部紫外线、自由基等"攻击源"的影响外，分子本身也具有不稳定性，据计算，组成基因分子的每个原子每隔3万年会发生一次突变。人类遗传物质之所以没有解体，得益于人体细胞有一套能监控并修复DNA分子的系统。这个研究所的林达尔发现了一种分子修复机制，能不断抵消造成DNA崩溃的碱基切除；同年获得诺贝尔奖的美国人桑贾尔（Sancar, A.）则绘制出核苷酸切除修复机制，展现细胞如何修复因紫外线等造成的DNA分子损伤；具有美国和土耳其双重国籍的莫德里克（Modrich, P.）更是发现了细胞分裂过程中，DNA复制时的细胞"纠错"机理。他们三位的研究发现为治疗癌症等疑难病症开拓了道路,并为人类造了福,可谓善莫大焉。

人们同时注意到,螺旋形岂止是DNA分子特有的,在整个生命世界中几乎随处可见。人体的主要器官耳蜗就是一蜷曲的管状骨,活似一个螺旋式楼梯,越向上越窄;蛋白质分子是呈螺旋状的;植物的枝蔓有的也是呈螺旋状缠绕向上生长。更令人叫绝的是,葡萄是靠螺旋状卷须缠住树枝攀援而上的,其方向忽左忽右,既没有规律,也没有定式。

除植物中有螺旋形的现象外,动物中也有螺旋形的现象,例如牛、羊等反刍动物头上长的角,往往都呈现出一对美丽的螺旋形,田螺、蜗牛之类的外壳也都呈现出美丽的对数螺旋形,左右旋的都有。

这个DNA双螺旋立体结构模型是鬼斧神工的杰作,是一种绝妙的"生命曲线",也是牛顿引力平方反比定律的一种近代翻版,一个不是用公式,而是用文字,用不成比例的图像表示出来的伟大发现。它之所以赢得世界范围学界的赞许,是因为它一如牛顿原理那样,回答了人们一直在寻求答案的一个问题。

杨振宁是左撇子(后来杨母纠正了他的左撇子怪习),沃森也是个左撇子,似乎上帝有时候偏爱左撇子。杨振宁认为,他和李政道共获诺贝尔奖的文章《弱相互作用下宇称不守恒》是当时物理学界10年之内的最重要文献,而把沃森和克里克的文章看作是世纪性贡献。这两位年轻学者回答得那么巧妙,以至于几乎没有一个人会持不同意见。他们二人联名发表在《自然》1953年4月25日这一期的那篇轰动于世的短文是由沃森执笔的,原文底稿的"该模型使用了许多尚未公开发布的实验材料……"被威尔金斯改成"王室学院研究小组的工作始终激励着我们……"说得何等轻松,表达得也异常漂亮。数天后,沃森又根据弗兰克林同期发表在英国《自然》刊物上的支持性文章,详细阐述了这个模型深远的遗传学含义和巨大的生物学意义,从而提出了遗传复制机理。伦敦大英历史博物馆至今仍完好地保存了这个原初模型的复制品,不过已经不是用硬纸板制作的了,而是用金属片制作的。

6.5　欢笑声的背后

在一片祝贺声的欢乐气氛中，潜流着窃窃私语，以后渐渐发展到流言多多，甚至公开议论的地步，人们多为弗兰克林鸣不平。这些非议主要说沃森四次接触过弗兰克林未发表的资料、数据和图片，这些对于构建DNA分子双螺旋立体结构模型都是不可缺少的，并且他们未经弗兰克林本人同意就擅自用到了自己的成果中。沃森就是在这样的背景条件下，撰写出了那本"此地无银三百两"的自传式小书，书名为《诚实的吉姆》，哈佛大学出版社原本答应出版并签订了合同。1966—1967年，初稿送给书中涉及的人员传阅时，遭到了猛烈批评。不写书则已，这一写反招来更多的非议，包括克里克的博士论文指导老师诺贝尔奖得主勃罗兹、法国科学家鲁沃夫以及其他学者纷纷著文评论。他们的批评不是由于作者对某些历史事实记述得不够确切，或者由于作者自我吹嘘，而是认为作者对很多描述没有必要那么尖刻，或者说有些言论显得不礼貌。鉴于此，沃森删去或至少修改了一部分触犯人的章节。他还在书后加上了一节"尾声"，公开恳请读者纠正他的某些记忆与他们所知有出入的地方。作者伤害最深的要数弗兰克林，他承认此书"对她的学术和个人品德方面的最初印象常常是错误的"。在"尾声"一节的最后部分，他一反前面章节所持的态度，对弗兰克林个人大加赞美，可见他在努力纠正书中对她形象所作的描述。沃森显然没有按批评者的意见将那些过分触犯人的章节进行较为满意的修改，哈佛大学出版社奉命取消了出版该书的合同。沃森在万般无奈的情况下，将书名改为《双螺旋——发现DNA结构的故事》，交给了一家商业性出版社阿森纽（Atheneum）出版社，并于1968年2月出版。

一些人认为，这本书违背了历史真实性，这只不过是为涉及弗兰克林问题作出的一种辩解；另一些人则认为，这本书自有可爱的地方。沃森如实地描述了他当初为了获取更多有关DNA分子结构的知识，想方设法去接近威尔金斯，比如想利用他老姐去吸引这位既年轻又学问渊博的物理学家，以方便与威尔金斯套近乎。更能说明问题的是，他在书中坦白地描述过当年趁弗兰克林不在，看到那张尚未发表的DNA分子双螺旋立体结构X射线衍射图片时的激动兴奋之情，"我的嘴张开得大大的，我的脉搏也开始剧烈地跳动起来了"。因为在所有研究DNA分子结构的人中，只有沃森一人对这项探索性工作所具有的深远生物学意义，认识最清楚、最深刻，他的这种如获至宝的迫切心态也是可以理解的。随之而来的责难、非议以及可能遇到的各种困难和前进中的种种挑战、暗礁，都隐含着他要做一番没有退路的面对和拼搏。他既有这个决心，也有这个能力来面对一切。

在模型建成后，沃森自知处于被议论的尴尬地位，故而在写给德尔布吕克的信中多了个心眼儿，要求他先不要告诉鲍林，因为后者也正处在DNA分子结构研究的关键时刻；又写信要求克里克别过分张扬，也不要再到电台等媒体上重复已广播过的内容。用沃森自己的话："现在依然有人认为我们剽窃了别人的数据，相信多几个敌人总比多几个崇拜者要坏……我主要关心的是，不要卷入进去，因为我害怕在剑桥大学那样。"沃森的另一部著作《基因的分子生物学》（*The Molecular Biology of Gene*）就擅自使用了弗兰克林拍摄到的、未发表的DNA分子X射线衍射图片。沃森本人也不得不承认，这张图片对阐明DNA分子结构是至为关键的。《基因的分子生物学》这部著作是研究分子遗传学很有用的参考书。

无论是在国内或国外，科技界中总有某些人不是想方设法通过自身的努力、辛勤汗水去耕耘科学天地，而是百般取巧、走捷径、拉关系、找小路赢得时间，企图一鸣惊人，因为时间是赢得发明权的重要筹码。这样的事在我们周围并不鲜见，无论过去、现在还是将来，无论是在国内还是在国外都一再出现。沃森后来任美国冷泉港美国国家癌症研究所（National Cancer Institute）主任，从事癌症研究。这是一所规模不算大的生物科学研究站，位于纽约长岛北岸。当初噬菌体研究组筹备期间，德尔布吕克曾选择在这里建立噬菌体研究中心。沃森日常喜欢一边散步，一边把玩鸟儿。1982年，应中国科学院遗传研究所的邀请，沃森对我国进行了学术访问，并接受了在中国科学院包括微生物研究所在内的有关科研机构访问，还作过几次学术报告。2017年3月沃森再次应邀来华,曾专程到清华大学进行学术访问。

图6.13　沃森1982年访问中国科学院微生物研究所遗传实验室

不知沃森出于生计还是别的原因,于2014年12月7日将其获得的诺贝尔奖奖章拍卖了,将所得近500万美元捐赠给了他的母校和工作过的地方,即芝加哥大学、印第安纳大学、冷泉港实验室与英国剑桥大学。一位俄罗斯首富、英超阿森纳俱乐部所有者阿尔舍·乌萨马诺夫出于大义买下奖章。他说:"我的父亲受癌症折磨而死,沃森的伟大发现为治疗癌症做出了宝贵的贡献。很重要的一点是,我购买奖章的钱将用于支持科研,而这块奖章也该由其应得之主所有。"沃森本人自然是喜出望外,既保住了诺贝尔奖奖章,又缓解了财务上的燃眉之急。

6.6　漫话 DNA 分子的遗传密码

模型建成了,如何解说模型,是沃森和克里克之后相当一段时期内众多科学家考虑的问题。

由于蛋白质合成是在细胞质里的核糖体上进行的,这说明DNA还不能直接作为合成蛋白质的模板,这中间必然有一个转录过程,亦即先将遗传密码DNA转录成为RNA,然后再在蛋白质制造工厂核糖体上从RNA翻译成为蛋白质。DNA转录成为RNA时，按A-T、G-C互变，只有一个碱基不一样，即尿嘧啶（U）代替胸腺嘧啶（T）。只是到了这时，信使RNA上的核苷酸排列顺序所包含的遗传密码，就直接代表了氨基酸的信号，所以各种氨基酸只要根据这个信号，按照前后顺序连接起来，就会成为肽链、多肽链和蛋白质分子。

伽莫夫（Gamow, G.）在量子力学和宇宙生成的宇宙学这两大领域中有很大的贡献，提出过隧道效应和宇宙生成的大爆炸理论。他于1954年提出了遗传密码概念，认为DNA双螺旋结构中由氢键生成而形成空穴的4个角为4个碱基，4个碱基的不同排列组合，构成三联体遗传密码；DNA分子的4种不同组分是腺嘌呤（A）、胸腺嘧啶（T）、鸟嘌呤（G）和胞嘧啶（C）。不可小视A、T、G、C这4个英文字母构成的三联体遗传密码，它们蕴藏了生命世界无尽的遗传奥秘。接着尼伦伯格（Nirenberg, M.W.）解开了遗传密码之谜，证明遗传密码在蛋白质合成中的作用，并于1968年与科拉纳（Khorana, H.G.）等荣获诺贝尔奖。

存在于生命世界这个广大空间内的千姿百态的每个个体互有差异，狗生狗、猫生猫这个生物繁衍的"生生不息"规律得以源远流长，主要靠着这4个英文字母的排列顺序来回变换。前文所述的美国舞蹈家邓肯和英国大文豪萧伯纳如果有缘成婚，他们的后代是集"男才女貌"于一身还是集"女才男貌"于一身，也全靠这4个英文字母来回变换排列顺序来决定。

这些密码呈线性排列，每300～2000个（平均为1000个）核苷酸碱基对组成一个遗传信息的功能单位，即一个基因。那么这4个英文字母在300～2000个数字范围内变换花样，能编出多少个词汇呢？单是一股有100个核苷酸的链，就会有4^{100}种不同的排列方式，若是一股有2500个核苷酸的链，那么就会有4^{2500}种不同的排列方式。

有这么多种碱基排列方式用以表示生命世界广大空间内千姿百态有机体的遗传奥秘是绰绰有余的。例如《韦氏英文大字典》有45万个词汇，但其实只用了26个英文字母。那么根据这个生物学中的"中心法则"，DNA决定蛋白质，4种不同的字母组成的"DNA语言"，即遗传密码，翻译为20种不同的字母组成的"蛋白质语言",只能从2个、3个、4个字母组合中选择一种组合法。

英文有26个字母,2个字母一组就有26×26=676种排列方式;3个字母一组就是26×26×26=17576种排列方式,以此类推。这好比阿拉伯数字,1位数只能有9种排列方式,2位数可能有9×10种排列方式,3位数可能有9×10×10种排列方式,以此类推。同理,遗传密码只有4个字母,密码可以由1种核苷酸组成(1个核苷酸决定氨基酸),或者2种核苷酸组成(2种核苷酸决定氨基酸),抑或3种核苷酸组成、4种核苷酸组成(3个或4个核苷酸决定氨基酸)。核苷酸决定氨基酸比率,决定了遗传密码的单位或密码子的大小,按照上述密码子的大小,可得出可能出现的密码子数,参见下表[34]。

表6.1 碱基的密码子数

核苷酸数	可能出现的密码子组合方式数	密码子最大数
1	4	4
2	4	16
3	4	64
4	4	256

氨基酸有20种,用1个字母对应一种氨基酸,其组合方式只有4种,这对20种不同的氨基酸来说显然太少了;2个字母对应一种氨基酸,其组合方式也只有16种,这与20种不同的氨基酸比较,还是少了;若是用4个字母对应于一种氨基酸的话,则组合方式会到256,这对于20种不同的氨基酸来说,则又太多了。唯有用3个字母对应于一种氨基酸,其可能的组合方式就有64种。64这个数值正好不多不少代表了可能出现的遗传密码功能[98]。

64确实是一个奇妙的数字。我国古籍《周易·系辞传》中所说:"易有太极,是生两仪,两仪生四象,四象生八卦。八卦两两相重,得六十四卦。"中国象棋、国际象棋的棋盘都等分为64格。本书这里出现的,用4个英文字母中的3个为一组来表达可能出现的遗传密码功能,也是有64种不同的排列表达方法[17]。至于构成的密码比20种不同的氨基酸来说多了几种,怎么办呢?在量子力学中有所谓"简并"的现象,援引过来就是说,在上述64种可能的组合中，不止一种组合对应着同一种氨基酸的情况是允许的。当初这还只是一种假说，科学家用了好几年，直到1966年才将所有的遗传密码确定了下来。

不同的三联体遗传密码决定不同的氨基酸，不同的氨基酸排列顺序决定不同的蛋白质。破译这样的遗传密码，是1953年沃森—克里克DNA双螺旋立体结构模型问世后这么多年以来生物学的巨大进展，生化学家先后采用各种手段破译这64种不同排列的三联体遗传密码。这套密码小至细菌、病毒，大至人类、大象，一概适用。

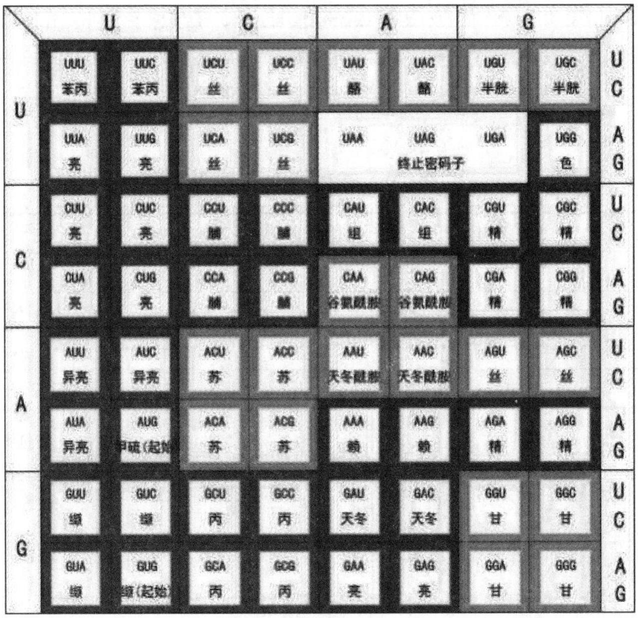

图6.14　遗传密码翻译和分类示意图

其中，图的四周，左边一列指第一个字母相同的密码子，上边一列指第二个字母相同的密码子，右边一列指第三个字母相同的密码子。

基因一般由1000个核苷酸（一个核苷与一个磷酸分子构成的）组成。人体内有5万种以上的蛋白质，这么多种类的蛋白质是什么概念呢？举一个例子，每一种蛋白质都由20种不同的氨基酸组成，用这20种不同的氨基酸随机端对端地连接起来，可以组成不计其数的蛋白质种类：倘若用2个氨基酸为一股链，那么就会有20×20=400种排列方式；若是用3种氨基酸为一股链，就会有20×20×20=8000种可能的排列方式；如果是用4种氨基酸为一股的链，那么就会有20×20×20×20=16万种可能的排列方式。

一条由100个氨基酸组成的蛋白质分子链，分子量为1万，这还只是一个比较小的蛋白质分子，要是把100个20种不同的氨基酸以各种顺序排列出来，就可以提供出10^{130}这么多种类的蛋白质。哪怕每种蛋白质只有1个分子，则10^{130}种蛋白质的质量总和大约是10^{100}吨，相当于地球质量总和的10^{78}倍，太阳系质量总和的10^{72}倍。这么大的天文数字不但远远超出了地球有史以来，也就是大约50亿年以来在地球上曾经生存过的生物体的总质量，并且在生命世界继续进化发展若干亿年后所生成蛋白质的质量总和也不会达到这一数字[31, 41, 99]。

6.7 人类基因组计划

6.7.1 癌症和"人类基因组计划"

20世纪下半叶，癌症逐渐成为人类健康的头号杀手。1981年，美国国家癌症研究所启动了"向癌症开战"的计划，期望用5年时间能够找出根治癌症的办法。这一花费了数百亿美元的科学计划却没有达到预期的目标。1986年，该计划的项目负责人，诺贝尔奖得主德布尔科（Delbecco, R.A.）在美国《科学》杂志上发表题为《癌症研究的转折点——测定人类基因组序列》的文章，指出"癌症与其他疾病的发生都与基因有关"[100]。

1990年，由美国率先倡导，包括我国在内的美、英、法、德、日六国共同出资50亿美元，启动"人类基因组计划"。我国是2007年正式参加这项伟大科学工程的，从中承担1%的任务额度，要求整体序列误差控制在万分之一以内。"人类基因组计划"就像一部大百科全书，对于回答人类发育、生理健康、进化等问题是不可或缺的。"人类基因组计划"与1939年斥资20亿美元制造原子弹（相当于2013年的260亿美元），与1973年斥资

254亿美元的阿波罗登月计划相当。仅2011年"人类基因组计划"已为美国创造了1万亿美元价值,而且这个数字还在继续增加。

人类基因组草图于2000年完成绘制,测定整部"生物天书"的所有字母约30万个碱基序列。那么"天书"的全貌、梗概也就大白于天下,展示于世人面前了,其意义在于它深化人类对生命现象的了解,修正甚至颠覆生命科学已有的经典理论。由此,生命科学的发展在经历了20世纪"分子生物学时代"和"结构基因组时代"后,正式进入"功能基因组时代",即"后基因组时代(Post-genome era)";所有疾病的发生机制能够在人类基因组图谱中找到明确的答案。根据"个人基因组图谱",借助"基因药物",通过个性化医疗,所有围绕人类的顽疾,都能够得到有效预防、诊断和治疗。一改过去10年间生命科学得到蓬勃发展,"基因药物"却迟迟不能问世,基因产业沦为泡沫经济的不景气局面。

6.7.2 DNA元素百科全书计划

"DNA元素百科全书(ENCODE)计划"继2003年基本完成"人类基因组计划"后,国际科学界又策划了"DNA元素百科全书(ENCODE)计划"。有来自美、英、日、西班牙和新加坡五国32个研究机构的400多位科学家参加,耗资1.5亿美元,获得并分析了超过15万亿个字节的原始数据,并对147个组织类型进行了分析,确定了哪些基因能打开和关闭,以及不同类型细胞之间的基因开关存在什么样的差异。

过去人们最关注的是与编码蛋白质相关的基因,但它们只占整个基因组的2%左右。现在通过ENCODE计划,成功破译出基因组剩余部分(非编码区域),确定了80%的基因具有某种特定的功能。如果说过去的"人类基因组计划"提供的是一部大词典中的字,那么现在的ENCODE计划等于是为这些字加了注释,好比研究先天性心脏病的,就直接检索心脏方面的基因。这项计划还指出,其余20%也不是"垃圾基因",因为ENCODE计划仅分析了3147种类型的细胞。如果继续检测其他类型的细胞,那么剩下的20%DNA,其功能都将一一被检测出来[101]。2012年研究报告称,发现了人类基因组功能的重要"开关"的位置，以前这些也被认为是"垃圾DNA"，证明其中80%的序列发挥作用。

英国一位科学家研究发现，人类DNA中只有8.2%"有用"，但目前尚不知这些有用基因的位置，而且不是所有有用基因都同样重要，有1%的人类DNA参与蛋白质合成与人体几乎所有重要的生命过程，另外7%的人类DNA在不同的时间、不同的人体部位参与激活及抑制蛋白质编码的基因的活动。人类从出生到死亡，体内每一个细胞中合成的蛋白质都是一样的，在何时何地激活哪些蛋白质都必须经过调控，这些就是这7%的人类DNA的任务了。

再举一个身边常见的例子，即肥胖与基因的关系。已公布的细菌有2000多种，人体肠道菌有170种左右。选两只白鼠，一肥一瘦做对照实验，饲喂法、食量都一样，仅仅将白鼠肠道内的细菌类型对调一下，仍以同法饲喂，不久，肥的变瘦了，瘦的变肥了。

6.7.3 中国人基因组全序列测定的"炎黄一号"计划

中国人基因组全序列测定由中国深圳华大基因组研究院承担，120位科学家共同参与完成，基因组全长384m，被命名为"炎黄一号"，全文刊载于英国《自然》杂志上，长达7页。它第一次描绘了亚洲人的全基因序列图谱，共有1177亿个碱基对，有效覆盖率高达99.97%，变异检测精确度达到99.9%。它仔细比较了中国人与已有数据的白种人基因在序列和结构上的差异性，新发现41.7万例独特的遗体多态性位点，并对相应的基因功能进行了探讨，较全面地阐述了中国人基因组结构的特征。

"炎黄一号"作为中国人参照基因组序列，从基因组学对中国人与其他族群在疾病易感性和药物反应性方面的显著差异作出了解释，揭示了中国人自主开发的基因组研究与中国人的健康事业发展具有关联性和必要性，对中国的基因组研究和产业开发具有重要的指导意义。目前，深圳华大基因组研究院正进行的有"炎黄计划""国际千人基因组序列图谱"，以及"国际大熊猫基因组计划"。一时间在世界范围掀起了一股基因组研究热潮，一种名为"全基因组关联分析"的研究新方法问世，"基因芯片技术"的发展以及研究成本直线下降，助推了这股热潮一浪高似一浪。

2017年12月，中国发布了"中国十万人基因组计划"，预计4年完成。尽管如此，上列述及的两位大师的下一代"男才女貌"还是"女才男貌"各随机分配多少，且不说各自定向分配多少比例，目前尚处在想当然阶段。

研究基因助人长寿也可能没有多大指望，我们现阶段只能通过尚处在探索阶段的基因疗法，找出致病基因，尤其是找出遗传病基因，或者我们为对付此类基因及其产物，研究设计，生产新药，免受疾病困扰，在有限的生命时日把日子过得更舒畅、健康。因为人的生长、生殖、发育、衰老、病变等无不与自体内的基因有关联。弄清楚全部基因的位置、结构和功能，为征服癌症、艾滋病、痴呆、精神分裂症等多种疾病铺平道路。在研究基因的所有新发现中，最令人惊讶的是，人和昆虫、细菌等生物的基因很多是一样的，例如人与老鼠有90%相同的基因，人与猩猩的基因相同比率达到98%。人与人之间的差异则更少，只有0.2%，就是这一点点微小的基因差异，让每个人的外貌、生理发育、智商等特征才会有差别。就连我们每个人的指纹都是不一样的，使得我们所处的人类社会变得多姿多彩。

6.7.4 单核苷酸多态性和一把"生物钥匙"

许多生命科学家还发现，决定遗传现象的基本单位不是基因，而是单核苷酸多态性（SNPs，Single Nucleotide Polymorphisms），也就是DNA序列的特异性变异，它推翻了以往通过基因寻找病源的思路。实验证实，在不同人体的同一条染色体上，同一个位置的核苷酸序列中，绝大多数的核苷酸序列是一致的，只有一个地方的核苷酸序列不同，这就是现时所称的单核苷酸多态性。由于这一重大发现，仅从2007年以来，除去I型和II型糖尿病外，与精神分裂症、抑郁症、肠炎（克罗恩氏病）、青光眼、肥胖、风湿性关节炎、高血压、冠心病、乳腺癌、肠癌和前列腺癌等常见症状相关联的DNA序列的特异性变异，均一一被锁定[102]。

运用此技术，研究人与人之间的差异有两种形式：一是STR短串联重复，它是在DNA中固定位置以一种片段为基础不断重复的区段，有的重复一次，有的重复12次或8次；二是单核苷酸多态性，指DNA固定位置上的一个碱基发生了质的改变，这种突变是随机的，不受外界影响，发生突变的概率非常低，只有三千万分之一，就是说，有血缘关系的人就是隔了几十代，其家族遗传下来的特殊DNA也基本不会改变。科学家们正是抓住了这个三千万分之一的极低突变频率，将其当成一把"生物钥匙"，或称其为"分子日历"，用以探寻某些历史谜团，并且破译了2000多年前古人的基因。

《三国演义》中的曹操官至丞相，挟天子以令诸侯，叱咤中原，称雄一方。他为洗刷是宦官之后这一卑微身世，自称是东汉名将曹参的后代；还有一说，曹操父亲曹嵩本姓夏侯——史载曹氏、夏侯皆为沛国谯县（今安徽亳州）一大望族，于是曹操便是夏侯的后人。现在通过111个曹氏家族人群DNA和族谱调查，寻找曹操的后人。确认曹操既非他自称的曹参的后代，也非夏侯的后代[103]。有意思的是，我国科学工作者通过认真的遗传学分析，找出了曹操的家族史并证实曹雪芹是曹操的后代。

更有意思的是，北京一位汉族贾姓厨师，其Y染色体类型很是特别，它的单倍群总体上诞生在中亚细亚和印度之间，亦即中东地区，最高频度出现在高加索地区，邻近的格鲁吉亚比率也异常高，还有法国波旁王朝的国王路易十六也颇高。据此可以推测，这位贾姓厨师的先人是从中东因贸易、出使等来到北京，继而定居下来的。因为北京曾是好几个朝代的京师，历朝历代都是各族人民交往融合的频繁之地，他们在中华京都地区留下遗传因子也就不足为奇。

因为人类的DNA是在迁移、奴役、战胜、征服的过程中形成的，所以未必形成于人们当前的居住地。我们也一直在问："我们的祖先是从哪里来的？"例如一个北欧海盗入侵不列颠，并且与当地的一位少女结婚生育了后代，那么"地理人口结构（GPS）"检测技术可以找到最远在1000年前以这种方式"结合"在一起的DNA，再与世界各地数百年内都没有迁移过的人口群落的DNA样本进行比对。所以，在我国人口中能找出"波斯人的血统"，其成功率达到98%。

6.8 刍议天才与基因

400年前徐光启和利玛窦（Matteo Ricci）共同翻译了《几何原本》，上海徐家汇顾名思义就是400多年来徐光启后裔们聚居的地盘。说起徐光启，还跟中国近代史上风云人物宋氏三姐妹有一段关系。徐光启第16代后裔是宋氏三姐妹的外婆，这位第16代的后裔徐氏生下的女儿倪桂珍也就是宋氏三姐妹的妈妈。倪桂珍17岁毕业于上海裨文女中，数学成绩优异，留校任数学老师，人赞有祖上徐光启的数学遗传基因。倪桂珍的夫婿宋耀如，这个从海南文昌市走出来的一介草根，全凭好学奋进的家风家教，竟得一份家业，使他们的六个子女都能够在美国留学。

现在媒体议论澄清某某是400年前与利玛窦共同翻译《几何原本》的徐光启第13代或第14代孙，钱学森是江浙吴越王钱镠的第33代孙，某某是孔子N代孙或河东柳宗元后裔时，国人亦不断抛出"龙生龙，凤生凤，老鼠的儿子会打洞"等血统论的翻版。事实上，每个人的基因组一半来自父（或母），作为徐光启的第13代孙，其所继承徐光启的基因组仅为$1/2^{13} \approx 1/8192$，这也就是第13代孙继承到徐光启某个特定基因的概率。如果聪明才能由多基因决定（完全忽略环境因素）则此概率更小。例如第13代孙继承到徐光启某两个特定基因的概率为$1/2^{13} \times 1/2^{13} \approx 1.5 \times 10^{-8}$。而孔子的第76代孙继承到孔子约3万个基因中至少一个的概率更低，远远小于被雷击中的或中了任何体育或福利彩票大奖的概率。他们的基因相似性并无多大差异[104]。

因为一个基因的表达水平往往取决于来自父系和母系的拷贝共同组合，一方的单份基因拷贝不能决定基因的表达水平，即便天才仅有一个基因完全决定，其子代同样为天才的可能性也非百分之百，更不必说天才这一特质是有多个基因控制及受环境因素的影响等。此外，这些计算基于"基因组不发生突变或者改变"这样一个假设。而基因的自发与诱导突变却是进化论的一个重要基石，虽然每个DNA序列发生突变的概率都非常小（$10^{-8} \sim 10^{-7}$），但由于人类基因巨大（约3×10^9个DNA序列），子代基因组或多或少会和其亲代（即父母）的基因组有些差异。而如果这些细微差异恰好发生在决定智商的基因之内，那么就可以解释父亲天才、儿子智力平平。反之，一个普通农民的儿子很可能会智力超群。连爱迪生都知道，1%靠灵感，99%靠汗水。例如喧嚣一时的"诺贝尔奖得主精子库"最终无果而终。乏善可陈的例子还有，数学天才高斯（Gauss，K.F.）的父母均是贫困的劳动阶层；印度数学天才拉玛努洋（Srinivasa Ramanujan）的母亲则是一个家庭妇女，父亲是一家商店的小职员；工业革命的核心人物瓦特（Watt，J.）是工匠的儿子；法拉第（Faraday，M.）是铁匠的儿子；焦耳（Joule，J.P.）是农夫的儿子；我国数学巨匠华罗庚是一个杂货店铺的小老板的儿子。与之对照，中科院号称是"国家队科研机构"，这个队伍内的院士、一级研究员的子女中，也并非都是精英。

所以，人类社会文明进步的一大标志就是唾弃世袭/血统，所有西方发达国家无一例外都是从中世纪的世袭独裁专制（autocracy）进化来的，最终演变成根据能力及成就择优录用的体制（meritocracy）。若再加上自由、独立精神的倡导和宽容，这便成就了西方科技、社会科学以及经济的发展。所以，一个人出身寒微，也根本不必因此而怨天尤人，自卑气短。从基因组成来看，你与天才的距离并不比天才或名人的后裔更远。归根到底，还必须靠自己的能力、实力，这才是硬道理。

6.9 发现DNA分子结构的多种途径

现在很清楚，发现DNA分子结构可以有多种途径。通过单晶研究也能推导出DNA分子结构，但必须提供足够量的寡核苷酸的数据，否则就会使研究步入死胡同，引出同类配对。科恩伯格（Korberg, A.）的工作方式是研究核苷、核苷酸，然后再研究DNA。他合成的DNA双链中，链的方向就是反走向平行，碱基对也符合查伽夫法则。他如果将此研究成果移交给结构化学家，并希望他们将这些发现综合成一个合理的模型，那也是顺理成章的事。还有，里奇（Rich, A.）及其合作者如果将合成RNA的研究扩展到提出RNA和DNA的模型中，那么他们也会发现DNA分子结构。不过，即便他们一切条件具备，实验也顺利，那他们发现DNA的模型也将是1953年以后的事了。

核磁共振技术应用于解析DNA结构，会使操作程序简化、便利且成效显著。它跟X射线或中子衍射方法不同，生物分子结晶化不再是必需的过程。

现在我们回到1951年10月—1953年3月这个时间段里。如果沃森不来到欧洲，或者说沃森是在1953年抑或是1954年来到剑桥大学，那么还有谁会发现DNA分子结构？更重要的是还要多久才会发现呢？

首先，沃森和克里克两人中谁也不会单独发现DNA分子结构。人们推测弗兰克林研究组会按计划发表他们的数据，这样鲍林会重新开始研究。弗兰克林、鲍林或威尔金斯在年底前就能解析DNA结构问题，弗兰克林可能更接近于取得成功。其实，她只差两步，只需认识到两条链反走向平行，以及发现碱基配对就全齐了。至于大洋彼岸的鲍林，他有扎实的研究基础和长远的规划，发现蛋白质α-螺旋自不在话下，但DNA结构问题情况就不一样了。

总而言之，沃森和克里克既没有长远的规划，更不具备扎实的研究基础，如果沃森将到剑桥大学的时间推迟到1953年或1954年，而不是1951年，那么可以非常有把握地说，发现DNA分子结构这件事就不会是发生在剑桥大学，只会发生在伦敦弗兰克林研究组或者美国加州的鲍林研究组。科学发现和艺术创造可以类比，两者皆是绝无仅有的，研究工作则仅存在偶然性和必然性的差别。

第7章
生物学文献史的一大失误和半普及刊物的作用

信息灵，则耳聪目明，其高见亦层出不穷；信息不灵，耳目闭塞，只会成为平庸之辈。信息就是资源，既是一种物质资源，也是一种精神资源。只有在捕获有效信息上下功夫，才能使我们立于不败之地，成为一个明白人，一个高招频出的能人。

　　信息自身有一个特征，就是事物的不确定性或者说随机性。这就是说，未确定的事物才会有信息，一旦事物已成为确定了的事情，就不会含有信息的元素了。因此，从消息（知识）中提取所要信息的过程，也就是解除消息（知识）中不确定性的过程。

　　在自然界和在知识领域中存在着用之不尽、取之不竭的信息。问题在于我们是否能认识信息、能否捕获信息，以及会不会利用信息。很可能出现这样一种现象，人们对唾手可得的大量有价值的宝贵信息视而不见、置若罔闻；另外，兴许对已属无用、失去时效、废纸一张的信息，反而视如珍宝、刮目相看。例如，现在的生命科学文献的时效性已大大缩短了，以往为7.2年，现在只有3.5年，说明学科发展的速度加快了。还有，怎样从客体中提取信息？如何将捕捉到的信息传递到某个地方？又怎么样将原始信息进行加工处理，使之成为人们所认识的客体，提供给有关部门实施调控、决策以及执行各种功能之用？这些问题对信息的开发和利用都十分重要。

　　当今世界是以知识型经济为特征的，获得科技信息已成为取得经济成就的一大源泉。随着科学技术的迅猛发展，其发展速度将成指数增长，其原因有二。

　　其一，学科分支越来越多，社会科学知识领域目前有3000个左右，技术专业领域有4万多个；全世界每年新增学科种类60～70门、新增技术专业150～200种。

其二，二战后不久，在科技发达的美国，其实只有50多个专业学科。随着学科间交叉融合的深入，20年后，这50多个学科急剧扩增为900多个专业学科。这种学科的增加和知识的增值，使得文献量也随之急剧增加[105]。新技术的发展已达到这样一种程度，即企业的扩大已不取决于少数大资本家手中所拥有的资本的大小，而取决于多数人头脑中所具备的智力和创新才能。例如，在制药或电子器件的制造业中，成本部分的最大份额不是花在原材料和动力费用上，而是花在技术情报的获取方面，其中包括信息知识的消化及利用。谁在最短时间内获取到最新科技信息，谁就能在新产品研制和开发上取得制高点，获得主动权，谁也就能在第一时间将新产品打入市场，占领市场；其股票价位更能在一夜之间飙升，这就是当今所称的知识型市场经济。

新技术学科、新兴产业如此，对于生物学这类基础学科，其技术情报的获取和利用的重要意义则是另一种表现形式，由于信息的闭塞带来的损失可能要比前者增大几十倍，甚至几百倍。

7.1 背　景

艾弗利于1944年在《实验医学杂志》上发表那篇题为《关于引起肺炎双球菌类型转化物质的化学性质研究》的划时代的文献时，二战已接近尾声，同盟国和协约国交战双方都已打得筋疲力尽。交战各国的科学、教育事业都受到了很大的破坏、摧残。只有美国独大，有丰足的人力、物力继续投向科学、教育事业，尤其是基础理论研究方面。战争也使得一大批受法西斯德国威胁、侵略的国家中的一流的科学家、工程师、医生等各行各业的英才纷纷外流，外流首选是美国；他们中主要是生物学家、化学家、物理学家。战争也带动了一些学科的发展和繁荣，在这期间，美国在原子物理学、工程学、电子学、遗传学等诸领域更是有了空前的发展。也正是在这种背景条件下，美国才能成为分子生物学的发源地。无论如何，都还不能忽视各学科的发展水平不平衡这一特点，在资本主义国家发生这种情况尤为突出。有的学科发展可能快些，另一些学科的发展可能慢一些。哪个学科利好，获得成果快，资金投入多，这个学科必然会发展得更为快速。

情报学系统分情报搜集、分类、表达、利用，它的发展与其他学科的发展不能并驾齐驱，也不能做到相互适应。这也就是说，情报学当时是赶不上其他学科的飞速发展的，它的表达、传递、利用系统都还处在萌芽时期，中间还存在着诸多不完善的环节，也就或多或少地会影响其他学科的发展。生物学界发生了艾弗利的巨大贡献被埋没、冷落达八九年之久的事件，最能说明这个问题。

7.2 生物学文献史中的一大失误

艾弗利那篇划时代的文献奠定了现代分子生物学的理论基础，当今兴起来的遗传工程及其拥有数百亿美元资金的生物产业，无一不与艾弗利当年的发现有着因缘关系。可是，这篇历史性科学文献在1944年发表后[23]，在很长一段时期内，整个生物学界好像什么事情都没有发生过一样。作为科技文献载体的"文摘类""教科书类"等皆保持沉默，很少有人对这篇历史性文献有反应；它对生命科学的影响和即将发生的变革会起什么作用，也很少有人会站出来做些大胆的推测；能够站出来检验这项实验的正确性及评论其生物学意义深远的人，也数不出几个来。

为什么会出现这种情况呢？要回答这个问题，还要从当时的科学发展水平来认识这一事实。当时大家都在期待有朝一日能对几个核心问题有个正确解答。例如DNA是什么样的？它的功能、结构到底是什么？DNA作为遗传转化因子的具体证据是什么？人们回答不出来，用艾弗利的文章也解释不清。更何况当时占据主流的看法是：遗传信息的传递是由蛋白质来实现的。就当时情况而言，该论点在初期并非没有道理，例如在各种实验中，一定百分率的蛋白质含量才足以携带DNA分子，这一论点得到人们的普遍认可。

人们同时承认，"艾弗利在著名的历史性文献内，确实考虑过转化特性是由DNA引起来的这种可能性，但他在文中的确没有明确无误地肯定这种可能性"。人们都在期待有进一步的补充性实验报告，似乎隐隐约约预期在某个早晨，一觉醒来，媒体传来某项决定性实验取得突破性进展的消息。预期要出现和实际真正发生的这个间隔期内，科技文献载体、表达和利用系统出现了一些不可避免的问题，也就可以理解了。

7.2.1 艾弗利划时代文献写作自身存在的问题

一位熟悉艾弗利的人说过，艾弗利为人极其低调，谨慎过了头，没有十成把握的事从不轻易下结论。1943年，即在他的那篇划时代文献发表的前一年，他在写给老弟的一封家书中明明说过："DNA很可能就是基因。"但一年后，他在发表的那篇文章中却压根没有提及这一点，甚至连遗传学解释都没有[23]。就他的文章现有内容，也足以让人揣测，与遗传转化事件有关的，除去DNA外，可能还有其他的物质[30]。

艾弗利在引文部分也没有采用任何可以和遗传学挂上钩的内容，例如涉及比德尔（Beadle, G.W.）和塔特姆（Tatum, E.L.）的文献。他原先的想法是，文章是供研究肺炎双球菌的专家阅读的，而不是供遗传学家参考的，所以他的文章标题是《关于引起肺炎双球菌类型转化物质的化学性质研究》。此标题没有一个关键词可以拿来跟遗传学研究发生瓜葛，而"转化"这个词在当时与我们今天的遗传学术语完全不是一个意思，它是一切医学杂志上发表的各类论文中常用的一个词，比如人们在描述免疫纤维瘤病毒时，也会用这个词。即便有什么遗传学家看到此标题时，可能也只是觉得有点儿新鲜，仅此而已，并不会将它看作遗传学的主流部分。

7.2.2 表达系统出现了问题

第一，艾弗利的那篇著名文献是发表在美国1944年出版的《实验医学杂志》上的,该刊是由美国洛克菲勒基金会所属的医学研究所编辑发行的,一般说这是一种颇具权威性,而且受到人们重视的学术性刊物。但当时仍处于战争的非常时期,交通不便,且常常发生阻断,所以期刊的订阅、学术研究机构之间的交换、分发等诸多环节、因素均受到限制。这样一类的杂志实际订阅的人并不多,只是在美、英两国有人订阅,其他国家根本没有人订阅。当时的发行量,英国是36份,而在美国则高达600～700份。由于美国的订阅者多,相对而言,美国遗传学家阅读到这篇划时代科学文献的机会,自然会比其他国家遗传学家多些。但是,这类严谨有余的权威性学术刊物长期以来在许多学术领域没有产生预期的影响,即便有些影响,也不是很大的。通常订阅这类刊物的,很多属于医学系统的图书馆,自然科学领域里的图书馆订阅这类刊物的并不多。恰好这正符合这篇文章作者的初衷:"文章是供研究肺炎双球菌的专家阅读的,而不是供遗传学家们参考的。"

问题恰恰出在这里,因为当时的美国遗传学家大多聚集到了自然科学研究部门中工作,他们在那里通常阅读不到这类刊物,从而造成学术交流被阻断的事实——再优秀、意义再深远的文献最终都可能被忽略或被埋没,导致无法及时发挥作用。这在生物学文献史中不能不说是一大失误,导致整个生物产业往后延缓了好多年,也使得生命本质的探索向后推迟了若干年。它所造成的损失、影响,则可能远远高于本章所叙述的某个新技术、某个新行业由于哪个技术情报知识的得失所造成的经济效益方面的影响。

第二,美国出版发行的《化学文摘》(Chemical Abstracts)和《生物学文摘》(Biological Abstracts)是全世界最具权威的科学文献检索系统。艾弗利的那篇文章从标题到内容都没有突出他所从事的实验具有的巨大意义,在寄给《化学文摘》和《生物学文摘》的这篇文章的文摘中,随之出现了一些偏颇。作为这篇文献的作者,艾弗利及其合作者麦克卡蒂(McCarty, M.)在为《化学文摘》和《生物学文摘》撰写这篇文章的文摘中,没有强调其遗传学含义,更何况由别人来撰写的文摘呢。这篇文摘被归纳到《生物学文摘》内的"免疫学""细菌学"和"一般问题"的条目中，而在比《生物学文摘》检索率高得多的《化学文摘》，在其"微生物学"的项目中，也查不出这篇文章的文摘内容。

沃森自己也为这篇文章写过一篇摘要，他写道："主要事实是，肺炎双球菌的遗传特性被特异地改变，或许是由于加入了经过精心制备而提高了分子量的DNA所造成的。"这篇摘要显然错了，因为艾弗利的那篇文章结论部分明明写的是，"脱氧核糖类型的核酸是Ⅲ型肺炎双球菌转化因子的基本单位"，沃森的文摘显然忽视了这句重要的结论。不过后来沃森改正为"肺炎双球菌的遗传特性被特异地改变是由于病毒DNA引起来的"，这才是可能的和恰当的。看来撰写文摘一定要对论文的真实含义有透彻的了解，因为经过自己消化、掌握之后，才能抓住论文的精髓和要点，用尽量少的文字，将论文的精髓准确地表达出来。这一点对今天的科研工作者、信息技术工作者依然有巨大的现实意义。

第三，检索系统也随之出现了问题，由于论文的摘要撰写得不准确，导致关键词的选择和编排混乱，以至于索引系统也不尽完善。查《化学文摘》索引的人，只能在"脱氧核酸"和"肺炎双球菌"的标题内找到艾弗利的那篇文章；查《生物学文摘》索引的人，只能在"核酸"和"双球菌"这两个标题内找到艾弗利的那篇文章。任何人用涉及遗传学范畴的关键词检索，均不可能找到这篇著名文献，例如"获得性遗传""获得性性状""杂交""分离""基因""遗传学""基因型""遗传性""杂种""突变""表现型"和"变异"。

第四，"教科书派"对艾弗利的这篇文章迟迟未做出反应，是最具典型性的例证。这是由于教科书也最具权威性，人们总是以"教科书上是这么写的"为依据，将它视为金科玉律。

1952年出版的由斯莱勃和欧文（Srb & Owen）合著的《普通遗传学》（*The General Genetics*）教科书，是在艾弗利1944年发表的那篇划时代文献8年之后，都还没有提到艾弗利的名字。书的内容有关肺炎双球菌的叙述，篇幅不足一页，就是这仅有的一页，还多半用来讨论DNA为什么不会成为遗传物质。从1947年起，每年出版一本《遗传学进展》（*Advances in Genetics*）序列丛书，直到1955年这一卷才出现了艾弗利的名字。就是这套《遗传学进展》序列丛书，在前8卷的索引中，包括1956年的那一卷内，竟然也找不出RNA和DNA这两个常见的字，虽然这些新字在已发表的科学文献里早就出现过了。

7.2.3 情报知识的利用

人们在利用任何新的情报知识时，首先必须要求这种新的情报知识符合自己现有的科学概念，而且要求在利用这些新的情报知识时，不会给自己已形成的概念发生过大的抵触。这样，这些新情报知识，才容易成为有用的知识财富。从这一观点出发，各行各业的科学家在分子生物学发展的摇篮时期，都在不同程度上彼此受固有知识的影响。他们中间有些人的确能将别人的工作研究情报转化成自己的思想，但其中确实存在着一种模糊不清，只可意会难以言传的共识或默契。下面我们用一张联络图将他们一个个串联起来，说明他们前后左右的关系网，这种表示方法更形象，看起来会一目了然。

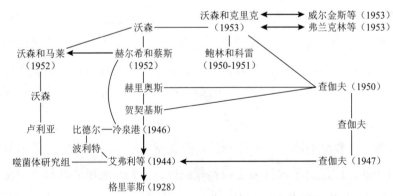

图7.1　从艾弗利到沃森和克里克的DNA分子研究情报联络图[22]

注：带箭头粗线表示文章被引用；细线表示受到影响，得到消息。

由图7.1得出一个离奇的结论，即一些关键性的科学文献没有直接为同行引用过。沃森及克里克尽管在研究中确实从赫尔希及蔡斯（Chase, M.）、查伽夫或艾弗利的论文里或交谈中获得过至为关键的启示，但他们在发表的文章内并没有引用过上列几位先行者的那几篇文章。类似的现象还有，赫尔希及蔡斯没有引用艾弗利的工作；吉莱（Gierer, A.）曾证实，RNA是烟草花叶病毒侵染性（遗传性）部分，他在论文里只引用了赫尔希及蔡斯的工作，却没有引用艾弗利的著名实验。

这说明，当时人们还不习惯利用科技信息，他们中间相当一部分科学家总是习惯于凭借自己已经掌握的知识来从事各自的科学实验，至于外部世界发生了什么事，要留到他当前所要思考的问题之后再去考虑。当时的科技信息工作本身还存在着系统性和严密性等不完善的地方，科技情报学也没有上升到足以形成一门科学的高度。它的表达和利用系统等诸多方面，理所当然地被人们忽略、疏漏和埋没了，这是科技信息工作作为一门科学在发展初期出现的必然过程。

事后以批判的眼光剖析那些"概念史"是优还是劣，是再容易不过的事。真正的科学生活是比较辩证的，科学家为使科学不断发展，需要有幻想和敢闯的精神，为避免在前进的道路上出现犹豫和徘徊，以及抵制激进的思潮，也需要有批判和谨慎的思维。他们期待有朝一日会弄清楚基因结构和功能，但因为艾弗利当年发表的文章还不能满足他们想要弄清楚基因结构和功能的期望，不符合他们的要求，所以，在这种情况下，他们将它先搁置一边，期盼着更具有新意的补充报告，也就是更具有决定性的文章，也是可以理解的。艾弗利的主要实验就是在这样的背景条件下，没有获得大部分学术刊物或科学研究实体部门的重视。

功夫不负有心人，大自然造物主为此专门造就了一批人尖子。科学界有一批既细心又认真的研究高手，他们在日常浏览科技期刊、查阅文摘索引的过程中，从不漏阅所有能看到的学术刊物和出版物。刊物的年、卷、期齐全，一期不落自不必说，他们细细地阅读，甚至精细到不放过刊物的每个角落、每个犄角旮旯，而且非要通篇浏览。艾弗利的文章没有逃过猎手们那对老鹰般的眼睛，没有在他们眼皮底下了无声息地溜过去。这些猎手中有一位是在当时就已经颇有名气的生物化学家查伽夫，他从艾弗利的主要实验中获得了启发，旋即丢下了手头的一切工作，转向研究核酸生物化学,不久,便在核苷酸比例关系的研究中取得了不俗的成就[34]。

7.3　怎样发表科学论文

　　以论文形式在学术期刊上发表科学研究成果,是人类文明和科学发展进步的重要标志之一。"以文论文"本是一切学术刊物处理来稿的行事准则,发展到后来,进一步倡导匿名审稿程序,尽可能杜绝因发表科学论文而屡屡发生负面事件。一个值得倡导的范例,德国《物理学杂志》(*Annalen der Physik*)算得上是国际顶尖的专业期刊,由于该刊编辑部高手如云,通俗地说个个有真知灼见。1901年,爱因斯坦尚是一个年仅26岁、名不见经传的小职员,供职于瑞士联邦专利局。爱因斯坦的狭义相对论在当时全世界只有13个人看得懂。他以一介小职员身份,能够在这家国际顶尖的专业期刊上顺利地连续发表包括狭义相对论在内的多篇科学论文而轰动于世,一跃成为这个领域的佼佼者和学术泰斗,可见这家刊物的审稿人本着"以文论文"的办刊宗旨,不介意作者的身份和地位,这既成就了这位"科学天才"的专业梦想,也为刊物增添了声誉。

　　接着发生的事儿就很值得思考了。到1936年,爱因斯坦这时已经是一位颇有名气的大科学家,物理学界的一代宗师。他被邀请到美国普林斯顿高等研究院继续从事研究,在这期间不经意触及了宇宙神经系统,于是他撰写了一篇题为《存在引力波吗?》的论文,投到美国《物理评论》期刊上。该刊的审稿人将他的来稿视若陌生人送来的稿件,按常规审稿程序处理,认为进行一些必要的修改后方可发表。这对常人来说,是最普通不过的事,但对爱因斯坦情况就不一样了。俗话说,此一时彼一时,怎么说他现在已经是一位举世闻名的大物理学家了,身份、地位变了,随之而来的是也会有点小脾气。爱因斯坦这时感觉有点受怠慢了,一怒之下,将稿件要回,转投他刊发表。《物理评论》期刊虽然痛失了一位有影响力的作者,但"以文论文"的审稿传统在世人面前仍不失为世界一流专业期刊。

这一事件还说明，这两家专业期刊"以文论文"的审稿程序和办刊宗旨没有变，变的是投稿人爱因斯坦的身份和地位，故而他容不得别人有半点儿质疑，才会发生不一样的结果。不过，这不要紧，最多是将文稿做些修改，修改后总还是能在这家顶级专业刊物上发表的，毕竟发表总还是硬道理！与此形成对照的是，要是审稿人身份和地位变了或进入这个领域了，结果就不一样了，稿件可能面临搁置起来，冷处理乃至遭封杀的命运。他们不会像德国《物理学杂志》审稿人那样"以文论文"，从众多来稿中遴选，从而发现一代又一代的科学新星，向读者提供精品论著，引领科学发展势头，而是以"以人论文"为幌子的变相手法，行学术垄断之实。在未拥有审稿大权前后，对同一篇稿件前后会有不同的评论和处理意见。具体到写作科学论文，进行某项科学实验，他们自己写不了或实验做不出来，也不愿意让他人介入，抑或对他人的著作横挑鼻子竖挑眼，想方设法加以阻拦。本书第1、2章述及的耐格里、豪勃—塞勒即属此类。

怎样发表科学论文颇有讲究，要是本书第1章述及的孟德尔和第2章述及的米歇尔当年选择像德国《物理学杂志》那样，对作者身份和文稿采取宽容的、有雅量的态度，则遗传学史和核酸化学史也许就当改写了。或者说，孟德尔和达尔文是同时代的人，要是孟德尔将他的题为《植物杂种的研究》论文寄送给达尔文，后者也许会认真审读并给予重视，则遗传学史也许会另当别论；本书第3章述及的艾弗利当年若选择像《自然》或《科学》这样有广泛读者群的国际顶尖学术刊物投稿，那么发现DNA的路线图可能也是别样的了。

说到底，古今中外文献史历来存在着两种趋向，即"以人论文"和"以文论文"。爱因斯坦选择了"以文论文"的世界顶尖专业刊物《物理学杂志》，他尽管当时身份低微，但仍能顺利及时地发表他的多篇研究价值极高的学术论文，一跃成为国际物理学界顶尖的学者。那些由于主客观原因而没有及时公开发表的科学思想和发现，过后往往得不到学术界正式承认,甚至错失折桂诺贝尔奖的机会,历史上确曾多次发生。

不可否认,还有一些审稿人不能正确判断一些来稿的重大或潜在科学价值。例如1933年底,费米基于泡利的中微子假说,提出了β-衰变的有效理论,这是他对核物理学与粒子物理学的早期发展做出的诸多重要贡献之一。他将论文投到《自然》杂志,却收到审稿人"有关揣测与现实差距太远"的负面评价。这篇其实离现实很近、含金量极高的科学论文被《自然》杂志拒稿,费米只好将它转投到一家不怎么有名气的学术刊物《科学研究》(*La Ricerca Scientifica*)杂志上发表,这篇论文的发表标志着弱相互作用有效理论的诞生,其中让人耳熟能详的物理量中的"费米常数",刻画了强度远小于电磁力的短程弱核力的大小,费米因此而成名并获得诺贝尔奖。在DNA结构的发现史上,早在1951年阿斯特伯里实验室的贝顿就已获得了非常清晰的B型DNA的X光衍射照片,只不过当时没有想到要发表[30],否则DNA发现历程会是另一种情景。还是那句话,"发表"才是硬道理。

本书第1、2、3章述及的孟德尔、米歇尔和艾弗利的事件中或多或少渗透着"以人论文"的元素。生物学家不像物理学家那样灵活,他们知道了形态描述、分类鉴定、切片染色,一旁再背些拉丁文学名表等,再死抱着某个课题就够他们干一辈子的了。搞分类鉴定的绝不会中途改行去搞遗传,搞生态的也绝不会中途改行去搞生理,更谈不上从植物学转行到动物学领域,抑或大跨度地进入物理学领域寻找课题。所以,从事生物学研究的人一旦认准的事就会坚持下去,例如认准了"蛋白质是遗传信息的载体",那么可能就会一直持续下去,到1950年生物学界持有此观点的人还大有人在。因此,尽管艾弗利早在1944年证明DNA才是遗传信息的载体,生物学界却很少有人在包括教科书、丛书、期刊、文摘等在内的学术媒介上作出反应或评论。因为多数人认为文章作者只不过是一个医生,不是正统的遗传学家,更何况他用细菌作实验材料是不被公认的。一句话,"以人论文"的"门第"观念在作怪,导致生物学文献史上的一大失误,在接下来的8年内,生物学界好像什么事儿都没有发生过。

7.4 半普及学术刊物的作用

有一些半普及,亦即综合性高级科普刊物,不像专业性刊物或教科书那样有那么多的"清规戒律"。一些重要文章在专业性刊物学报、通报等还未来得及做出反应或刊载的,抑或没完没了在左审右核迟迟得不到发表;还有更甚者,从他们的那种狭隘或有逆反心态的观点出发来评价论文(例如本书第1章所述的耐格里之于孟德尔,第2章所述的豪勃—塞勒之于米歇尔),导致论文拖了好久之后方才发表。在他们原就不想考虑发表或迟迟未发表的情况下,那些半普及,亦即综合性高级科普刊物却常常提前或抢先将这样的重要科学文献刊载了。例如,《美国科学家》(American Scientist)杂志就曾在1945年和1948年分别载文,强调了艾弗利这一重大发现的基本性质。一篇是哈钦森(Hutchinson,C.A.)撰写的[106],另一篇是毕德尔撰写的[107]。遗憾的是,在孟德尔和米歇尔所处的时代,全美国还没有这类科普刊物,否则那些重大发现也不至于拖延那么久才发表。

现在一些年轻科研人员、大学生和普通读者对专业性刊物、各类学报、通报和专业出版物均不太感兴趣,订阅的更不多,而对综合性高级科普读物却越来越感兴趣。其中的一个重要因素,是因为专业刊物过于专深难懂,而且刊载原创性科研论文的专业性刊物、各类学报、通报和专业出版物审稿程序过于繁琐且都非常严格。任何一种新概念的提出、新科学的发现和新的科研成果的取得,都是在经过严格审查获得"通行证"后,学术刊物才能为它的发表"开绿灯",做出反应。不可否认,这种审稿的框框和程序从科学成果的严谨性这一角度出发是十分必要的,可是,当某些新概念,尤其是当这些概念都还处在孵化阶段时,这些严格的审查程序往往会产生压抑的后果——那些未经充分证实的概念或结果似乎全都被排除到正规的学术性刊物以外了。学术性刊物学报、通报和各类专业出版物只会刊载那些大家都已知道的,而且已确认的事实。这样,许多新的大胆的学术观点、可能引发争议的论点,就只能在私下里作为"小道消息"传播了。

7.5 科技情报爆炸期

正如人们所料，一些奇特的现象出现了。艾弗利在1944年他的那篇著名实验文章还未发表前一年，亦即1943年，他和他的老弟私下里就议论开了，说他本人正从事的研究工作具有不寻常的意义。1960年获得诺贝尔奖的澳大利亚科学家伯内特（Burnet, F.M.），1943年曾参观过艾弗利的实验室，了解到这项实验工作的不凡性质，这年的12月他在给妻子的信中曾写过："艾弗利刚刚做出了一项特别令人兴奋的发现，说得简略一些，这项实验不是别的，而是分离出了DNA形式的纯基因。"不仅如此，他还将这个消息告诉了赫尔希和蔡斯，甚至将这个消息告诉了当时任美国冷泉港实验室主任的迪麦克，后者是噬菌体研究组的重要成员。参加这个传播"小道消息"的，还有噬菌体研究组的第二号人物卢利亚。卢利亚曾经访问过艾弗利的实验室，在艾弗利的大作未发表时，也曾私下里说他老早就认识到艾弗利工作的重要意义了，值得玩味的是，他所在的噬菌体研究组却从来没有讨论过这件事。

这说明，某些很有价值的科技信息从正式刊物和其他正式渠道往往得不到，人们只能通过非正式渠道，靠私人通信和在平常交谈中才能获取。难怪一位西方科学家颇有感慨地说："我在饭厅用一个工作午餐的时间获得的科技信息知识，胜读一年书。"另外这还说明，一条信息通过口头无休止地传播，意味着有可能找到解释这一条信息涉及的课题的方法或途径，研究工作者就是要在这个既定方向上进行不懈的探索，才有可能发现到它们。一旦有人获得某种决定性的实验结果，那些蓄积在内心深处多年的、要说而没有说出的，欲发表而没有发表的或不便于发表的一些大胆猜测、设想、预测、假说、预见和概念等，就会像堵塞已久的江河一样，喷涌而出。这时会形成一个科技情报爆炸期，对有心人来说，这就是科技情报的丰收期。

伴随DNA双螺旋立体结构模型成功构建这一决定性实验而来的，是从

1953年至1963年延续达11年之久的分子生物学研究成就的黄金时段，序列假设、中心法则、遗传密码、乳糖操纵子、变构相互作用等概念都在这一黄金时段涌现。

如果人们期待的某个决定性的实验久久不能到来，那些口头相传的"小道消息"就自然而然地销声匿迹了。重要的科学发现大都在这种情况下被同时代的人忽略了。1866年，孟德尔定律发表了，但1900年以前一直被人们忽略；艾弗利论证肺炎双球菌的转化因子是DNA是在1944年，然而1953年以前一直被忽略。待到这些科学发现好不容易得到社会公认，这样的人尖子、崎岖的科学征途中的拓荒人也变得衰老了，甚至病了乃至死去了。

举几个例子，早在1880年就曾有一位生物学家预见过，基因由化学分子组成。这个科学发现幽灵在之后的64年中辗转于欧美大陆，却无人问津，因为许多人认为这是一种臆想。直到1944年艾弗利史诗般的重大发现，这个科学发现幽灵才得以在美国落地、生根、转世、现身人间，而这位生物学家却没能见到他的伟大预见得以实现，就早早地离开了人世[2]。米歇尔也早在1893年就预言过："遗传连续性不仅存在于形态，还存在于甚至比化学分子更深的层次里，即存在于构成原子的官能团内。从这个意义上说，我是一个化学遗传论的支持者。我还明白，化学成分的特异性是基于原子运动的性质和强度。"他的这番高论，确实比德尔布吕克及其合作者进入生物学研究领域的众多物理学家所持的概念整整提前了50年。这位伟大的预言家、核酸生物化学的开拓者逝世时，德尔布吕克及其合作者还没有来到这个星球上呢。1944年，薛定谔就在其《生命是什么？》小册子中，从信息学角度提出遗传密码的假设，其时香农的信息论还未问世，至于伽莫夫基因密码假设也是10年以后的事——那时的薛定谔可能已经老了病了。这就赋予分子生物学多少有些不是按照游戏规则行事的明显特征，同时说明为什么能够健康地活到现在的理论生物学家一个也没有，要有，也寥若晨星呢！当然，沃森是个例外。

7.6 信息学是"现代化"标志之一

在分子生物学研究的这块园地内，最早建立专门情报研究机构的，是1945—1962年建立的噬菌体研究组所属的噬菌体情报室。它的职能是搜集情报、分门别类，将情报分类为普通信息和重要信息，同时编辑发行"信号"和"内部议论"两种情报性刊物。这些刊物对参加噬菌体研究组的上百位科学家的研究工作不无耳目的作用，他们三人为伍、五人为组各自独立的实验活动更需要这类相互"通气""交流"的媒介。

信息研究发展到现在，经过持续不断的完善、充实和提高，已经逐步严密和科学化了。当前，人们已经可以从科技论文获得第一手信息资源，抑或通过第二手资源获得信息，例如可以借助"科学引文索引""当前研究内容""生物学文摘关键词""生物学文摘标题""医学索引"等检索工具检索；还可以利用更专门的索引系统，例如"遗传学文摘""核酸研究文摘""氨基酸研究文摘""病毒学文摘"等检索系统。当前更有电脑终端显示系统，这些与1944年相比，变化之大、发展之快是不可想象的。

分子生物学已发展成为一门崭新的学科，涉及的范围十分广泛。这些涉及的方方面面反过来促进了分子生物学自身的发展。其中一个重要标志就是，有关这个学科领域的文献资料迅速增多，单是有关分子生物学的主要学术性刊物，据1974年统计，每年发表文献量已达到10^5页之多[108]，仅就生物工程学这一学科而言，1981年仅发表过511篇文献，到1990年则达到2373篇，后来，每年发表的文章以10^6页的速度递增，每天有8000篇文献发表。有人说，每20个月，科技文献资料就要翻一番（一说是每5年翻一番）。

对一位严谨的科学工作者而言，凡是发表的文献资料都应该阅读，可是当今世界没有一个人能做到这一点。如今世界上到底有多少种科技期刊确实是个令人感兴趣的问题。然而，即便有人能够提供一些数据，也都是一个约数。伦敦大不列颠图书馆借书部的数据显示，以物理学等9个基础学科领域的期刊统计数为例，初步计算，到1973年共有24801种。全世界用60种语言文字出版发行10万种以上的科技期刊，科学工作者人数达到6000万以上，每年至少有200万篇论文。我国现有各类期刊9000余种，2008年国内发表于各类期刊和学术会议上的论文约248万篇。

难怪有一位资深科学家不无感慨地说："现在科学技术发展得这么快，分支学科越来越多，文献量也越来越多，就是长100个脑袋也是看不完的。"大多数分子生物学家由于只熟悉自己这一学科领域里的一小部分，要了解其余大部分的知识，或想了解边缘学科领域、其他学科领域的研究动态，就要依靠别的渠道。随着分子生物学研究的内容不断深化，学科相应地分得愈来愈细，必然会出现一些新的边缘学科、新的前沿、新的生长点和新的领域，必读的文献相应地会愈来愈多。按这种趋势发展下去，一个必然的结果是，分子生物学家要从各种各样的信息系统，包括正规的和非正规的渠道中，获得必要的资料，而且对信息的依赖程度也愈来愈大、愈来愈迫切，这就是真正信息化时代到来的时刻。

目前，人们已将"科技现代化"定义为下列五大项：科学家队伍（这是最根本的），二次仪表（电脑化），图书信息，科学的结构（计划与管理），教育系统。表明信息学已成为一个国家的现代化标志之一，情报学已发展到"二次情报"的利用水平。今日先进的工业国家中60%的人从事于信息事业，25%的人从事工业生产，而从事农业生产的只有3%。由此可见，信息产业在先进工业国家的国民经济中占据的重要地位。

第8章
生物学与物理学的关系

从20世纪前后两个50年自然科学的发展情况来看，在物质由低级向高级的运动形态规律中，最简单的是力学运动规律，随后是光学、电学、声学这些物理学运动，再后是化学，这些都属于无生命的运动范畴；有生命的物质运动是高级形态运动。近代自然科学的发展总是循着由低级向高级、由简单到复杂的路子走的。前50年出现的是物理学、化学的突飞猛进，而生物学的发展相对迟缓，这不足为奇。因为高级运动形态规律除了必须遵守低级运动形态规律外，还有其自身独特的规律。在低级运动形态规律基本没有弄清楚前，不可能深入探讨高级运动形态规律。生物学研究从定性到定量，首先从遗传学上取得了突破。探讨生命物质自我繁殖和自我复制的孟德尔定律的提出和证实，是人类用定量方法来解析生命现象的开始，而要精确地用定量方法说明生命的本质，则要仰仗数学、物理学和化学。[2, 14]

19世纪末20世纪初，物理学取得重大突破并且深入应用到物质内部的细微结构中，进入到微观世界里，阐明它是由分子、原子、电子、中子和质子等微观粒子组成的。

在之后的30年间，由于科学研究的难度愈来愈大，研究条件要求也愈来愈高，科学研究的前锋受阻。1933年，德国柏林举行过一场题为"基础物理学的未来"的学术讨论会。会议得出的结论是：第一，物理学一段时期以来提不出有意义的研究课题；第二，生物学中没有解决的问题最多；第三，一些人将进入生物学领域。于是，人类的智力便出现了两种取向：一部分继续向高、新、尖科学高峰攀登；另一部分则横向转移或"回采"老的传统科学领域，他们左冲右突，四面出击，纷纷向农学、医学、生物学和化学等领域寻求发展空间。物理学家向生物学发展就是这类智力横向转移的风向标并且他们在生物学这个新的平台上演绎出一系列有声有色、绚丽多彩、轰动于世的感人事件。他们既为生物学带来了新思想、新方法和新概念，也为生物学自身重塑了造血机能，从而在生物学这门老学科中，继相对论、量子力学后，催生出现代科学第三大技术支柱——DNA分子双螺旋立体结构模型。我们回顾和展望生物学与物理学已发生的和将要发生的协同效应是十分有益的。

8.1 物理学家眼中的生物学

哥白尼（Copernicus，N.）和维萨纽斯（Vesalius，A.）的主要著作都是在1543年出版的，且一直受到重视，更重要的是从伽利略（Galileo，G.）到牛顿那个时期，被称为"科学革命"时段。在这一时期，在物理科学和哲学领域也都有重大的发现。然而在生物学中却没有轰动于世的变化发生，大多数物理学家似乎都认为物理学理所当然是科学的模范，而且只要了解物理学就可以了解其他科学，包括生物学。甚至素来没有一般物理学家傲气的维斯科夫（Weisskopf，V.）也忘乎所以地站出来说："科学的世界观是奠基于电和热的性质，以及原子和分子的存在这些伟大发现之上的。"

历史上发生过几次工业和技术革命，但都是由物理学、化学实验室内的研究发现一步步发展起来的，跟生物学没有关系。从物理学、化学研究实验室拿出来的研究成果，在过去几个世纪里都先后形成了分别具有物理学、化学特点的工业体系，例如交通运输业、电子工业、原子能、有机合成、塑料工业、染料工业等。长期以来，生物学不像物理学、化学那么吸引人，在生物学实验室里看到的只是烧杯、试管、满架子的标本，放大倍数不要求过高的老掉牙的显微镜，生物学家在那里无非做些蛙类和胡萝卜切片实验，一旁再背诵些拉丁文学名表。难怪原子物理学家卢瑟福

（Rotherford，E.）将生物学家的这些工作说成是"集邮的"；一位专门研究牛顿的物理科学史专家竟然说道："博物学家确实是训练有素的观察者，他的观察和一个猎场看门人的观察只是程度上的不同，而不是性质上的差别。但他的唯一诀窍就是熟悉系统命名。"[2]此说颇具调侃的意味，值得商榷。即便在20世纪下半期，从生物学实验室拿出来的研究成果，也还仅限于用以扩大制造一些抗生素、葡萄酒及食品一类的产品，其产值在整个国民经济各部门中所占的份额微不足道，更没有形成具有生物学特点的独立的工业体系[31]，为什么会出现这种现象呢？下面仅列举几位物理学家对过去几个世纪以来生物学研究和发展的看法与评论，这几位物理学家有的后来转移到生物学领域，从事分子生物学研究。

玻尔的互补论概念可能应用于生物学，这在本书第4章中已有阐述，到1959年，他把这个问题说得更明晰了："我们预期，物理学、化学的基本概念适用于分析生物学现象不会有什么限制了。"他的一位亲密合作者——比利时物理学家罗生菲尔德（Rosenfeld，L.），也曾主张要到生物学领域考察一番。他发现，表征生物学行为跟表征非生命物质不一样，问题在于生物学行为存在着某种结构上的有序性，既涉及一定的空间结构，例如蛋白质分子，还更多涉及形式上的拓扑学结构，例如大脑神经细胞的相互连接。它们能保持，源远流长，而且用简单的物理学术语就可以推测其中可能存在的机理，认识到发生在生命现象极低层次中的这样的一种有序性，不能不说是一项重大发现。当然，研究这样的一种最基本，同时也是最玄妙的形形色色的生物学行为，从某种意义上说，人们有理由预期有朝一日会将它们归结到量子力学里面。罗生菲尔德在这里也引用了狄拉克在一次著名演讲中的话："量子力学可以解释大部分物理学和全部的化学，现在我们或许还可以加上整个生物学。"[109]

费曼（Feynman，R.P.）是美国物理学家，曾参与美国第一颗原子弹的研制，他的更大贡献在于发展了量子电动力学，为此荣膺1965年诺贝尔奖；另外，他还是"夸克"概念的倡导人之一。他也认为："所有的物体都是由原子构成的，在活体内发生的一切，都可以用服从物理学定律的原子运动来解释。"这一原理现在到处运用,为生物学研究带来了莫大的好处,并产生了许多新思想。费曼的这一见解受物理主义思潮的影响颇深,其结果必将陷入不可解的还原论死结中。

克里克在他的《分子和人类的本质》[110]一书中明白无误地写道:"现代生物学研究的最终目的,是以物理学和化学来解释生物学。"如果把这句话换一个说法,可能就是"生物学研究如果脱离物理学和化学解释这块基石,则将达不到最终目的。"他接着写道,"尽管物理学家目前的知识还很有限,但我们确实具备了适当的化学和有关物理学的理论知识,量子力学结合化学实验知识,为生物学提供了坚实的基础"。并且解释了"整体性生物学"的策略要逐级进行,从大到小,从宏观到微观,直至原子水平;而我们有足够的原子水平的知识。如果撇开这些知识,去要求一位分子生物学家利用1935年以前的技术来解决当今的分子生物学问题,他很可能会绝望地认输。

德尔布吕克认为,有一类物理学现象是,若要将电子的位置测得精确些,那么电子的速度或者动量的测定将更不精确;相反,若要将电子的速度或者动量测得精确些,那么电子的位置测量就更不精确。电子的动量和位置不能同时精确测定,这就是物理学中存在的著名的测不准原理,这正中了中国的一句谚语"鱼与熊掌不可兼得"。生物学中也有这种等值的测不准原理存在,但是谁也没有对此进行过认真的研究。

西拉德(Szilard, L.)是西方国家中第一个提出实施物理学中原子裂变理论的物理学家,他还自始至终参与了美国的"曼哈顿工程",人称"原子弹之父"。他坦率地说道:"生物学家在解决疑难问题时缺乏必要的信心,从而使得生物学没能取得巨大的进展;当然,这类种种说法绝非指现今的生物学家。"

伯格(Berg, H.)是从事氢微波激射研究的,他说话比较含蓄,认为"生物学问题可爱而又十分浅显,比较容易理解并可以接受,方法学上简单化,但需要一种不同的思维方式。生物学家在研究中会给人一种直觉,他们没有任何形式上/数学上的思维。我本人从事的一些工作又都是涉及结构力学/物理学模型的,因为模型会催生出不寻常的预见,这些预见反过来又会引发新的实验。"伯格早年在做物理学博士论文时已显现出在精密仪器方面的过人天赋,所以他有实力为自己构筑或琢磨出某种"技术小天地",能够将高达10^{12}数量级的大系统实验的精确度达到1的水平。

在谈到物理学家研究生物学问题和生物学家研究生物学问题所采用的方法、途径有什么不同时,伯格认为:"问题愈复杂,那么方法愈应精细。"他还举出两个例子,一是伽莫夫的遗传密码研究,DNA双螺旋结构中由氢键生成而形成空穴的4个角为4个碱基,4个碱基的不同排列组合,构成三联体遗传密码;二是他的合作者波塞尔(Purcell, E.)将扩散理论应用到生物学方面,波塞尔后来因发现核磁共振技术而荣膺1952年诺贝尔物理学奖。

霍普菲尔德(Hopfield, J.J.)是一位最杰出的固体物理学家,由于他在生物学的许多领域做过基础性研究和贡献,并曾因此获得美国物理学会1985年度生物学的物理学大奖。他发现:"生物学中有许多现实成果,而且是一流的成果,长期以来没有得到解释。例如物体的所有这些五彩缤纷的排列,花样万千的组构、编织,以及它们聚集在一起的方式,都使得我激动不已……这些物体为什么现在还具有当初那样的特性,这些都缺乏定量描述"。这一看法在某种程度上与克里克的观点十分相似。生物学的复杂性具有不同的水平,但并不总是要在原子水平上解释问题。因而探索这种复杂性的方式是要一步步解决问题,逐步深入,直至可建立一种物理学模型的水平,并进一步理解其在上一个水平中的作用。

霍普菲尔德还指出:"从历史上看,生物学家热衷于描述系统之间显示出来的差异,物理学家则习惯于从整体上看待事物,观察问题。"他还认为,他们本质上是相似的,并都遵循特定的原理,从传统上看,生物学家并不像物理学家那样,出于共同的目的,强烈地关注科学前沿的研究领域。他还引用自己从事研究时的实验来说清楚此事,"以精确性而论,细胞必须具备一种用以发现生物合成错误的校对机理"。他又说道:"生物化学家的思维过于狭隘,他们甚至想不到'精确性'是一个具有普遍意义的问题，而不仅仅是他们所研究的特定的亚系统中的某个问题。"

霍普菲尔德像许多物理学家一样，也反复强调定量测定在诸如神经生物学之类的研究课题中最为重要。他认为"生物学虽然有过许多的理论贡献，但实验之于生物学是非常必需的。"用他的话说："理论若离开实验太远，那么你所设想的理论便成为空中楼阁。"

吉尔伯特（Gilbert, W.）从一位理论物理学家变成坚定的实验生物学家，后来居然如他所愿，一跃成了美国Biogen生物工程公司的董事长，并成为媒体热门人物。吉尔伯特将这一转变视为他人生道路上的一次机遇，因为他将生物学比作一个贮满疑难课题的大泥塘，进去了就出不来。同时生物学还是一个学术思想十分活跃的领域，例如分子生物学中存在两种不同的学派，即结构论和信息论两个主要派别，尽管他们的研究方法不一样，但目标一致，这有助于活跃学术气氛，促进科学发展。吉尔伯特还将生物学家分成几种不同的类型，他认为一些人专注于某些特定的问题和所有这些问题的应用；另一些人热衷于有机体的研究，视它们为生命的中心，他们是一些样样事情都要了解，样样事情上都是"专家"的一类人。他将沃森划入满腹经纶、一肚子概念的一类生物学家，这样的生物学家将利用一切可利用的技术来研究课题，这些人就如杂志《幸福》（Fortune）上所称的"分不清他们是一批'狂热的创业者'还是一批对分子生物学怀有新思想的人"。

斯培格蒙（Spiegelman, S.）本是一位数学家，后来才转而成为一位分子生物学家的。他回忆当初没有选择生物学，其原因在于当时生物学教学被矮化，被视为一门"软"科学。此说在当时固然是一种非理性的调侃、偏激，但生物学恰如1933年在德国柏林召开的那次"基础物理学的未来"学术讨论会上指出的那样，生物学中问题多多，像"泥潭"，进去了就出不来，但这又是一个学术思想十分活跃的领域。

本泽尔（Benzer, S.）原是一位物理学家，他认为："有了物理学知识背景的人再从事生物学研究固然很理想，但毕竟是第二位的。生物学问题应当由生物学家解决，他们可以利用一切必要的技术来研究，不必考虑是否是物理学技术。"

卢利亚深有感触地说过："我作为一个生物学家，在和物理学家相处时，体会到物理学家比生物学家更注重分析问题的思考方式。"值得注意的是，现代生物学课程安排中，物理学和化学所占的比重比以前高许多了，当今的生物学已经变成了一门高度交叉的学科。人类知识结构的转变，必然带来新的挑战。

还应当强调一下前面多次强调过的，这就是新技术应用的重要性。以细胞学为例，它的全部历史其实就是技术进步推动的历史，真正了解细胞质则是电镜发明之后的事，所以说，新技术、新装置设备的重要意义在分子生物学中尤为明显，在分子生物学中的每一项新发现都是采用新技术的结果。[111]

8.2　X射线衍射技术的起源和发展

色谱法能够分析复杂有机物的组分，却不能检定有机物的分子结构，但是许多分子可以有相同的化学组分，其结构和性质却不尽相同。19世纪人们只能依据化合物性质来推导它们的分子结构，到了20世纪，X射线衍射技术使得众多的物质化学结构被一一揭示出来。

8.2.1　从X射线到X射线衍射技术

说起X射线，就离不开德国科学家伦琴（Rontgen，W.K.），他在做阴极射线实验时，观察到了阴极射线管对置于附近用不透明黑纸包起来的照相底板产生感光效应。由于这一观察事件和当时阴极射线的一般知识都与伦琴个人的直接经验相矛盾，他立志要将这一异常现象弄个水落石出，由此催生发现了一种新的射线，即X射线。但在伦琴之前，美国的古德斯密斯和英国的克鲁克斯（Crookes，S.W.）分别在做阴极射线实验时，也都曾观察到类似的异常现象，前者甚至早于伦琴5年，他是在无意中拍摄到世界上第一张X光照片的,但他们二人都未能从中提出问题,从而均与发现X射线的绝好时机擦肩而过。更可笑的是,古德斯密斯还将那些模糊不清的照片随手扔进了废相片堆中;克鲁克斯则做得更绝,他反而埋怨制造相片底板的厂商心术不正,产品质量低劣,索性把它退给了厂商。

这说明,科学研究的确与观察事实有关,认识来源于实践,这没有错,但是,如果观察到某一件事实而不能提出问题,那么即使观察到前人从未观察过的新的事实,也不会因此而进入新的思考过程。爱因斯坦曾经说过:"提出一个问题比解决一个问题更为重要。因为解决问题也许仅仅是一个数学上或实验上的技能问题,而提出一个新问题、新的可能性,要从新的角度去看待旧的问题,这需要有创造性的想象力,而且还标志着科学的真正进步。"下面用费曼的不凡见解验证爱因斯坦这句带有深邃哲理内涵的话。

1986年,美国"挑战者"号航天飞机失事,包括费曼在内的许多科学家纷纷加入到这起空难事故调查委员会的工作中来。初期,众多科学权威纷纷发表各自的见解,有的还列举出数据、资料,可谓众说纷纭,谁也说服不了谁。总之,据他们说,造成这起空难事故的原因是多方面的,但谁也没有说到点子上。轮到费曼发言,只见他先让主持会议的人给他取来一杯冰水,继而从左手口袋里掏出一把刚从五金店铺买来的尖嘴钳子,然后又从右手口袋里掏出一个航天飞机推进器上用的橡皮垫圈,煞有介事地像魔术师一样在台上表演节目,他胸有成竹,先是用尖嘴钳将橡皮垫圈夹住并置于冰水中,约5分钟后,他从冰水中取出尖嘴钳和橡皮垫圈,接着松开尖嘴钳,此时的橡皮垫圈变得坚硬,失去了塑性。费曼最后的结论是,"挑战者"号航天飞机以前发射实验时,周围温度都保持在11℃以上,而发生事故的那一天,周围气温下降到-1℃至-2℃,使得橡皮垫圈失去弹性,留下了空隙,从而导致推进器燃料泄漏,酿成这次空难事故。

费曼以这种随处可见的道具来剖析这场灾难事故的原因,是何等的精辟!这不仅因为他在量子电动力学方面有深厚的造诣和扎实的物理学功底,还因为他有着极强的好奇心,广泛涉猎数学、生物学、化学等,尤其在物理学和生物学两者的关系方面多有独到的见解,才会将复杂的事件,用简化的方式厘清真相,令人一目了然,耳目一新,真不愧为1965年诺贝尔奖得主。

2010年,在北京召开的"创新中国"论坛上,诺贝尔奖得主李政道说:"要创新,需学问,只学答,非学问。"这句话的深层意思就是"只学答,不学问"就达不到创新的目的。中国古代在军事谋略、诗词歌赋等方面都很有创造性,但在自然现象及其规律方面的研究,在广度和深度上都远远落后于古希腊起源的科学,吃亏就是在于"只学答,不学问"。

举一个例子,中华文明上下五千年,古代时就曾发明了火药、指南针,可是就是没有深入研究火药的作用原理。"只学答,不学问",在这么长的历史时段内要是有人提出:"火药为什么会爆炸?"并且深入研究下去,兴许会引领、带动我国化学及物理学的研究。再经过若干年的发展和人才储备,建立起宏大的化学家和物理学家乃至数学家队伍,何愁不能及早地制造出中国自己的坚船利炮,中国的科学和技术也必将位于世界前列,不至于衰弱到受帝国主义列强坚船利炮侵袭的地步。早在1883年美国科学家罗兰(Rowland,H.A.)在美国《科学》杂志上就已撰文:"我时常被问及,科学与应用科学究竟何者对世界更重要。为了应用科学,科学本身必须存在,如停止科学的进步,只留意其应用,我们很快就会退化成中国人那样,多少代以来他们都没有什么进步,因为他们只满足于应用,却从未追问过原理,而这些原理就构成了纯科学。中国人知道火药应用已经有若干个世纪,如果正确探索其原理,就会在获得众多应用的同时发展出化学,甚至物理学。因为没有寻根问底,中国已远远落后。我们现在只将这个所有民族中最古老、人口最多的民族当成野蛮人……"这是多么触目惊心又多么刺耳的话啊!简洁地说,"只学答,不学问",其实就是一念之差,竟使得中华民族近200多年来为之付出了惨重的代价![43]

今天的中国,特别是改革开放以后,国民经济、科学研究、教育等大发展,2009年经济总量仅次于美国,位居世界排名第二,涌现出了一个个人间奇迹。那种因为"只学答，不学问"造成国弱民穷，受列强欺负的历史一去不复返了。

话说回来，时隔不久，德国物理学家劳厄（Laue，M.T.F.v）和他指导下的两位年轻人弗利德利希（Friedrich，W.）和克里平（Knipping，P.）于1912年用X射线照射硫铜晶体证明，X射线透过晶体时会产生衍射现象。爱因斯坦称赞说，劳厄的发现是物理学中最棒的实验之一，劳厄于1914年荣膺诺贝尔物理学奖。劳厄作为一个理论物理学家，率先提出X射线衍射现象的几何学理论，这一理论只考虑晶体原理和入射电磁波之间的相互作用；之后他又建立了动力学理论，把原子之间的相互作用也考虑进去了。这样，他既证明了X射线是一种波长很短的电磁波，又证明了晶体中的原子点阵结构。他的这一伟大发现开辟了两个重要的研究领域——X射线晶体学和X射线波谱学，不仅为人类认识物质结构开启了新的视角，而且对于化学、矿物学、生物学、医学和工程技术等都具有极大的开发价值[112]。

第一，它不仅证实了X射线与可见光一样也是一种电磁波，可以利用晶体来研究X射线的性质，从而建立起X射线光谱学，而且对于原子结构以及光的二重性等学说的建立，也起到了一种有力的推动作用。

第二，人们还可以反过来利用X射线来研究晶体的空间结构，成为在原子—分子水平上研究化学物质微观结构的重要实验手段，从而导致X射线晶体学的诞生，并使得结构化学的面貌为之一新。

晶体X射线衍射效应90多年来，还成就了10多人次荣获诺贝尔物理学奖、化学奖、生理学或医学奖，这足以说明这一技术具有巨大的实际意义。这还不算完，今后还会不断有人应用此技术，或许继续有人能因此而获得世界大奖。

8.2.2 布拉格父子谱写的"子唱父随"新乐章

任何一项新技术都不会一问世就是十全十美的，总是要经过后继者、"二传手"来接续。科学事业无一不是在专业分工中不断有接续、积累和最终完善、改进后，才显现出它的广泛应用价值。英国物理学家布拉格（Blagg, W.H.）便是这样的"二传手"。1886年至1904年，他受聘到澳大利亚得雷德大学任教，并发表了静电和电磁场能方面的论文，1908年回国，任剑桥大学卡文第许物理学实验室主任。

老布拉格不愧是一名出色的"猎手"，他早在1912年最先捕获到劳厄关于X射线衍射效应这项奥妙无穷的技术时，便十分肯定地向同在卡文第许物理学实验室工作的小布拉格（Blagg, W.L.）指出，劳厄图是X射线在晶体中散射发生干涉引起的。小布拉格很听老爸的话，旋即调整自己的研究方向，也用晶体实验得到证实。由于晶体包含大量间距相等的平行排列的原子，可以将劳厄图看作是X射线从晶体平面反射而成。由此他进而推导出著名的"布拉格定律"，其公式为 $n\lambda=2d\sin\theta$，式中将X射线的波长 λ 与能出现这种反射的掠射角 θ 联系在一起，d 是相邻原子平面之间的距离，n 是光谱级。

英国物理学家布拉格的理论不仅被用于一些晶体高度有序结构和无序结构的无穷层次中，而且还被应用到纤维人工合成高分子、天然高分子、液晶以及生物学中。当然，科学家绝不会放过蛋白质和核酸这两个生物学大分子，他们会将它们视为生命机体不可或缺的要素，且作为重中之重来对待的。对蛋白质和核酸的结构及功能的研究与了解，是生命现象中的中心内容，在分子生物学发生和发展过程中始终处于中心地位。与非生命物质比较，蛋白质和核酸在结构上的一个特点，在于它们的空间结构对其功能极为关键，没有特征性的空间结构，就没有复杂的蛋白质和核酸的功能。大多数原子间的距离在1Å左右，为了解组成分子的所有原子特征性空间排列，迄今所有光学显微镜直接放大系数都达不到如此精细的分辨能力，只有采用X射线衍射技术才能准确揭示构成晶体分子的所有非氢原子和部分氢原子的空间位置。但从20世纪30年代一直到1953年这段时间，人们即便能记录到它们的衍射效应，即衍射斑或布拉格斑，但还是无法解读它们，视它们为天书。

父亲服从儿子，自动放弃了X射线光谱研究，采用儿子感兴趣的研究方法。劳厄原先认为硫化锌晶体具有简单的立方晶格，布拉格父子二人一唱一和，用实验证实这就是面心立方晶格。按布拉格方程，用已知的波长来测定原子平面间的距离d，是研究各种晶体内的物理结构的至为关键的一步。他们又在劳厄图的基础上分析了碱卤化物的晶体结构，认为劳厄的数学处理太复杂，他们父子随后将此分析法大大简化、系统化，并作为一种标准程序[48]。

小布拉格还有一项雄心勃勃的计划，他想应用此技术阐明蛋白质结构，但这些只能留给他们父子俩的第一代学生勃罗兹和肯都去实现了。

之后再经潜心研究改进，从简单的分子结构逐步发展到愈来愈复杂的生物学分子结构，后来总数达到数百个生物学分子空间结构皆一一被揭开，例如各类蛋白质、tRNA、DNA片段和病毒，蛋白质—核酸复合物，抑或抗原—抗体复合物这样的大分子连接物。

X射线衍射技术逐步扩大应用，在欧洲一时间形成了一股热潮，因此吸引了许多物理学家、化学家、生物化学家。这其中有英国王室学院的兰德尔教授和他的学生威尔金斯，以及后来的弗兰克林及其助手克罗格（Klug, A.）、生物化学家科恩、英国尼兹大学的阿斯特贝利，以及远在大洋彼岸的美国加州理工学院的著名化学家鲍林。另外还有勃罗兹本人所带的学生克里克，克里克的博士论文是《多肽和蛋白质的X射线衍射研究》。

奇妙的是，将X射线衍射技术应用于生物学分子空间结构，获得了第一项成就的却不是发明这项技术的英国人，而是远隔重洋的美国人鲍林。这是继青霉素之后，又一次奏响了"英国开花，美国结果"的新乐章。鲍林提出了α-螺旋作为多肽链的二级结构，并且使用一些儿童玩具制作了一个模型，使人看后一目了然。他还认识到起作用的蛋白质分子空间结构中，哪些地方要拐弯，哪些地方要折叠；第一个链是α-链，由144个氨基酸组成；第二个链是β-链，由143个氨基酸组成[10, 113, 114]。新的研究表明，一个很小的蛋白体由一股悬摆着的氨基酸链构成，像皮鞋鞋带那样，能够扭结、折叠成几亿种样式。

8.3 物理学家向生物学转移

在讨论物理学家向现代生物学转移这一有趣的话题时,我们不能忘记那些科学先驱早先的贡献,重温他们的事迹不无益处。

早在1665年,英国物理学家胡克就为生物学研究提供了一架自制的复式显微镜,他观察到了软木的微小蜂窝状孔隙,并第一次使用细胞(cell)这个词来命名这种现象,从此,生物学观察和描述才进入了微观领域。

本书第1章介绍的经典遗传学奠基人孟德尔,早先就接受过整整两年的大学物理学课程教育,且受到著名物理学家多普勒这位名师的指导。他的那些关于种群、演化学科学论点虽说来源于生物学,但他采用的研究方法却大部分来源于当年受到的物理学课程的教育。他设计的数字归纳法和基础统计分析法,无疑对当时从事的豌豆种群分析研究十分有用。巴斯德先后担任过法国第戎公学物理学教授和斯特拉斯堡大学化学教授,后来研究的糖的光学特性就属于物理学范畴,他再后来转向研究发酵,如今的发酵工程已成为现代生物工程学重要的内容之一。

玻斯(Bose,S.J.)的研究领域更加广泛,从视觉理论到无线电传播他都触及了,他的贡献之一是利用物理学技术对生物物理学和比较生理学进行研究。狄拉克早年曾预测存在一种电子的反粒子——正电子,1932年安德森(Anderson,C.D.)在宇宙射线实验中证实了狄拉克的预见;他还和费米一起提出费米—狄拉克统计法,并建立辐射的量子力学。狄拉克与薛定谔一唱一和,认为量子力学可以解释大部分物理学和全部的化学,或许还可以加上整个生物学[109],他作为1933年诺贝尔物理学奖获得者,虽没有身体力行投入到生物学研究,但他的这番话的的确确颇具号召力。这说明,他们的科学思想向着生物学研究演进远远早于身体力行,全职投入,乃至"转移"本身,成为历史学和科学社会学研究的严肃课题。

德尔布吕克、薛定谔、威尔金斯、弗兰克林和克里克这5位物理学家向生物学转移，并对生物学做出的重大贡献，本书上文已有叙述。

8.3.1 洛克菲勒基金会与分子生物学

洛克菲勒基金会董事长梅森（Masson, M.）是一位数学物理学家，他的妻子患精神失常症，故而他渴望科学能赋予人类控制这种疾病的能力，他认为将物理化学的新成就应用于解决生理学问题，生物学将会取得成果。这个基金会的具体执行人韦弗（Weaver, W.）紧跟其后，他也认为，旧的生物学科思路枯竭，缺少物理科学中常见的智慧激情。科学在分析和控制非生命力方面在过去已取得巨大进展，但在这些方面更精密、更困难和更重要的问题上尚未取得同样的进展。从1933年起，他不再将基金投向支持天文学和气象学，转而集中支持"实验生物学"；1934年他还别出心裁地使用"生理化学生物学"和"实验生物学"等新名词、新术语来解释他称谓的新生物学，又经过4年才正式启用"分子生物学"这个新名词。

新技术、新仪器装备这些都十分费钱，但对促进生物学的发展是不可估量的，先进的技术和这些技术的不断创新恰恰又是洛克菲勒基金会的主要资助项目。布拉格、德尔布吕克、薛定谔、玻尔等著名科学家都曾接受过洛克菲勒基金会的资助，有了钱，后面的事办起来就顺利多了。所以说，这个基金会支持和鼓励物理学家进入分子生物学研究序列是具有远见卓识的，其作用不可低估。

有人说，是洛克菲勒基金会将物理学家、化学家和生物学家的智慧凝聚到DNA分子研究的框架中的，成为一段时期内科学发展动力学的主要引擎。

8.3.2 齐默尔和生物学

物理学家齐默尔是本书述及的"绿皮文献"的三位作者之一，他对电离辐射的物理化学变化有着浓厚兴趣，提出了"为什么能量极小的X射线有诱变作用，同样能量的热辐射却没有这种作用"。齐默尔回忆道："由于发现了剂量—效应曲线又没有言之成理的解释，从而产生了一个全新的思路，即运用量子物理概念解决生物学问题。现代物理学概念就这样接触到了生物学，随之产生了丰硕的成果。他作为一个物理学家首先开启了向生物学智力迁徙的先河，因此，随后才会有德尔布吕克等的靶子学说模型、薛定谔的《生命是什么？》小册子，以及物理学家向生物学转移的浪潮……齐默尔才是这股智力迁徙浪潮的源头。

8.3.3　一对年轻物理学家夫妇转向生物学的故事

转向生物学的还有几位代表人物，第一个提出原子裂变的西拉德，后来转向生物学，伯格从氢微波激射转向细菌趋化性研究，霍普菲尔德从固态物理学转向生物学，本泽尔从研究固态物理转向研究生物学，吉尔伯特从理论物理学家转向生物学，吉威尔从超导研究转到蛋白质、细胞及其识别位点的研究。

那时，还有为数众多的年轻学人、研究生、博士后已经或正在转向生物学研究，他们中的大多数都是为找到一个较好的职业和为自己的生计考虑，很少有如上述几位著名物理学家是为迎接特殊挑战而转向生物学研究的。

其中有一对来自中国台湾的华裔年轻物理学家詹裕农和叶公杼夫妇，他们从中学时代起，就曾以李政道、杨振宁、吴健雄为偶像，立志将来要成为物理学家。待到他们从美国加州理工学院物理系毕业时，却对生物学研究产生了兴趣。他们二人转向生物学研究还有另外的缘由，詹裕农自己坦言："搞理论物理的通常在20多岁时创造力最强，我已经23岁了，至今尚未在物理学上显示将有所建树的迹象。"叶公杼也默认："我的年龄对物理学而言太老了（其实她仅比她的丈夫大了一个月）。趁早转行吧！"于是，夫妻双双把"系"转，毅然决然投奔到噬菌体研究组发起人德尔布吕克门下。后者对这一对年轻物理学家格外支持，并教诲他们："投身科学不要追风，不要赶时髦。"

"学生最爱听老师的话"这句师道尊严，在生长在中国台湾的这对年轻人身上表现得更加明显。他们一门心思投身科学，既不瞻前顾后，也不考虑这项实验往后有什么实际用途。每个探索者心目中还有一个选择研究方向的思考主线，假设他们不转入生物学，投身于一个不同的行业，例如成为律师或一个法律工作者，那么，生物学会受到什么样的影响呢？要是生物学由于你的缺失而没有产生明显可辨的影响，这说明你的工作可能就是非必需的或者说是多余的。要知道，在一个热门的、参与人员众多的领域，许多科学家往往在费了九牛二虎之力也很难有出类拔萃的贡献。即便是做出了些许的发现，到头来却发觉世界上有很多家实验室都在做同样一件事，探索者本人从中也得不到任何的乐趣。

这对年轻物理学家遵循德尔布吕克的教诲，没用多长时间，就在另一位物理学出身的本泽尔实验室工作期间，率先成功地克隆出细胞内外钾离子通道基因Shaker，且在神经生物学研究中多有建树。1996年，詹裕农和叶公杼夫妇双双成为美国科学院院士，2000年获得美国生物物理学Cole奖。不仅如此，他们夫妇还为中国大陆培养了几位杰出的生物学家，原北大生命科学学院院长饶毅就是其中之一[69, 115]。

早在沃森—克里克发现DNA双螺旋立体结构模型之后，德尔布吕克就预言过："双螺旋及其功能不仅对遗传学而且对胚胎学、生理学、进化论甚至哲学都有深刻影响。它对现代人的最深远的影响莫过于几乎人类的一切性状，都可能有部分的遗传学基础。这不仅限于每个人的体质，而且包括智力或行为特征。遗传素质对人类非体质性性状，特别是对智力的影响，正是目前争议最多的生物学与社会学问题。"目前，美国有40多所大学、100多个课题组从事这一颇具前瞻性的研究课题，他们对未来充满好奇和期待。

8.3.4　物理学诺奖得主领衔的Bio-X研究中心

生物学不仅使传统意义上的生物工程发展成为由基因工程、蛋白质工程和糖工程等组成的"现代生物工程学"，而且还延伸到脑科学、社会伦理、社会生物学、神经心理学、分子神经生物学、生物医药学、精准医学、考古学、刑事侦缉等领域。

斯坦福大学于1998年由生化学家斯普第溪（Spudich, J.）和诺贝尔物理学奖得主朱棣文等人共同发起，最先挂牌建立了"Bio-X（生物学—X）研究中心"。这是一项基于不同学科开展跨学科研究，以解决生命科学中的重大问题为宗旨的大型计划。其核心是构建一个分享信息、激发创新的富有想象力的多学科研究团队。自成立以来，Bio-X计划资助了一系列生物科技前沿领域研究，并且在生物科学研究领域取得了突破性成就，已成为推动跨学科研究和协同创新的典范。

2018年诺贝尔物理学奖获得者阿什金（Ashkin, A.）、莫柔（Mourou, G.）和史翠克（Strickland, D.），化学奖获得者阿诺德（Arnold, F.H.）、史密斯（Smith, G.P.）和温特（Winter, S.G.P.）他们全都是在生物学的引领下走过来的，最后也全都被生物学"收入囊中"。其中美国物理学家阿什金发明了光镊子技术，创建超短高强度激光脉冲，可用于生物学研究和临床治疗，还可以用来捕捉小分子生物目标，如病毒、DNA分子等，但不会破坏它们的结构。而美国女科学家阿诺德原先是学机械航空工程的，在研究生阶段，忽然转向生物学，研究起了蛋白质工程。她的特质是另辟蹊径，不是采用遗传密码进行蛋白质分子改造，而是利用进化的方法研究酶，大大提高了酶活性，所以，证明了一位"智者"的话：做科学研究不要死犟，要会转弯，会求助。

还有一些物理学家有这样那样的原因，自身没有转入生物学研究，但他们对学科发展未来趋向而作出来的预测非常有号召力，尤其是那些在学术界颇具声望的资深物理学家作出的预测。费曼提出来的生物学新思想就颇具号召力。他认为，"所有的物体都是原子构成的，在活体中发生的一切都可用服从物理学法则的原子运动来理解"。事实上，这一原理现在到处都在运用，为生物学带来了莫大的好处，并产生了许多新思想。现代生物学家虽没有明确承认物理学家正在对生物学产生影响，但他们私下里都承认物理学将对生物学产生极其重要的作用。

8.4 物理学单行道跨入生物学和生物学巨大的包容性

参加"分子生物学大合唱"的上百位科学巨匠全都具有下列三大特点。一是，他们见到任何事物都会在头脑中提出问题，达尔文亦曾反复讲过，没有"推测"，他就无法进行观察。二是，他们思维敏捷且灵活，主意、念头层出不穷，有的极具创见性，有的平庸无奇、荒唐可笑；对前者他们能锲而不舍贯彻始终，对后者他们则毫不犹豫地断然放弃。三是，他们兴趣广泛，能运用相邻领域的一些概念、事件和念头来建立自己所在领域的有关学说，能够充分运用推理方法并且重视比较研究。这些科学巨匠游走在物理学和生物学这两大学科边缘地带，为迎接挑战而涌入生物科学。

用单行道跨学科介入这种离奇方式，以其概念、方法和技术为生命科学研究服务，对生命科学的发展起着巨大的推动作用，所以人称"20世纪前50年是物理学的"。但这中间不时也发出了一些杂音：有的物理学家以祖师爷、成功者自居，对生物学研究说三道四；还有的，一次生物学实验也没有做，却能写出像模像样、深谙生命科学真谛的文章。而生物学家却不能反过来对物理学研究如此评头论足。

生物学家没有践行这种双行道跨学科介入的学科演化规律，实际上是他们没有这个实力，文献中尚未见有生物学家写作涉及物理学研究的文章，更别说对物理学研究说三道四的文章了。生物学家对来自物理学家的服务也好、贡献也好都照单收讫，对来自他们的杂音也好、闲言碎语也好一概不予理睬，而是利用物理学的概念、方法和技术，完善及更新生物学研究中已过时的陈旧概念、方法和技术。显然生物学研究像个大麻袋，有巨大包容性，牛顿、爱因斯坦、玻尔、薛定谔被包容过，一百多位顶尖物理学家也被包容过；生物学是什么都容得下，也什么都能容得下。它不仅使传统意义上的生物工程发展成为由基因工程、蛋白质工程和糖工程等组成的"现代生物工程学"，而且还延伸到脑科学、社会伦理、社会生物学、神经心理学、分子神经生物学、生物医药学、精准医学、考古学、刑事侦缉等领域。单是"人类基因组计划"到精准医学这一项就已为美国创造出1万亿美元的经济效益，试问当今还有什么比这有更高的经济效益？这只是2011年前的数据，更重要的是，这个数字往后还会有所增长。

随着分子生物学研究步步深入，随着"现代生物工程学"研发取得节节进展，可以预测21世纪是属于生物学的。

8.5 物理学、数学以其优势支配科学数百年，如今受到质疑

生物科学缺乏像物理科学那样的统一性，生物学中每门学科各有自己的发生与兴旺年代。17—18世纪，所谓的生物科学只包括两个联系疏松的领域，即博物学和医学，它没有像物理科学那样有迅速发展期，没有经历过激烈的、转变方向的革命期。生物学的每门学科确实都有各自的新开端的年代——胚胎学是1928年、细胞学是1939年、进化生物学是1859年、遗传学是1900年。生物学有所谓"定律"，但不是普遍定律，所以只是"定则"（惯例rules）。生物学对过去事态具有解释意义，而不是预测性的（除非是统计性或概率性预测）。

8.5.1 20世纪前50年，生命科学发展滞后带给物理学、数学的优越感

如本章前言所述，19世纪末20世纪初物理学取得了重大突破，深入应用到物质内部的细微结构中，进入到微观世界里。

大多数物理学家似乎都认为物理学理所当然是科学的模范，而且只要了解了物理学，就可以了解其他科学，包括生物学。甚至素来没有物理学家那种傲气的威斯科夫（Weisskopf, V.）也忘乎所以地声称："科学的世界观是奠基于19世纪关于电和热的性质，以及原子和分子存在的伟大发现

之上的。"牛顿将天体力学和大地力学融为一体,使得数学赢得了几乎无与伦比的声誉。具体还表现在康德的名言中,"在自然科学的各个领域中只有在包含有数学的那些领域才能找到真正的科学"。洞察秋毫的思想家迈尔兹(Merz)也曾说过:"现代科学只规范它的方法,而不阐释它的目的。现代科学奠基于数学和计算上,奠基于数学运算上;科学的进展既取决于将数学观念引进到显然不是数学的学科中去,又取决于数学方法和数学概念本身的拓展。"

一位数学家勃诺鲁斯基(Bronowski,J.)更是口无遮拦,认为:"时至今日,我们对任何科学的信赖程度大致和它运用的数学程度成正比……"他将物理学视为第一科学,然后依次是化学,再后是生物学、经济学,最后是社会科学。文艺复兴期间,当逻辑分类(二分法)的影响最盛时,所有的植物学家都自豪地宣称他们遵循的是亚里士多德的分类法。虽然后者曾公开指出二分法不适合生物学分类,而且现在已经了解那时的植物学家不是按二分法分类的,而是按照观察结果分类的。

18—19世纪期间,数学、物理学和化学具有很高的声誉,在当时对一位科学家来说,恰当使用数学作标签以便使自己的著作更吸引眼球或提高知名度是一种正当的策略。一位著名分类学家虽然在他作出分类学结论时,实际上根本就没有使用任何的统计分析,但却要他的数学家妻子为他的每一篇分类文章都添加一份有复杂的统计分析的补遗——其实这只是一个标签。

在生物学史中也有一些例子,某个定律、原理或概括,起初用一般的文字陈述,往往不被人重视,但后来用数学表达时就很受欢迎,并被普遍接受。例如凯塞尔于1903年曾指出种群中的遗传型组成一旦选择停止,就会保持稳定不变,但这一结论并没有得到重视,直到哈代和温伯格于1908年用数学公式表述时,才得到公认。

8.5.2 物理主义思潮受到挑战

科学史大多数是物理学家撰写的,他们没有完全克服那种不合物理学口味就不算是科学的狭隘观点。他们常用物理学中的评价尺度来衡量生物学家，看他们运用了多少"定律"，在测量和实验时多大程度上运用了其他的科学研究形式。数学以其绝对优势支配其他科学达数百年之久，但几乎从一开始就有人持不同意见，他们不承认将数学知识视为取得科学方法的唯一途径，历史的必然性并不比数学的推论、演算结果逊色，只是有所不同而已。[2]

例如罗马帝国曾经一度存在过的这一事实和数学中的任一事实都一样确实可信；同样，生物学家可以坚持过去曾经存在恐龙和三叶草的论断。达尔文作为一个博物学家主要根据全球实际考察，形成他的进化论学说。李时珍用了27年时间，走遍中国多个省区，历尽千辛万苦，深入荒山草林，甚至冒生命危险，吞食万物以体验药性，并绘制药物形态图，终于著成一部历史巨著《本草纲目》。目前，《本草纲目》已被翻译成多种文字，广为流传，成为世界医药学宝贵遗产[116]，它所列的内容和论断，坚持进化论学说，此与数学定律同样真实。

数学只是科学的一小部分，正像文法只是语言（如拉丁语和俄语）的一小部分一样。数学是一种与一切科学有关的语言（虽然程度极不一致），或同什么都无关的语言。如像物理科学和大部分功能生物学，其中定量和其他数学处理具有重要的解释作用或启发作用，也有像系统学和大部分功能生物学这类的科学，其中数学的贡献就极其微小了。

绝大多数纯属生物学过程的不确定性与物理学过程的严格确定性已呈现不出十分明显的差异了。在研究银河与星云的涡流效应以及海洋与大气系统的湍流现象时，发现随机过程在非生物界中是经常发生的，且影响很大，但这一结论并没有被某些物理学家接受。爱因斯坦曾说过，"上帝并不是在玩骰子"，然而在等级结构的每一个层次都有随机过程出现，小至原子核，大至宇宙起源的大爆炸（Big Bang）产生的各种系统。大自然有一种"随机性"，在原子层次上，机械决定论似乎并不那么有效。我们在宏观层次上表述的自然定律从根本上说是统计定律，认为数学可以用来描述真实宇宙中各部分之间的相互作用，而忽视了这样一个事实：自然定律的数学表述充其量只是数学家所谓的"曲线拟合"，像普适气体定律这样的简单公式乃是一种近似，随着气体分子的距离越来越近，直到其间隔与分子的实际大小达到同一量级，这一公式将变得越来越不精确[117]。

随机过程虽然使得预测是概率性（或不可能）的，而不是绝对性的，但它本身和确定性过程一样，是有原因的，只是绝对性预测是不可能的，这是由于等级结构系统的复杂性，每一步都有众多的可能选择，以及同时发生的各种过程之间的无数的相互作用建成的。就这方面说，气象系统与宇宙星云原则上和生命系统就没有什么不可能。在如此高度复杂的系统中可能发生的相互作用的数量如此之多，根本无从预测哪一个将必然发生。研究自然选择和其他进化过程的学者或多或少都是独立地在不同时间得出了相同的结论；研究量子力学及天体物理学的学者也一样，他们或多或少都是独立地在不同时间得出了相同的结论。

倡导所谓物理主义（physicalism）思潮的人，企图以现代物理学理论为中心，对客观世界所有现象进行彻底的和完备的解释，特别是该理论向来以还原论而著称，受到学术界的广泛批评与责难。

8.5.3 由生物学主导的生命科学革命

科技进步总体上是呈直线提升的，但它是由众多探索性研究曲线编织成的。我们从DNA发现路线图这些纷繁曲线中梳理出了以下三个节点：

第一，1938年德尔布吕克赴美，后辗转到了纽约长岛创建了噬菌体研究组，并选定噬菌体作为研究材料，这对于分子生物学的发展有决定性意义；

第二，1944年艾弗利的细菌转化实验，发现了DNA分子；

第三，1951年沃森被派赴丹麦学习生物化学，他转而跑到那不勒斯小城，偶然看到了威尔金斯报告结尾放映的DNA分子结晶图，从此DNA分子研究进入一个全新的阶段。

以上三个节点全都是在生物学思想主导下催生出来的，物理学家在这类催生过程中起着巨大的推动作用，他们用单行道这个离奇方式，跨学科介入，以其概念、方法和技术为生命科学研究服务，做出了许多实证性、支撑性的贡献，有力地塑造了新型生命科学金身。而物理学本身不能在生命科学研究中占据主导地位，随着分子生物学研究取得节节进展，逐渐显示21世纪是属于生物学的。由于上述原因，物理学已不再被认为是科学的尺度，特别是涉及研究人类时，是生物学提供了方法论和概念。号称为"精密"科学的数学、物理学以及其他科学……毫无疑问将继续有惊人的发现，然而未来的真正的科学革命将必然来自生物学。

由于生物学中的问题类型不一样，物理学家在未来生物学研究中所能起的作用也有大有小。分子生物学家尽可以不去考虑物理学，尽可以继续运用那些简单而过时的技术取得"令人惊喜的成就"，可是在对待像神经生物学这类问题时，却要具备某种合理程度的物理学和数学基础知识，因为这些知识对于他们了解所设计及想要发现的越来越高级的系统十分必要。

8.6 具有学科交叉性的现代生物学

生物学中的问题并不全是新问题，即使是新问题，现有的一些技术也能够应对。例如将X射线电子衍射技术应用于像细菌鞭毛这样的细胞器超分子结构时，号称是超高速微型马达的弧菌螺旋状鞭毛体，每分钟10.2万转，每秒就是1700转，大肠杆菌为每秒270转，沙门氏菌为每秒170转，这些对于物理学家们无疑是巨大挑战。生物学现在已经成为一门高度跨学科的领域，为生物学添砖加瓦的学科已不仅仅是物理学一个学科，计算机专家、机电工程师、化学家等在生物学研究中也将找到他们施展才能的平台。

预测一条悬摆着的氨基酸链最终形成三维形状并非易事，生物分子中第一个测出其分子空间结构的是血红蛋白,共用了20年。哪怕就是一个很小的蛋白体都能扭结成几亿种样式,就像皮鞋鞋带扭结那样。它们最终所呈现的是一种事先确定好的、精确的和经过千百万年进化所选择完成的最佳样式。美国科学家用了一台雷格T3D和T3E超级电脑,来追踪1微秒时间内一个很小的蛋白体在水中的折叠过程。这些电脑费时100天,动用了256台处理器,这才弄清楚了在这1微秒时间内这个蛋白体的所有12000个原子与周围环境之间的相互作用。蛋白质折叠被认为是遗传信息流的"末游",蛋白质折叠一旦出现了问题,人体生命就会受到威胁,一系列不相关的疾病都会接踵而来,例如,早年性痴呆、囊肿性纤维化、疯牛病及与之相关的人类疾病CJD(克雅氏病,又称皮质纹状体脊髓变性病)、一种遗传性肺气肿、遗传性舞蹈症和许多癌症。

20世纪新物理学量子力学还告诉我们,所有的粒子都有波动的性质。光是一种波动,可以用透镜来聚焦、放大,这种透镜是我们习惯用的玻璃透镜。其实,电子也是一种波动,显然应当也可以用透镜来聚焦、放大,只不过用的不是光学显微镜所用的玻璃透镜,而是针对电子具有电荷而用的由电磁线圈制成的"透镜",其放大倍数比光学显微镜高千倍以上——这是物理学和生命科学结合的又一例子。

要测定这些生物分子的空间结构,需要比以往强大得多的X光光源。科学家在过去数十年又发明了一种叫作同步辐射的装置,是速度接近光速的电子(或正电子)在改变方向时发出的电磁辐射。同步辐射是一种波长连续的强电磁辐射,加速器里的电子流越大,辐射就越强,而且电子的能量越高,短波辐射的份额就越大。对于高能物理来说,只要加速器一开动,同步辐射就必然放出来。经过使用,发现它有极大的优势:光的强度十分大;光谱连续,可以用特殊方法选出可用波长的光等。这些功能使得此前想做而因为光源限制做不成的实验变成可能。许多高能物理加速器很快就建立起把同步辐射引出的光束线,并且被送入各学科实验站里应用,开拓了许多领域,其中就包括生命科学。同步辐射比20世纪60年代最好的实验室装备的X光源还要高出千万倍;波长要求可以调节,那就需要比这更高千万倍的第三代光源，同时会带来操作方便等便利，例如大大缩短了生物学家做实验的时间。

人类基因组编码的蛋白质不下10万种，美国计划用10年测定其中的1万种。目前蛋白质80%是用同步辐射测定的，15%是用核磁共振测定的，其余的5%是由电子显微镜测定的。从1972年起开始组建蛋白质数据库，那时共收入200种蛋白质结构的数据，后来速度加快，到1992年已入库667种蛋白质结构的数据，2002年入库达到3600种，库存超过2万种[118]。

晶体衍射技术最大的缺陷在于测到的只是晶体结构，而在生命过程中生物分子都是在某种既定溶液状态下才显示有活性的，并且在发挥功能的过程中，其构象也经常发生变化，因而还要借助旋光色散法、核磁共振法、圆二色性及荧光偏振技术等。这些方法各有特点，互为补充，再将他们和X射线晶体衍射技术配合运用，就能测试到生物大分子的一些构象变化，以及影响此类变化的各类因素。例如DNA纤维的含水量不同时，X射线纤维衍射可显现DNA的A、B、C等几种不同的右手螺旋形式。再如，用圆二色性、核磁共振等技术测到鸟嘌呤和胞嘧啶两种碱基交替形式的左旋Z-DNA，只有在盐浓度高的溶液中，才会保持稳定。

核磁共振技术为测定蛋白质和核酸结构注入了一种新的解析方法。此法无须使用晶体，仅将一组分子置于室温条件下和较为稀释的溶液（1~10mM）中，经布朗运动处理将方向全然打乱并经振荡处理。最终获得的共振光谱，它们总的频率与这种以同位素为特征的平均频率比较，不超过1~10ppm。所以，运用核磁共振技术测定生物大分子结构，必将带来操作程序简化等非常明显的好处，它与X射线或中子衍射等经典方法不同，使用此技术时，生物分子结晶化不再是必需的过程[119—122]。

现代生物学已经成为一种高度交叉性学科，各行各业的科学家都可以为生物学的发展找到自己施展才能的机会。例如在生物产业中，要设计常规自动化程序，就需要从人工智能到激光光谱学的多种学科的专家参与，这一趋势今后会有增无减，其作用大小还取决于所研究的课题类型。

第9章
结构论和信息论分子生物学的三次会合

从历史上看，在以柏拉图和亚里士多德为代表的时代，科学还未从哲学中分化出来。到了以伽利略、牛顿为代表的时代，科学才从哲学中独立出来，基本上还是在数学与逻辑学分开的时期，而单学科的研究和发展是这一时期的主要特征。在自然科学尚不发达的年代里，生物学、化学、物理学、天文学等学科是不分家的，统称为博物学，后来由于有人提出要保持生物学的特殊性，生物学才逐渐从物理学、化学、天文学等学科中分化出来，自成一门学科。

二战后不久，在科技最发达的美国，其实只有50多个专业学科。随着学科间的交叉融合深入，经过20多年的发展，到20世纪60年代，单就美国而言，科学就被分解成600多个领域。最近20～30年，科学被分解的速度更是加快了，这是由于科学研究的难度越来越大，需用的设备越来越趋向专门化和复杂化，并且越来越昂贵，于是科学研究前锋受阻，人类智力开发便横向转移，四面出击，左冲右突或转过头来"回采"以往传统的科学领域，于是造成科学学科大分化、大综合的现象。

分子生物学发展过程中出现了"智力横向转移"或"科学大分化"，从而导致结构论学派和信息论学派产生，这不是孤立的现象，是科学发展的历史必然。1953年，DNA分子双螺旋立体结构模型建立，标志着这两大学派的第一次联姻。20年后，即1973年，遗传工程诞生；1978年成功实现了定位突变技术，这项技术也被称为反向遗传学或代理遗传学，即现在所称的蛋白质工程，标志着这两个学派的第二次联姻。第一次联姻纯粹出于科学研究的需要；第二次联姻不仅出于科学研究的需要，更重要的还是出于高科技产业开发的需要，因为它潜在的产业开发能力巨大。现在正在研发的糖工程亦称糖生物学（Glycobiology），可望实现这两大学派的第三次联姻。

9.1 结构论和信息论分子生物学

"分子生物学"一词最早出现在1938年洛克菲勒基金会董事维弗所写的年报中。维弗本人不是一个非常有成就的理论物理学家，但他却成了洛克菲勒基金会生物学部非常有眼力的"头头"，且成就了一大批科学家。事实上，他在二战前后的那些不寻常的年代中，资助了几乎所有卓有才华的分子生物学家。他在这份年报中写道："近期隐隐形成了一个新的学科分支——分子生物学，它正在开始揭示很多有关活细胞这个最小单位的奥秘……在基金会所支持的研究中，有一系列项目属于一个可称之为'分子生物学'的新兴领域。在该领域内，人们正在利用现代精密技术来研究特定的生命过程中的微小细节。这些物理学技术是分子生物学发展必不可少的。"但是，人们一谈到分子生物学的历史和起源问题，分歧就来了[48, 123, 124]。

9.1.1 结构论分子生物学又称三维结构论分子生物学

早在1912年，英国剑桥大学卡文第许物理学实验室布拉格父子就创立了X射线结晶学，而后便形成了一个结晶学家学派，从此该实验室便成为举世闻名的研究分子结构学家的故乡和圣地。这些结晶学者满怀希望要用X射线拍摄具有生物学意义的分子构造，最终成功测定了愈来愈复杂的分子结构。他们最初的构想是，细胞的生理学功能只有用组成细胞的这些分子零部件的三维空间构象术语才能通晓。在布拉格父子的首批学生中就有阿斯特贝利和贝纳尔（Bernal, J.D.），他们早在1928年就着手蛋白质和核酸的结构分析研究了，亦即对含有数百万个原子的分子结构进行分析，还对诸如类似病毒这样的装配水平非常高的核蛋白聚合物进行了结构分析。在这类研究中，有一些成果被后来的研究证实是十分有用的。

例如，1939年贝纳尔确认了烟草花叶病毒（TMV）是由数百个相同的蛋白质亚基装配起来的。又例如，1945年阿斯特贝利发现，DNA分子中顺序排列的核苷酸嘌呤及胸腺嘧啶碱基形成了一个致密柱状体，垂直于长长的DNA分子轴，沿柱状体每隔3Å～4Å有一个碱基，当时称为α-折叠，现在则都称α-螺旋。这个发现的意义在于构成了分子生物学发展进程中的一条主线。这两类分子结构一直到20世纪50年代才被准确无误地阐明为真正的螺旋性质。所以结构论者认为，分子生物学的起源应当从布拉格父子的学生阿斯特贝利1928年的核酸结构的分析研究算起。

令人不解的是，结构论学派取得的第一项成就不是英国剑桥大学结构论学派的成员取得的，而是远在大洋彼岸，美国加州理工学院成就斐然的杰出化学家鲍林及其领导下的小组取得的。该小组在很大程度上借助模型，提出了一种α-螺旋多肽链的二级空间结构。

分子生物学结构论学派以英国剑桥大学卡文第许物理学实验室的物理学化学大师们为主体，包括布拉格父子、肯都、阿斯特贝利、贝纳尔、勃罗兹等，以及美国加州理工学院的鲍林及其周围的人。1945年，阿斯特贝利在英国尼兹大学任生物学分子结构系教授，但他更偏向于用"分子生物学系"这个词，意指主要研究生物分子构型，尤其是生物大分子构型和结构——分子结构研究的一个主要的、关键性的目标在于了解生活有机体的功能。他首先认识到物理学与化学两大学派交叉隐喻着巨大的生物学含义，他认为，相同链能够以收缩或扩展的形式存在。1950年，他给分子生物学下了如下定义："当我们的研究节节爬升到越来越高级的机体水平时，分子生物学要注重研究生物分子形状，以及这些形状的演化、生长发育和分化。分子生物学首先是三维空间的，并且是有结构的。然而，这并不意味着它仅仅是一种形态学上的精细化，分子生物学必须深入探究基因的发生，同时还要研究功能。"他是带着他所在学科的烙印给分子生物学下的定义，此定义只提到功能概念，甚至连生物信息概念和遗传学都一概没有提及，这只能算是一个狭义的分子生物学定义[125—127]。

从这个定义可以看出，结构论分子生物学将物理学、化学的方法和概念应用到诸如核酸、蛋白质之类的生物学分子的结构研究方面，被认为是生物化学的一门分支学科。他们只热衷于测定这些生物学分子的空间构型，而不是力图探究最复杂的生物学现象对经典物理学规律的依存性，而且极少注意遗传学，因为他们对此知之不多，兴趣也不大，对于这些生物分子的功能，他们想留以后研究。这些物理学、化学大师过去从生物化学家、生理学家那里得到的启示主要还是涉及蛋白质结构方面的，至于蛋白质是从哪里来的却从来没有考虑过。

9.1.2 信息论分子生物学又称一级结构分子生物学

说到信息论分子生物学的源头，必须从玻尔对生物学的关注说起。玻尔的父亲是一位杰出的生理学家，玻尔接过父亲对生物学的见解并加以发展，同时结合他本人在量子力学中获得的成就，着重提出了"量子力学中的互补性观点，尤其可能适用于物理学和生物学两者的关系方面"的新概念[128]。这使得他的早期学生，来自德国的理论物理学家德尔布吕克对老师的这番精辟论述感受颇深。德尔布吕克是位出色的后生，他为了寻找老师说的人们在解释生命现象缺少的某些基本特征，毅然决然离开了物理学，转而研究生物学。他推测，从遗传学领域来寻找和发现这样的特征，运用量子物理学理论则有可能认识遗传现象。不仅如此，他后来辗转到了美国，还仿效他的老师当年在哥本哈根创办量子力学研究组的做法，创办了一个噬菌体研究组，并运用社会工程学原理，将世界各种英才聚拢在一起，他们纯粹凭借兴趣进行噬菌体研究活动，并且形成正规的学院式系统研究。他主张用"信息"这一物理学术语去分析生物学分子结构，还要了解"活体实验如何得到重复"，即遗传信息是如何传递的，由此他们便发展成为分子生物学信息论学派。

他们的中心研究课题是生物学遗传信息，反对机械论和原子论，反对任何还原论的生物学和一切繁琐的分析，主张遗传学有其自主性，不应掺杂物理学、化学的观点，并认为研究生物学可以丰富物理学的内容，提倡要有选择地研究遗传学，至关重要的是研究遗传信息复制过程中贮存信息载体的一级结构的性质，而不是三级结构的性质，而且还要研究含氮碱基特异性配对作用。他们曾一度被DNA分子双螺旋立体结构模型吸引，但他们更多关注的是螺旋体结构的拓扑学，而没有认真关注它的几何学；至于其他生物学分子的结构，尤其是蛋白质的结构，连提都没有提。他们就是运用这类的生物学分子一级结构术语来解释微生物遗传学的，所以后来的学者认为，分子生物学的起源应当从德尔布吕克建立噬菌体研究组那个时候算起。噬菌体研究组的主要成员、中心人物是丹麦量子力学创始者玻尔的早期学生德尔布吕克、意大利著名细菌学家卢利亚、法国著名分子生物学家鲁沃夫、莫诺以及美国遗传学家赫尔希、沃森、哈钦森和莱德伯格等。

9.2　第一次会合促成DNA双螺旋立体模型建立——遗传工程诞生

在分子生物学这块园地里存在两种"哲学"流派，大家都能从各自专业角度出发，发表不同的见解，虽然表面上双方都彬彬有礼地倾听对方的意见，但两派的交往并不如人们想象的那般完美。可以肯定，这并不意味着这两大学派之间有一堵不可逾越的万里长城。科学发展势头必然要求这两个学派，一方面继续发展各自的观点、方法、手段、概念和假设；另一方面，在某个问题上、某一个时期走到一起来。一个例子是，同在美国加州理工学院从事生物学分子α-螺旋研究的鲍林和从事生物遗传信息研究的德尔布吕克各自领导的研究室，连一墙之隔都没有。他们想到一块儿，走到一处，实现"联姻"，再现第二个"沃森式"的人，便是迟早的事了。另一个例子是，沃森打破常规，跨越了这堵泥墙，他奉信息论学派第二号人物卢利亚派遣，前往哥本哈根卡尔喀实验室学习生物化学。他以一个年轻遗传学家犀利的眼力、敏捷的思维，加上超强的联想力，审视这个八竿子打不着的物理学实验室的工作——基因还可以结晶，率先想到"只有弄清楚DNA分子的结构,才能知道DNA是如何工作的"。

沃森可贵之处在于,他要身体力行,不惜一切代价,爬也要爬过去勇摘这个"桃",拿到头彩,而不是等待某一个早晨有人会送"桃"上门,或观望哪一天传来"一项决定性实验"有人获得了成功的消息。沃森采取了出格的行动,一种"超常"行为——未经老师许可及管理层同意,自己跑到剑桥大学学习X射线衍射技术去了,接着又与克里克一道,通过异乎常规的渠道把构建DNA分子双螺旋立体结构模型涉及的物理学、化学、结晶学、遗传学、数学及X射线衍射技术已发表的或未发表的知识集于一身,再汇集结构论和信息论两大学派的研究成果,将玻尔提出的经典性科学概念——"互补性"演绎到了极致程度,成功构建出一个完美无缺、经得起任何质疑、让人一目了然的DNA分子双螺旋立体结构模型,随后又提出了遗传重组机理。这是20世纪生物学中最伟大的成就,它所包含的普遍性遗传学内涵,从细菌到大象是一概适用的。

1953年到1963年是分子生物学发展的黄金时段,序列假设、中心法则、遗传密码、乳糖操纵子、别构相互作用等概念使这个新学科的内涵更加丰富,更加吸引人。这完全是科学研究的需要,才使这两大学派在不知不觉中走到一起来的,是结构论和信息论两大学派的第一次会合。再过10年,即1973年,由两个年轻科学家科恩和博耶完成的"DNA重组技术"——遗传工程诞生了,创建了生物工程第一代支柱技术[31, 71, 95]。美国这两位年轻科学家对沃森和克里克的双螺旋立体结构模型痴迷到了非一般的程度,以至于将他们家中养的两只宠物猫也各起了一个怪怪的名字,一个叫"沃森",一个叫"克里克"。

任何一个新兴产业在创业初期,都少不了会发生一些新奇的戏剧性事件,这两个年轻人成功地实现了基因重组实验,一时间舆论哗然,整个社会为之惊叹。风险资本在这场新技术代替过时的传统作坊式的旧技术变革中尤其活跃,一位年轻的风险企业家斯旺生(Swanson, R.)更是不遗余力地抓住这个机会,想乘机捞一把。他通过电话约请博耶,商谈将这一新技术应用于商业开发的可能性。博耶在斯旺生的再三请求下,讲明只交谈20

分钟，并且在实验室接待这位不速之客。谁知道，这两个年轻人越谈越投机，越谈越来劲，不谈则已，一谈就是4个小时，一个愿意出钱，一个愿意出技术。他们一致商定创办一家"遗传工程技术公司（Genentech）"，博耶没有忘记创业基金在未来红利分配时的分量，还特地向同事借来500美元，用于参加这个孕育中的新公司的原始股金。这就是20世纪70年代末80年代初风靡全球，鼓噪一时的"DNA重组技术"工业化的起点。从此，美国乃至世界各主要经济国家纷纷建立起了各式各样的经营DNA重组技术的公司，宣告具有现代生物学特色的生物产业诞生了。[129]

9.3 第二次会合催生出了蛋白质工程

两个不同学派的第一次会合只不过使我们弄清楚了这些天然生物学分子的结构和作用，而人类社会的最终目标是不仅要认识天然生物学分子，而且要进一步改造这些生物学分子，为人类所利用。

9.3.1 定位突变技术

遗传工程的兴起为大量廉价地制造工、农、医乃至环境保护用蛋白质创造了有利条件，但这只是做到了如实抄录、复制和表达自然界现有的各类蛋白质分子。现在可以根据人类社会的需要，对现有的一部分蛋白质分子加以改变，甚至全程重新设计新型蛋白质分子，使其具备人类社会需要的各类特性蛋白，例如，酶对特定底物的催化转换数和米氏常数的动力学特性、热稳定性和最适温度、在非水溶剂中的稳定性与活性、底物的反应特异性、所需之辅因子、最适pH、耐蛋白水解酶、别构调节、分子量和亚基结构。其中，最根本的是改变酶的特异性，即对其结构做些改变，从活性部位中剔除那些在正常情况下与特定酶争夺底物的分子[42, 130, 131]。

为此，需要对某个特定的天然蛋白质实施一系列的饰变，用一种当时人们闻所未闻的核酸限制性内切酶这把精准"分子柳叶刀"施行"外科手术",该留的留,该去的去,做加减法,将它们打造成或全程人工合成出我们需要的新型蛋白质分子。

人们知道,1小时内从太阳辐射到地球上的能量要比人类一年消耗的能量还多[142]。光合作用是植物、藻类和某些细菌将太阳的光能、CO_2和水转换成有机物的过程,是地球上最重要的生化反应之一。参与这一反应的一个关键性酶——核酮糖-1,5-二磷酸羧化酶在光合作用卡尔文循环里催化第一个主要的碳固定反应,将大气中游离的CO_2转换成生物体内储能分子,比如蔗糖分子。可是,这种酶同时也催化一个反向的呼吸反应,从而消耗一部分固定的太阳能,这使得水稻、小麦、玉米、大豆等作物的光合作用效率降低了50%[42]。如能通过蛋白质工程操作途径,消除或降低此酶的后一活性,无疑等于提高了植物的光合作用效率,即使按1%计算,也会对人类生活产生巨大影响,能多养活全球几亿人,这也是从事蛋白质工程的研究者的愿望[133, 134]。

须知,大自然赐给我们人类社会的催化剂不下5000种,而我们人类现在能大规模地使用的只是其中的20种,这般大的空间,够我们人类几代人持续探索了。

这一技术不仅具有深远的理论意义,而且有着巨大的市场应用价值,预期它的发展速度将非常快速。可是,一说起蛋白质工程的起源问题,分歧又来了。

9.3.2 从蛋白质工程的兴起过程,人们看到两大学派争论的分歧点

1981年,美国Genex生物工程公司技术促进部沃尔迈(Ulmer, K.)第一次提出了"蛋白质工程"这个概念,即"利用X射线衍射研究取得的有关蛋白质三维结构方面的资料和数据,借助遗传水平上发生的改变来实现蛋白质空间结构的变化,合成新酶或新酶的结构"。蛋白质工程的研究与开发这一整套技术,在没有人给它下定义时大家相安无事,一旦有人下个定义,争论就来了,结构论学派和信息论学派对蛋白质工程起源的问题各

自持有不同的观点。

结构论学派中的代表人物之一，英国剑桥大学分子生物学研究所的勃罗兹，过去曾在血红蛋白和肌红蛋白的分子结构研究方面有过出色贡献，荣膺了1962年诺贝尔化学奖。早在20世纪60年代初，他还曾指导一些研究生研制了一个新酶种，用以催化某项特异性反应。不仅如此，他还要求这些研究生为这个设想中的新酶种制作一个模型，就像当年沃森和克里克装配的DNA分子双螺旋立体结构模型一样，将三个一组的特异性单体按1，2，3，1，2，3……的排列顺序也装配成一个高分子蛋白质模型。勃罗兹认为，这或许就是当时兴起的蛋白质工程概念的雏形[135]。

信息论学派的代表人物之一，美国斯坦福大学莱德伯格是当年噬菌体研究组成员，曾在微生物遗传学领域有过重大建树，获得过1958年诺贝尔生理学或医学奖。他认为，要弄清楚蛋白质功能和结构与遗传学概念两者的关系，寡聚脱氧核糖核苷酸是最理想的体外诱变剂，它在特异性、多能性以及精确敏感度等方面是其他化合物所无法比拟的。我们可以将它们整合到某个特定基因内，以一种特异性方式识别和改变这个基因，进而摸清某个蛋白质功能和结构与遗传学概念两者间的关系。莱德伯格提出这一看法的时间跟勃罗兹提出类似看法的时间，前后相隔很短，但他是从信息论观点出发提出这个问题的。只不过由于这种诱变剂在当时只有人工合成的产品，价格奇贵，比黄金还贵10万倍以上，致使莱德伯格推荐的这种理想的诱变剂未能即时得到广泛应用。现在兴起的蛋白质工程，其实就是运用了莱德伯格倡导的寡脱氧核糖核苷酸进行定位突变操作的。于是有人提出，"蛋白质工程"概念应当以莱德伯格的定位突变成功实验作为起源[136]。

还有人认为，这是从蛋白质序列反读出编码它们的核苷酸链，故应称之为"回复遗传学"或"反遗传学"；又由于在操作中要将编码原先的氨基酸的核苷酸替换下来，镶嵌上其他的核苷酸，由新镶嵌进去的遗传因子行使遗传指令，从而表达新的氨基酸，故又应称之为"代理遗传学"。

9.4 第三次会合促成糖工程的研发

本书第4章叙述过在20世纪40年代德尔布吕克发起组织了"噬菌体研究组",他们集百多位科学家的智慧,完成了这个研究组当初给自己规定的使命,终于弄清楚了"自催化"和"异催化"这两个功能术语,并用之解释噬菌体自我增殖。现在人们将"自催化",即DNA→RNA称作"转录",将"异催化",即RNA→蛋白质称作"翻译"。本书第6章叙述的DNA双螺旋立体结构模型发明人之一——克里克,将此归纳为"中心法则"。其实,这只是细胞层次上的生物遗传信息流的下游,外源物质如何作用于细胞,亦即外来生物遗传信息载体DNA分子,通过运载工具如何透过细胞膜,经过细胞质,进入细胞核,这才是生物遗传信息流的上游。只有走完了信息流的上游,然后才引发一系列生物化学反应,进入"中心法则"过程[137]。难怪有人将本节的中心论题,即嵌入在细胞表面的那一串串毛毛草样的糖链比喻为"细胞的身份证",外源物质若没有这个"身份证"或者说持的是假"身份证",就休想进入其他细胞内。

9.4.1 糖生物学的历史

说到糖工程或称糖生物学,不免要回溯到法国巴斯德研究过的狂犬病疫苗。早在1885年巴斯德率先利用弱化了的狂犬病毒进行人工接种,以预防狂犬病发生,此法为预防医学亦即为免疫学的诞生起到了一种开拓性作用。俄国米切尼科夫(Metchinikoff, O.)发展了巴斯德的种痘方法,进一步提出机体免疫力来自细胞,而非来自体液。德国欧利希(Ehrlich, P.)则从化学的角度提出涉及免疫学现象的"侧链"或"受体"理论。他认为形态学结构远不如它所涉及的化学那么重要,因为特异性键合是来自单个化学基两者之间的一种连接,而生物活性物质——细胞或可溶性物质的反应区,其实就是一些由于其独特的化学性质而发生反应的特异区[138]。从此,人们便将化学物质与众多已知的免疫反应结合起来考虑了,这两位科学家也因此分享了1908年的诺贝尔医学或生理学奖。

9.4.2 糖生物学浅释

20世纪80年代，电视机开始在我国普及。如一些居民住宅屋顶竖起的一根根狼牙棒般的电视接收天线，细胞表面也有形如那种天线的结构。细胞表面的一撮撮毛毛草，就是外来物质首先作用的地方，这一撮撮毛毛草样的结构就是糖链。外源物质只有先与这些"天线"接触后，才有可能实现细胞与细胞之间的信息交流。这些毛毛草样的糖链不是我们平时常见的由葡萄糖等单糖聚合而成的，诸如淀粉、纤维素等能量物质糖链或聚糖，而是指与蛋白质、脂类等结合的，由10种单糖分子如葡萄糖、甘露糖、木糖、半乳糖、岩藻糖、唾液酸、N-乙酰半乳糖胺、葡萄糖醛酸以及艾杜糖醛酸等组合而成的细胞结构物质。它与蛋白质、脂类分子共同形成糖复合物，它们参与生命过程中的胚胎发育、细胞分化、免疫、生殖、炎症、癌变及感染等所有生理和病理过程，成为生命活动中极为重要的生物大分子物质。

在细胞或细胞质的可溶性物质反应区的生物活性物质，有哪些与抗原特异性相关联呢？通过各种手段，包括酶解、酸解、碱解，一如当年发现细菌遗传转化因子的艾弗利那样，他们分别水解脂肪、蛋白质和碳水化合物，采取步步为营的策略，像数学中的"筛法"一样，最终证实，唯有碳水化合物与抗原特异性相关联。它们是由两个或两个以上不同糖链组成的碳水化合物复合物，它们的化学性质和空间构型非常多样，因而它们的免疫特异性几乎是无穷尽的。两种氨基酸只能构建一种由不同氨基酸组成的二肽，三种氨基酸能构建六种由不同氨基酸组成的三肽，而三个不同的单糖理论上却能构建出1000多种不同的三糖，如三个己糖构成的三聚糖，其可能的序列最多可达27648种[139,140]，且糖链的合成并不是由模板复制的，而是通过糖基转移酶在内质网和高尔基体内合成的。又例如，4种不同的单糖能构建出35560种构型各异的四糖[123]，其所携带的大量信息为人们合成最合适的糖型提供了广泛的选择空间。

9.4.3 糖生物学是生物遗传信息流的上游

外源物质与这些细胞或细胞质中可溶性物质反应区内的糖链，好似常见家电电源线上的插头和插座的关系；也酷似建筑学上的榫卯结构，榫卯若契合得当，则会引起细胞内的一系列最适反应，若榫大于卯或卯大于榫，哪怕只相差那么一点点，那么细胞内发生的反应就会大打折扣，甚至会是全然不同的反应。当一个细胞的细胞质膜受到其他细胞表面糖复合物作用时，就会在细胞内产生一系列生化反应，并将其生物信号逐级传递，这个过程称为细胞内的信号传递通路。机体内的免疫细胞单核巨噬细胞受细菌脂多糖激活的过程，可看作糖复合物信号传递的代表。单核巨噬细胞是机体吞噬外来微生物杀灭异物的免疫细胞。当细菌与单核巨噬细胞接触时，在细菌表面的脂多糖与血浆中脂多糖结合的蛋白质的介导下，结合于单核巨噬细胞表面的特异性受体CD_{14}，就会使细胞膜内侧的蛋白质酪氨酸激酶活化，并引起级联反应，从而使细胞内一系列蛋白质级联磷酸化，最后将胞外信号传递到细胞核，活化核内转录因子，最终作用于相关的基因，使基因活化转录，引起细胞的生理反应。

再举一个简单例子，在病原菌与植物互动过程中，有一系列糖苷酶被激活，将病原菌与植物细胞壁上的多糖降解为寡糖片段，如寡聚半乳糖醛酸等。这些极微量的寡糖可以激活植物的免疫力，发生强烈抗病反应。病原菌利用宿主组织和细胞表面的糖链作为黏附的位点，以便入侵细胞内部；同时宿主也利用这些糖链捕捉病原菌，直至清除。在两者实力较量中，若机体失利，就会生病。

9.4.4 糖工程或糖生物学的意义和用途

随着生物工程学的研究深化，人们发现细胞有50%以上的蛋白质具有糖链[141]，糖质还携带密码信息，称为糖码。至于机体内有多少糖码、它们是如何分类的、它们参与了哪些生理与病理过程以及这些过程是如何被解码器破译的，目前尚无确切的答案。有资料认为，要使蛋白质在机体内充分显示其生理活性，就必须同存在于细胞表面的糖质协调一致。例如将糖质连接到诸如促红细胞生长素之类的重要重组分子上，便能大大改进后者的生物学特性。还有，N-聚糖链这种复杂分子，通过氮原子连接到肽链上，这样便形成糖肽或糖蛋白——仅仅这一微小的变动，就足以导致各种类型的人类疾病[142]。而实现细胞与细胞两者之间的信息交流，离不开细胞表面及细胞分泌的物质分子的相互作用，这就涉及糖类—蛋白质、糖类—糖类的相互作用。

外源物质作用于细胞，两者若能实现完美结合，还能启动细胞内的免疫系统，起着细胞之间的信息传递、识别和调节生物体内机能的作用。还包括癌细胞在内的病变细胞和正常细胞表面的糖质有所区别，故而人们可以据此诊断疾病，调节体内免疫机能。人们通过研究糖质的上述功能，并进而寻求控制糖质合成和分解的途径，加以有效利用，不仅有助于弄清楚癌症的发病机理、疾病治疗和预防，还将为设计新药、人工脏器，开发功能性食品等另辟蹊径。深入研究糖质的各类功能对于调节蛋白质结构和定位、在多细胞体系中发送信号以及细胞—细胞两者间的识别，包括细菌和病毒的感染过程、炎症和癌症发生的许多生命过程都非常重要。所以说，生命有机体内即使蛋白质和核酸再多，即使它们比糖类更"重要"，糖类的存在和作用也是不可代替的。它们三者只是结构、功能上不同，但都是生命必需的分子。

这就是新崛起的糖工程（又称碳水化合物工程）或糖生物学，它有可能成为继遗传工程和蛋白质工程之后的生物工程第三代支柱技术。

9.4.5 糖生物学的发展和展望

近年来的一些研究表明，在受精、发生、发育、分化、神经系统、免疫系统等恒态维持方面，糖链起着重要作用；在炎症及自身免疫病、癌细胞的异常增殖及转移、病原体感染过程、植物与病原菌相互作用、豆科植物与根癌菌共生过程中都涉及糖链的介导作用。这种新型糖质虽不直接受基因调控，但基因调控酶，经过饰变的酶即通过某种关键酶的分子空间构型来间接地变换糖质的三维构象；改进它的立体化学特异性，便能生产出特定用途的糖质，后者便成为基因的二次产物。

一种名为"唾液酰路易斯糖X（LewX）"的商品，实际上是由四糖构成的寡糖分子，每千克价值30亿美元。现在采用蛋白质工程操作程序，生产出高度特异的糖基转移酶，从活化单糖一步步组构新的糖链，或改变它们的侧链数目，抑或变换其位置，经过系统操作生产的唾液酰，其成本会大幅度降低[143]。

由于糖链组成单位数量多，结构也复杂，不均一，且不受基因调控，故研究它们的难度比较大。蛋白质由20种不同氨基酸组成，是受基因调控的，所以糖链构象在糖链与蛋白质分子、糖蛋白生物分子的相互协调作用中，多数情况下要比蛋白质分子构象重要得多。糖基转移酶合成糖链除受酶基因表达的调控外，还受酶活性的影响。即便在同种分子的同一糖基化位点上，糖链结构也有差异，呈微不均一性，因而很难得到结构均一的糖链；糖链结构测定和化学合成远比蛋白质、核酸困难，这极大地限制了对其功能的研究。

资料表明，未来的新型超级抗原是由糖质构建的，不是由蛋白质构建的。糖工程（糖生物学）研发速度加快，也派生出了一些边缘学科，如糖医学、糖免疫学、糖神经学、糖组学（glycomics）、糖病毒学等。这需要多学科协同攻关，综合研究糖链结构、糖链形成的分子机制、糖链的功能等，需要化学家、生物化学家、分子生物学家、细胞生物学家、临床医生等专家的共同努力。具体实施过程中将为结构论学派和信息论学派实现第三次会合提供更广阔的互动空间。

21世纪，生物产业将推动世界经济由碳氢化合物经济向绿色的碳水化合物经济转型，糖药物、糖功能食品、功能糖绿色生物制剂、功能糖饲料添加剂及功能糖在能源转化中的应用是未来碳水化合物开发的主要方向。

9.5 分化，综合，再分化，再综合是科学发展进程的历史必然

在自然科学发展的历史长河中历来就存在着两大传统：一个是以伽利略、牛顿和拉瓦锡（Lavoisier，A.L.）为代表的，玻尔这一代人承袭了这一传统的衣钵，醉心于将互补论概念应用到生物学中，发展成为结构论学派的指导思想；另一个是以狄德罗（Diderot，D.）、拉马克（Lamark，J.-B.）和歌德（Goethe，J.W.）为代表的，信息论者的分子生物学在许多方面都倾向于后者，他们反对机械论和原子论，反对任何的还原论生物学及一切繁琐的分析。

德尔布吕克这一代虽然也曾受到玻尔的著名演讲"光和生命"的影响，并寻找玻尔所说的"解释生命尚缺少某些基本资料，以及物理学与生物学两者间的互补性"，但在实际观察实验中，自始至终令这些信息论者纠结不清的是"活体实验如何得到重复，即遗传信息是如何传递的这个根本性问题"和基因在催化（自催化和异催化，即转录和翻译）发育中是如何作用的，当时尚不具备足够的知识来解释。遗传学是一门定量科学，但不能依赖于物理学测量（质量、电荷、速度）。他们对化学抱有成见，实际上他们也不具备这个实力，直接去揭示基因的化学性质，故而只好去研究基因的稳定性和极限，最终建立了"原子物理学的基因突变模型"。薛定谔再接过德尔布吕克的"靶子学说模型"发表了《生命是什么？》小册子，这构成了信息论学派的指导思想（参见本书第4章）。

两个学派采用了截然不同的研究方法，加州理工学院、剑桥大学和利兹大学结构论学派的研究方法就明显地反映了这一问题。起源于胶体生物物理的实验细胞学传统，以及起源于研究固定和染色制片的细胞化学这些都起过突出的作用。20世纪20—40年代，实验细胞学传统风靡一时，洛布（Loeb，J.）等都把实验细胞学同蛋白质研究联系起来，从而提出了蛋白质是多聚电解质的概念。

另一些科学家则又将实验细胞学同有丝分裂的力学挂起钩来。在斯德哥尔摩的文纳—格伦研究所（Wenner—Gren Institute），龙斯特鲁姆（Runnström，J.）学派继承了鲍里施等人倡导的发育力学的传统。但是，这种生物物理实验方法没有被真正应用于遗传学和大分子化学等新学科。这些研究人员醉心于研究整个细胞和生理作用，对研究提取物及信息传递不感兴趣。沃森也险些卷入这种传统，因为韦斯（Weiss，P.）曾劝说沃森前往斯德哥尔摩而不要去剑桥大学。克里克在实验细胞学上花去两年时间后，才转向研究提取物质的结构化学。人们称此为"旧的生物物理学"，而将分子生物学"信息"学派和"结构"学派的结合称为"新的生物物理学"。"新的生物物理学"取代"旧的生物物理学"是科学发展的历史必然。

这两个学派的独立发展，部分原因在于二战期间的德国国家社会主义和战争，妨碍了多学科的生物物理学的发展并引起人才外流，结果造成"信息"学派在美国，"结构"学派在英国分别得到发展。我们已看出学派的局限性怎样限制了该学派成员的成就，例如英国和德国的生理遗传学派不能取得比德尔和塔特姆所取得的突破；剑桥大学和利兹大学结构化学学派的分子生物学家由于自身的软肋，未能发现α–螺旋。

但我们已看到，沃森—克里克模型改变了这种相互隔绝的情况。因为在某种意义上来说，沃森和克里克"同时属于这两个学派"。克里克写道："我虽属于结构学派的一员，但对所有遗传学和生物化学的研究都有浓厚的兴趣。与此同时，作为信息学派成员的沃森自然已发现他本人正转向结构及生物化学方面了[144]。"同时，我们已提到正统的传统学派出现了新的概念、技术和发现，例如胶体生物物理学的许多研究人员都在研究纤维的X射线晶体学，龙斯特鲁姆和哈默斯坦（Hammarsten，E.）的学生卡斯帕森（Caspersson，T.）则发展了细胞核的定量细胞化学。超速离心技术也是研究胶体科学的学者斯维德伯格（Svedberg，T.）开发出来的。因此，我们不能判定它们的好坏或正反影响，但我们已认识到，有必要放弃一种传统进入另一种传统，就像沃森那样。这种转变可以是外部影响促成的，如沃森想得到欧洲的经验，也可以是自身的内在因素，例如王室学院兰德尔研究小组的工作重点从原来的实验细胞学转移到研究提取物质的结构化学。

我们从分子生物学、蛋白质工程起源问题方面的争论中仍然能分辨出这些科学先驱曾有过争论不休的蛛丝马迹来。他们有的从结构论观点出发，有的从信息论观点出发，各执己见，然而，一旦有人做出了某项决定性实验，尤其是这项实验预期有可能带来巨大的冲击力，既有深远的理论意义，又有巨大的实际应用价值，其吸引力愈发巨大。凡与此实验领域有关联的科学家，就会不分学派、不分学科、国籍、年龄、性别、信仰等，纷纷涌入这个新兴领域中，即本章所述及的分子生物学、基因工程、蛋白质工程和正在研发的糖工程（糖生物学）的领域中。

他们有的出于科学研究需要，但更多是为了各自的科学研究实体能够继续存留下去，以及出于个人生计而涌入这个高技术产业中的。在这种情况下，他们为了完成共同的研究及开发使命，学科界限、门户之见、学派分歧等统统被放置在一边，由分歧而趋向统一，构成新的组合。这是不以人的意志为转移的科学发展的历史必然，也不是人为的"拉郎配"所能创立起来的，是来自科学研究自身的要求和机会。这是只有在解决某些特定问题上，两个或两个以上的不同领域、不同学派的知识变得相互有联系了，学科或学派的统一才能实现。起初它们仅被视为有关学科的交叉研究领域或不同的学派，以后在长期研究交往中由逐步建立起来的概念、关系、步骤、技术、标准等，形成了新的知识领域，从而形成新的学科。总之，昨天的学科发展成为今天的交叉学科或不同学派，今天的交叉学科或不同学派有可能发展成为明天的新学科。对于像分子生物学、基因工程、蛋白质工程、糖生物学这样的科学领域，高新技术迅猛发展的时刻，同时也是各分支学科、学派出现接近、综合的新阶段。

这种学科的增加和知识的扩增，突破了学科单一的局限性，并填补了各学科之间的鸿沟。一方面由基础生物学成长起来的生物物理学、生物化学、生物材料学、纳米生物医学等，都是由封闭型学科走向开放与创新的体现；另一方面计算机科学等软科学与生物学、化学和物理学等自然学科形成交叉，其共振效应更明显。软科学不仅包括科学本身，还包括技术，同时又是社会科学的应用，其高度综合性、跨学科性及多专业搭配所带来的复杂性和广泛性，是任何硬科学无法与之相比的，也是最有助于研究和解决科学技术发展中的大问题的。

交叉学科的出现并不是"1+1=2"的简单叠加，而是通过一个领域在另一个领域的应用，为解决该领域内其他问题提出有效模式和方法，并产生极大推动力的过程。交叉学科产生后，要求研究者根据需要不断改变研究层次、修正研究手段以及纳揽最有效的方法和手段。

9.6 分子生物学的发展前景

分子生物学中两个"哲学"流派存在是客观的既成事实，应当让他们发展各自的观点、方法、概念和假设，他们中间并不存在任何不可逾越的鸿沟，科学生活中"百家争鸣，百花齐放"是科学事业繁荣的标志。更积极的办法是，为不同见解、不同学派的科学工作者提供多样化便利条件，让科学家们自己教育自己，让他们不断开拓思路，广纳群言，从中吸取对彼此都有益的成分，使各自的科学概念、假设、方法不断得到改进、充实。现在提出来"开放实验室"，提倡科研人员"走出去，请进来"，就是为了避免学术思想的近亲繁殖、情报不通、消息闭塞而采取的一项有远见卓识的战略措施。

20世纪50年代，作为信息论学派第二号人物的卢利亚就具备了这样的远见卓识，他派遣他的学生沃森不远万里远赴哥本哈根学习生物化学。学生又把老师的这种"远见卓识"加以发挥，向前推进了一大步。他采取了一种"超常"的作为，不经老师许可，自作主张，径自跑到剑桥大学学习X射线衍射技术，一举推倒了结构论学派和信息论学派之间的藩篱，充当了两个不同学派的架桥人。不仅如此，他又通过这个所谓的"超常"

渠道，将这两大学派历年获得的研究成果统统置于生物学这个大背景下整合，最终与克里克一道完成DNA分子双螺旋立体结构模型的建立。20年后，孵化出了基因工程。1978年，哈钦森的一次著名定位突变实验，综合了这两大学派的研究概念、观点、方法和手段，导致蛋白质工程的诞生。我们有理由预测糖工程也会在这两大学派相互交融以及协同作用下取得突破性进展。

第10章
有待思考的几个方法论问题

10.1　不同学科背景的合作范例

对于建立模型本身而言，生物学概念在其中的作用很小，大部分是物理学家的事，并且大部分关键性的工作已由弗兰克林完成了。沃森、克里克的组合，在短短18个月内解决了弗兰克林未完全掌握的碱基配对和双股链反走向问题。他们两个都非常执着，相处融洽，并且拥有宽容的环境，最重要的是目标一致。

更重要的也是最为关键的，沃森曾四次接触到弗兰克林未发表的有关DNA分子结构的，甚至可以说距离模型总装配所必需的全部结果已经相差无几的资料、数据、图片。这样也就弥补了他们在研究DNA分子结构所涉及的遗传学、物理学、化学、数学、结晶学、X射线衍射技术等方面的知识缺陷，使得他们在与潜在的竞争对手鲍林、弗兰克林等人的较量中赢得了时间，时间恰恰就是他们成功的筹码。模型最终是在沃森手里拼接起来的，这也是最关键的一步。即一个嘌呤总是通过氢键和一个嘧啶相连，两条不规则的碱基顺序就可能被有规则地安置在螺旋的中央，而且要形成氢键就意味着腺嘌呤总是与胸腺嘧啶配对，而鸟嘌呤只能和胞嘧啶配对。

10.2　模型的直观效应

他们两位中，最机灵的要数克里克，他从一开始就紧盯着结构化学家老鲍林的儿子小鲍林。当时，后者正跟他们一起在剑桥大学工作，克里克从小鲍林那里可以随时获悉老鲍林的研究动态。克里克后来颇为得意地说："鲍林能用儿童玩具装配成功一种蛋白质的α–螺旋立体结构模型，我们为什么不可以用金属片也装配一个DNA双螺旋立体结构模型呢？"所以说，他们两位经过不寻常的努力，最终成功装配了一个DNA双螺旋立体结构模型。用一个直观、易懂的具体实物模型，来解析深邃的遗传学内涵，让人一目了然，这是创新的贡献。模型会催生出不寻常的预见，这些预见又反过来引发新一轮实验冲动，这应当归功于老鲍林的智慧结晶。DNA双螺旋结构模型与蛋白质的α–螺旋比较，的确有根本不同的性质：首先，在建立DNA双螺旋结构模型的过程中，沃森和克里克率先引入了遗传学推理的方法，因为这种结构要求DNA分子具有高度的规律性，必须在两股链上同时包含任意的碱基顺序；其次，与蛋白质的α–螺旋不同，DNA双螺旋结构模型的发现丰富了人们的想象力，并为以后理解遗传物质如何表达其功能开辟了道路。

同样无可争议地表明，模型解读是在克里克手里升级并完善起来的。由于他早先在医学研究委员会看到一份研究报告，得知"晶体DNA具有单斜晶的空间基群C2对称性"。现在用硬纸板拼剪的DNA各种组成分子的模型大大有助于克里克弄清楚DNA分子的立体结构，模型会引导产生不一样的预测，预测又进一步促进实验性研究。不仅如此，模型的三维构象带给他直观的认识，还触发灵感，引导联想。克里克看到沃森完成了碱基配对操作时，开始还不以为然，后来仔细观察，他情不自禁地脱口说出："瞧！它正好有那种对称性。"A–T及G–C形状相同，深深地打动了他。

接着他还发现每个碱基对两个糖苷键（连接碱基和糖）由与螺旋轴垂直的一根二重轴对称地连接着，而两个碱基都仍保持着同样的方向。就是说即便将模型翻转180°之后，DNA结构看起来还是一样的。克里克旋即认为："这最能说明DNA拥有相反方向的双股螺旋。"这就导致了一个非常重要的结果，一条特定的多核苷酸链可以同时包含嘌呤和嘧啶，这有力地说明了两条链的骨架一定是反走向的，即一条是3'→5'走向，另一条是5'→3'走向。

更令人兴奋的是，这种双螺旋结构还提出了一种DNA复制机制：两条相互缠绕的链上碱基顺序是彼此互补的，只要确定了其中一条链的碱基顺序，另一条链的碱基顺序也就顺理成章地确定了。一条链如何作为模板合成另一条互补碱基顺序的链，也就不难理解了。

图10.1　DNA半保留复制模式

至此，DNA的体内形式的主要特征都已弄明白了，在立体化学上也是合理的。它的结构具有普遍意义，从细菌到大象是一概适用的。这是20世纪生物学中最伟大的发现，对促进人类社会的科学繁荣，加速人类对生命本质的认识，有着无可比拟的巨大意义。

沃森和克里克清楚地知道，模型虽已建成，并且是正确的，但还有许多后续工作及问题有待进一步探索，然后才能详细说明遗传复制。例如，什么是多核苷酸前体？是什么使成对的链解开和分离的？蛋白质的确切作用是什么？染色体是一对长的DNA链，还是一段段由蛋白质连接的DNA所组成的？尽管还存在这些疑问，但他们依然觉得他们提出来的DNA结构，也许有助于解决基本的生物学问题之一——遗传复制中所需模板的分子基础。他们的假设是，模板是由一条DNA链形成的，基因含有这些模板的互补对。

图10.2　1953年3月，沃森和克里克在DNA分子双螺旋立体结构模型建成后合影

10.3　学科单一和闭门造车导致败北的典型

　　沃森到哥本哈根进修，又到剑桥大学学习X射线衍射技术，他所接触到的人和事是形形色色的，接触到的专业知识是多方面的，这样也就弥补了他在解析DNA分子结构时缺失的知识。更重要的是，他与另一位关键人物——年轻的物理学家克里克想到一处、走到一起去了。然而弗兰克林没有这么多的机会接触那么多的学者与学科，她是个只管自己专业，不善与人交往，颇有一副那种万事不求人的老姑娘脾气的人。她要完成涉及学科门类那样广泛的创新，难度是可想而知的。况且那时远不是处在亚里士多德的时代，在自然科学发展初期，一个人可以同时是物理学家、数学家、化学家、生物学家等；更不是处在爱迪生时的小科学技术时代，可以关起门来一个人在实验室内搞发明创造。许多大型工程以及一些重大科学发现必须有多学科代表人物参加以集思广益，另外，还必须有广泛的学术交流以广纳群言。

　　18世纪法国启蒙运动的杰出代表人物卢梭（Rousseau, J.-J.）曾经说过："虽然人的智力不能把所有的科学知识都掌握得很全面，只能选择一门科学，但如果对其他科学知识一窍不通，那么他对所研究的那门学问也就往往不会有透彻的了解。"本书所述及的牛顿、爱因斯坦、玻尔、德尔布吕克、薛定谔等科学巨擘，无一不是"一专多能"。弗兰克林的不幸，正是因为她忽视了如数学家维纳所指出的"在科学发展的旅程中，可以得到最大收获的领域，是各种已建立起来的学科之间的被忽视了的无人区"[145]。弗兰克林没有留意这些常常被人忽视了的无人区，而沃森和克里克正是"到科学地图上的这些空白地带去做一种适当的查勘工作"，他们不受生物学中已成定见的原理的束缚，从不被人注意的物理学的结晶和生物学的DNA分子这两个风马牛不相及的事物之间的无人区中，找到了一个大跨度的结合点——DNA分子双螺旋立体结构模型。狭窄的专业化常常会把自己锁在狭窄的专业范围之内，从而丢掉了宏大的想象力和开放的思维。因此，任何个人单独跋涉于从未有人走过的崎岖的科学研究道路上，都必须记住弗兰克林这位女科学家的这一教训。

10.4 群体性文化底蕴深厚

迄今为止的科学史书籍，主要是叙述科学发展史的，很少有人讨论科学是如何发生的。其实在科学发生从0到1的漫长的过程中，包含了许多要素，本书就包含了人文、历史、经济、社会等要素，以探索这个学科的科学是如何发生的，群体性文化底蕴只是一方面。

（1）沃森被派到丹麦卡尔喀研究所进修生物化学时，他的兴趣仍在遗传学上，当他得知DNA还能够结晶时，他很惊讶，因为这是他从未想到过的，但他认为这是一个方向，很想抓住这个机会，于是设法前往剑桥大学学习X射线衍射技术。当他面临生活拮据、断粮断炊的挑战时，在这个群体性文化底蕴厚重的环境内，自有慧眼识真知之士为其解困，雪中送炭，他才得以完成DNA分子双螺旋立体结构模型的建立。

（2）即便干一些也是应付差事。在模型建立的全过程中，所处的环境是那么包容、厚德，几乎他们缺什么，就会有该方面的学有所长且建树颇多的学人来热情指点，所以没有发生因为学人保守、狭隘而封堵情报等事件。最能感人的莫过于弗兰克林，她学究气十足，根本不知晓剑桥大学的潜在竞争对手正在虎视眈眈、夜以继日地兼程赶来，更不知悉她的那些大量未发表的关键又珍贵的资料、数据及图片已经被泄漏，她依旧只顾探讨DNA分子的立体结构。1953年3月18日，当她获悉剑桥大学传来模型建成的消息时，她和众人一样高兴，并认为她本人最有发言权证明这个模型的正确性，也十分欣赏这个制作得精致和巧妙的模型。她没有怨言，没有叹息，更没有指责别人利用了她的成果。她有一个真正科学家的正直、大度和厚重的责任感，于是立即着手将那篇早在1953年3月17日就已经写好的、准备投送发表的论文打印稿，进行了一些细小的修改，作为一篇支持性文章寄出，恰与沃森和克里克的文章同期发表在英国《自然》杂志上。沃森正是根据她的支持性文章才敢于进一步阐明这个模型的深远遗传学含义和重组机理。

（3）群体性文化底蕴深厚，必然使学术气氛活跃，学术环境宽松，学术活动多样化、不拘形式，让研究人员对课题的选择自由度增大。这些都为研究者本人跨学科、跨地域寻求他（们）所从事的领域所必需具备的知识和工作环境创造了便利条件。优越的科学环境无疑也十分有利于学术交流，置身其间，一顿工作午餐的工夫所能获知的科学研究情报知识胜读一年书。这些极富创新能力的精英们聚集到一起，他们的综合创新能力不是简单地叠加，而是在他们日常彼此交往、点拨、启发和相互影响下，使得每个研究者的创新能力发挥到极致，这便成为社会进步的推动力。

（4）处于群体性文化底蕴厚重的环境中，绝大多数成员都容易形成"海纳百川，有容乃大"的心态。他们在学术争论中，包容成为时尚，能提出新概念的都会受到鼓励。他们各持己见，不设框框，相互尊重，谁也不强求一定要承认某一见解的正确与否，一切都以"实验能否得到重复"这一金科玉律说了算。这种学术环境对繁荣科学事业十分重要。

在噬菌体研究组举办的冷泉港暑期讲座的那段时日内，几乎天天会有形形色色的假说面世，也几乎天天会有各种各样的否定或肯定的实验数据出笼,甚至有人提出一些与噬菌体研究离题千里的不相干话题。作为噬菌体研究组创始人之一的德尔布吕克甚至公开反对在科学研究中相互保密,他认为相互保密不利于产生新概念。分子生物学中出现的各种流派,无论是还原论、信息论还是结构论等都顺其自然地发展了各自的特色、风格、长处。可能在某个时刻,两个学派就不期而遇了,这时他们猛然醒悟,原来他们这两个学派所采用的研究线路不同、手段不同、思路也各异,但最终却走到同一条道路上来了。眼下正在研发的糖工程亦称"糖生物学"更是离不开这两个学派再次联姻,这只能由那些第一代分子生物学家的学生或学生的学生去推动了。

10.5　运用了"社会工程学"

以德尔布吕克、卢利亚、赫尔希等为发起人创建的噬菌体研究组,对分子生物学的研究和发展起过很大的促进作用。因此,从社会工程学角度看,组建某种社团开展学术活动,进而催生一个新学科诞生,在科学发展历史中也早有先例。例如在数学界,历史上曾有过著名的希尔伯特运动,这个运动孕育了"现代代数学"。玻尔在哥本哈根发起组织的"量子力学研究组",亦即人们所称的"哥本哈根精神"则是另一种创举[146],还有,1901年爱因斯坦在瑞士伯尔尼联邦专利局当技术员期间,与青年时代的朋友索洛文和哈比希特一起,组建了一个"奥林匹亚科学院",经常在一起探讨物理学、数学、哲学等各种科学问题。

噬菌体研究组自然也是一个受到广泛认同的学术研究团体,他们三人为组、五人为伍,零星分散,纯粹从兴趣出发开展研究,结果营造出了学院式研究氛围。这为分子生物学这门新学科的诞生和发展奠定了理论基础,也为这个新学科的诞生做好了组织上的准备。这个区区只有52人的研究组,竟然先后走出了20位诺贝尔奖得主,可谓是一个诺贝尔奖多产户。

不是噬菌体研究组成员,但与研究组成员有千丝万缕联系的艾弗利、弗兰克林、薛定谔等也为分子生物学新学科的诞生和发展做出了不凡的贡献。

10.6　科研资源使用最佳化

怎样用好科研经费，一直困扰着大大小小的课题组，但人才选用则是课题组的重中之重。

（1）"不拘亲疏，唯才是用"，才能实现资源使用的最佳化。弗兰克林进入这个研究领域前，威尔金斯虽为DNA分子结构发展了一些基础性技术和概念，还拍摄到了一幅DNA分子的A型图，但这幅图说明不了什么问题，因为关键在于要获得结晶并保持稳定。这就要求呈丝状的DNA分子能一束一束地平行排列，尤其要使一条双股链平行排列，难度更大。直径十分微细的丝状体在湿度合适的环境才比较稳定，才可能用高分辨率的照相系统完成拍摄过程，可是威尔金斯不熟悉X射线衍射技术，在大学阶段也没学多少。学院管理层看到了这一点，他们知道威尔金斯难以胜任此项工作，所以事先未与他商量，就招聘来一位以结晶学、实验科学见长的女物理学家弗兰克林，还给她配了一位助手，自成一个课题组，另起炉灶。

新来的弗兰克林进入角色后，果然不负众望，在很短期间内DNA分子结构研究便大有起色。她拍摄到的DNA分子结构B型图最能说明DNA分子结构呈螺旋形状。同时表明，王室学院管理层对所属研究课题组人员的特长、绝招、强项、弱项、软肋等特点，都有一本明细账，门门清。这个管理层能够及时掌握各个课题组的研究动态和进度，更重要的是，他们具有前瞻性，能及时协调人力资源和配置，从而加速研究进展。

（2）不论资排辈，不迁就，不讲情面，让不能胜任的人及早被边缘化，这样便能最大限度地利用有限的研究资源。人们不能要求一位学农的或学生物的独当一面，去研究某种蛋白质抑或核酸的分子结构；同样也不能要求一位专攻化学或物理的科学家独当一面，去研究某种蛋白质抑或核酸的分子结构。

（3）有了"不拘亲疏，唯才是用"后，才会设计出简化、集约型实验路线。如本书第4章所述的"侵染式遗传"实验结果表达验证法，免去了属于有性生殖的复杂机体通常情况下只有经过相当长时期，并且经过发育和形态发生所必经的转化之后，基因才会表达这种繁琐而复杂的程序。还有在美国，同一项课题可以在多个研究实体发放科研经费，他们不由自主地产生了一些竞争意识。

（4）由于研究路线设计合理、科学，最终便容易获得在自然选择过程中占据优势的、目的性高的物种。这种在分子水平上一次到位，成功实现突变的操作，最能节省人力物力，从而研究出最有效的调控机制。

10.7　破除学术界的潜规则

潜规则似乎随处可见，一些人被潜规则裹挟，被潜规则绑架，感觉不这样行事，自己就要吃亏，甚至就办不成事，令人无奈，令人生畏，令人烦恼，令人厌恶。学术界也不是一尘不染的圣地，也有一套不成文的潜规则。

10.7.1　威尔金斯与克里克之间有潜规则吗

威尔金斯跟克里克两人都是物理学家，年龄也相近，早先同在一个学院工作，经常同桌进餐，一起讨论科学问题，相处甚笃。他们全都采用X射线衍射作为主要研究手段，只不过威尔金斯是研究DNA的，而克里克则是研究蛋白质的。当威尔金斯在研究DNA分子中遇到困难时，克里克甚至对威尔金斯调侃揶揄道："你还是去研究研究蛋白质那个小玩意儿吧！"

如果他们以前生活在各自不同的国家，事情要好办得多。现在的问题是，英国所有的显要人物即便不是沾亲带故，似乎也是彼此认识的，英格兰式的友善以及英国人的那种费厄泼赖（fair play）的传统观念，都不允许克里克染指威尔金斯正在从事的课题。在法国，显然不存在什么费厄泼赖，也就不会发生类似问题；在美国，那就更不会发生类似问题，你别指望伯克利人仅仅因为某项前沿的工作首先在加州理工学院有人开始做了，伯克利人就不可以也跟着去做；可是在英国，这简直会被认为不够朋友，不够意思，况且克里克接着还在他的老师勃罗兹处阅读过一份英国医学研究委员会的书面材料，其中就收入了弗兰克林的研究报告、B型图的基本特点及互补概念。沃森虽然四次接触了弗兰克林的未发表的资料、数据和图片，但他是美国人，他没有英国人的那种费厄泼赖的传统观念[94]。

10.7.2 沃森与弗兰克林之间不存在潜规则

其实，沃森早已知晓弗兰克林在解析DNA分子结构研究中已工作多年了，并且积累了大量珍贵资料、数据和图片。弗兰克林也许知道了距离成功已经不远，因此还没有想到要公开发表。有充分理由相信，沃森看到这些资料后，认为用某种方法，或者说采取某种新观点，就可能使问题迎刃而解。在这个时候，如果沃森提出同对方合作，可能会被认为是想与弗兰克林分享即将到手的成果。然而，客观地说，他应该单枪匹马干吗？很难判断一个重要的新观点究竟真的是他一个人独自想出来的，还是在同别人交谈中不知不觉吸收过来的。鉴于这种情况，科学家之间遂形成了一种潜规则，即彼此都不接触或触犯同行多年就已选定的课题——这很有"割据"或"跑马圈地"的味道，井水不犯河水。发表文章是这样，选题、撰写综述文章、申请课题项目等也是如此，在这类"潜规则"面前他们往往都与好运无缘。

公正地说，这要有一个限度，当竞争不只来自一个，而是来自多个方面的时候，这种碍于情面的礼让、踌躇不前，就显得过于迂腐，也就成了不可原谅的荒唐之举。例如当他们得知鲍林离最终解决DNA分子结构问题已经不远的时候，与其让鲍林等捷足先登，沃森和克里克为什么不可以抢先拿下头彩呢？在解析DNA分子结构的过程中，这种进退两难的思考显得尤为突出。这种潜规则的同行之间的礼让值得主张吗？这种情况无论在国际还是在国内，今后还会发生，这也是要留给科学史评论家思考的。

这两个年轻人置闲言碎语于不顾，当仁不让，该出手时就出手，率先将他们的模型公之于众，立刻轰动了全世界。沃森和克里克在这场有形无形的智力竞争中赢得了头彩，为人类文明做出了巨大贡献。

10.8 选择课题的两大误区

选对课题，一顺万顺，但在通向成功道路上需要防止踏入下列两个误区。

（1）捡芝麻还是抱西瓜？从事探索性课题好比寻找金矿，有些人满地寻找，东挖一个坑，西掘一个洞，就是不愿意花大力气把埋藏很深的矿藏分布弄清楚，这样有时倒也能小有成就，并不费多大力气，就能捡到一些露在表层或埋藏不深的零星金块。爱因斯坦说："我不能容忍这样的科学家，他拿出来一块木板，寻找木板上最薄的地方，然后在容易钻透的地方钻许多孔。"这类人会为些许蝇头小利，研究几个小问题，发表许多不痛不痒、可有可无的小文章，为自己获得一份名利，这就是爱因斯坦最不待见的那种人，这类人还不少。

而另一种人则投入全部乃至毕生精力，矢志不移，努力勘测，确定了矿位就深挖不已，将工作中遇到的困难和挫折当作他们每日的面包或营养，最终，他们经过不懈努力，抱出一个大金矿娃娃，这种人比前一种人的收获要大过千万倍。艾弗利属于后一类人，他可能就是爱因斯坦最欣赏的那类科学家，不做小题目，生平发表的文章数不出几篇，他只想着要和DNA分子直接对话。他平时生活极其低调，一辈子勤勤恳恳，花了整整10年才于1944年发表了一篇划时代的文献——《关于引起肺炎双球菌类型转化物质的化学性质研究》，一举撬开理论生物学的大门，开创了分子生物学的新时代。由这项成果催生出来的DNA分子双螺旋立体结构模型被认为与相对论、量子力学并驾齐驱，是现代科学三大理论支柱之一。艾弗利是名副其实的科学大师，称得上是一位真正的科学巨擘。

另一位掘金人当推薛定谔，他把毕生精力投入自然界本质现象的思考中，1926年提出著名的"薛定谔方程"，成为量子力学创始人之一；1944年又发表《生命是什么？》小册子，用量子物理学来阐述和解析遗传结构的稳定性，引导许多物理学家涌入生物学领域，尤其是涌入遗传分析研究领域，促进了DNA分子结构模型的建成，他称得上是一位双料或超级的科学巨擘。

（2）不要跟风，追时髦。这是"分子生物学之父"德尔布吕克给予来自中国台湾的年轻物理学家詹裕农夫妇的教诲。

大而言之，"要是这个世界由于有了我，而发生了改变"；小而言之，要是生物学某个领域由于没有了我而发生了改变。总之，要有那么点儿气概，由于有我无我，生物学会受到什么样的影响呢？要是生物学某个领域由于你的缺失而没有产生明显可辨的影响，这说明你的工作可能就是非必需的或者说是多余的。要知道，在一个热门的、参与人员众多的领域中，很多人往往在费了九牛二虎之力后也很难有出类拔萃的贡献的。即便是做出了些许的发现，如果情况一切顺利，拿到世界性科学论坛上一亮相，到头来却发觉世界上有多家实验室都在做同样一件事，探索者本人从中还能得到什么样的乐趣呢？

德尔布吕克的初衷是让他的学生到科学园地中从未有人耕耘过的空白区寻找课题。

10.9　科学源于求知，求知出自闲暇，闲暇始于富裕

古籍《黄帝内经》中有"静则神藏，燥则消亡"。"静"是指人的精神，这八个字的意思应该理解为，将神态保持在淡泊宁静的状态，心中无杂念，便可进入真气内存、心神平安的境界。从某种意义上说，这才是真正的闲暇。

1. 只有富裕的生活才会有闲暇，只有闲暇的人才能走进知识殿堂

先哲亚里士多德说："求知出于闲暇和好奇。"一个"为五斗米折腰"、终日为生计疲于奔命的人，是不可能有充分闲暇的，更谈不上去关切与求生无直接关联的那些科学、艺术或哲学问题。达尔文到晚年深有感慨地说："社会上有一些受过充分教育又无须为养家糊口而奔波劳碌的人非常重要，因为高度智能的工作都是由他们来完成的。"

马克思当年能完成《资本论》巨著，发现剩余价值，离不开作为工厂主的恩格斯和同道殷实人家威廉·沃尔弗（Wolff, W.）在经济上持续而有效的资助。难怪马克思将这样一部耗尽毕生精力的巨著《资本论》献给他的资助人威廉·沃尔弗。

另一个例子，以达尔文来说，其父是一位生财有道的成功医生，年收入超过7000英镑。老达尔文和达尔文家族信托基金每年能为小达尔文提供1500英镑的收入，他学过医学、神学，走入社会做一个体面的医生或牧师不会有任何的悬念。可以毫不夸张地说，有如此殷实家底的达尔文，一辈子都无须为生计操心。于是，他便有了充裕的时间做他喜欢的事，所以达尔文有了丰富的知识，在1859年发表了巨著《物种起源》。可以说，达尔文的进化论是沿着闲暇—好奇—求知—真知—科学的路走出来的。

达尔文在花费了毕生精力后，到头来给自己增添了无尽的烦恼，"进化论"也困扰着他们一家人。他在记录了无数个植物近亲繁殖的恶果后，开始担忧自己和子女的健康问题。他追溯自己的家谱后发现，他的外祖父和外祖母都姓韦奇伍德（Wedgwood），属三代旁系血缘。达尔文的母亲原姓韦奇伍德，后嫁给了达尔文家族，而达尔文本人又娶了身为韦奇伍德族人的表姐爱玛为妻，他们的近亲系数为0.063。也就是说，他们的子女从父母身上继承的基因中，有6.3%是相同的，属于"中等级别近亲结婚的后代，其夭折率为30%，比当时儿童的平均夭折率高出两倍。后来果然如此，达尔文夫妇从1839年到1858年，一共生了10个子女，有三个幼年夭折，活下来的大多体弱多病，其中三人终生不育。在达尔文家族的62名后人中，有38人无法生育，以致这个显赫家族人丁日渐凋零。以上皆是题外话，是一个和遗传规律相关联的小故事[147]。

我们再沿着本书主线所述之发现DNA路线图来看看。这条线路图所经过的西欧北美诸国，即依次经过的奥地利—瑞士—美国—英国—美国，其中四个国家是发达国家，然后又转到德国、爱尔兰，再到美国，又折回到英国开花，最后在美国结果。

2. 闲暇孕育着新秀和形成新学说的人群

本书第1章述及的孟德尔是牧师，第3章述及的艾弗利是牧师的儿子，当牧师在当时很时尚，他们在传教之余有充裕的时间从事他们想做的事。率先提出量子论的德国物理学家普朗克，就一直干的是教会执事的活儿。上文述及的号称"细菌遗传学之父"的莱德伯格则是正儿八经的犹太牧师的儿子。

由于他们同属于富人行列，在吃饱穿暖之余，往往拥有更多的从容和闲暇。这种悠闲、从容常常产生于经过哲学感悟的文化和学养，既标志着心灵的平静与超脱，也显现一个人的生存状态和心理倾向的细腻、复杂及深沉。卢利亚在和德尔布吕克一起闲聊时，常常带着怀旧的心情不无感慨地说道："欧洲佬的那种迈着四方步子走路的老传统和慢条斯理的生活节奏，往往有可能让他们产生一流的科学概念。"他深谙慢节奏生活与科学进步之间的关系。正因为如此，他才决定派遣他的学生沃森远赴欧洲取经。

3. 我国的江南吴越文化和钱氏名门望族

从容和闲暇不见得就是饭来张口、衣来伸手，无所事事。他们中间一些有心人也会走出家门去观察、欣赏、思考大自然发生的一切，思考着如何推动科学、艺术或哲学等现代文明进程。从一定意义上说，科学、艺术或哲学等现代文明进程本质上就是悠闲和从容的产物。

自古江浙出人才。中国科技界赫赫有名、德才兼备的"三钱"——钱伟长、钱三强和钱学森，还有人们熟知的国学大师钱穆、钱锺书、钱玄同等，他们同为江浙一带富庶区域的名门望族钱氏家族后代。江南吴越文化始于浙江先贤吴越国王钱镠，直到近代，这个家族中依旧精英辈出。据不完全统计，当代钱氏家族仅科学院院士就有100多位，分布于50多个国家；江苏宜兴和浙江嵊州市长乐镇这两个地方走出了上百位教授级的各类专业人才。

不过我们要提出一个问题,为什么在一个就全国而言相对狭小的区域,竟集中涌现出如此众多的精英呢?除去得天独厚的人文地理环境因素,是否还存在其他我们并不知晓的因素呢?如果对他们的遗传基因进行细致的调查,或许能从中找出某种规律性数据。

10.10 科学生活中的另类"拐点"和科学家的"情商"

现实生活中的"拐点"许许多多,吉凶难辨,只要在人生道路上作出了正确选择,驾驭了人生旅程中的重大拐点,顷刻会一帆风顺。若是优柔寡断、犹豫不决,错失了这个拐点,事后想起来,会懊悔一辈子。更可怕的是,面临走向人生低谷,乃至深渊的拐点时,自己尚不知觉;如果不能节守、克制、远离诱惑,一朝滑入罪恶泥潭,则后患无尽。

科学生活中也是"拐点"丛生,科学家要是能抓住其中的一个关键"拐点",就会改变一生命运。前文提到的14位诺贝尔奖得主专程从世界各地赶到美国冷泉港,向噬菌体研究组的倡导者、发起人德尔布吕克祝寿。他们视当初参与过的这个研究组学术活动为其科学生涯中的重要"拐点"——这也显现出科学家超高的"情商"。

科学生活中还有另类的"拐点"。2001年4月的一天,在英国某个小城也举办过一个意味深长的祝寿会,参加者全是美籍华裔年轻学人。他们远离祖国,赴美留学深造多年,如今皆成为学有所长的资深学者。他们从世界各地专程赶来,向他们昔日的英语老师、人生"拐点"的指引人玛俐(Mali,C.)小姐祝寿。这些年轻学人原来都是中国著名学府中国科技大学研究生院的学生。他们是"文革"后的第一批硕士生,没有世俗所说的"背景",全凭考试分数考进该校;他们是"文革"后复职在该校任职或兼课的专家、教授、学部委员(后称院士)排除干扰、亲自审定、遴选出来的拔尖人物。他们个个生龙活虎、智力超群，发誓要将"文革"中浪费的宝贵时光重新夺回来。

当时，中国科技大学研究生院招聘来一位美籍英语口语教师玛俐小姐，玛俐小姐对外称她是英国人。她在与研究生交流中，发现这些年轻学人的生活质量都不是很理想，有的还较拮据。玛俐小姐在解释英语教材中的例句时，不经意间向他们透露了美国大学的奖学金制度和学习环境，然后反问："你们为何不到美国去念博士？"这个提问对当时的中国年轻一代来说可谓天方夜谭，他们抱着试试看的心态，在玛俐老师的指导下，像做英语作文练习题一般，纷纷写申请书，积极准备和复印申请材料，接着准备投递大包大包的申请材料。但这10元、20元钱的邮票费难住了这些年轻学子，恰好，圣诞节将至，玛俐老师要回美国度圣诞节。她理所当然地成全了这些钱袋空空的年轻学子，她从中国带回美国一皮箱的申请材料，回国后又分寄往美国各大学，又快又省又稳妥。

玛俐小姐这一在她看来微不足道的行为，在为别人多开一朵花的同时，也使自己的人生更灿烂。这30多位自费出国留学的最初弄潮儿不会忘记她，之后涌现的140万出国留学的学人在阅读了此书后也不会忘记她。

此时，美国哈佛大学、耶鲁大学、麻省理工学院等知名大学研究生招生部门30余年从未收到过中国大陆的个人申请。众所周知，美国各类大学很讲究"五湖四海""多元文化"，一朝收到来自"罕见申请地区"的申请时，真个是喜出望外，因为这可填补这一特定地区生源多年空白的现象。玛俐老师带去美国的30余份申请材料的申请者全部收到了所申请大学的入学通知书，而且全部获得全额奖学金，之后，又全部获得了赴美签证。按当时美元换算成人民币，一名留美博士生每年获得的奖学金数额比我们国家部长级的官员年收入还高。

这30多位中国科技大学研究生院"文革"后的首批赴美留学的年轻学人当初冒了极大风险，顶住了来自各方面的压力，果断抓住了这一科学生活中的重大拐点。在美国，他们没有世俗中"背景"的干扰，能够放心地投身于他们所热衷的课题研究，充分利用世界上最科学、最合理、最有效的科研条件和最先进的仪器设备，去实现他们各自的夙愿。是当时中国宽松的知识分子政策成就了最初这30多位弄潮儿，也成就了之后140万出国留学的学人；是美国及其他先进国家的科学环境成就了这些英才，而最核心的是这些年轻学人自身的素质，让他们能够在五花八门的万般"拐点"中，选择出国留学这个最重要的"拐点"，走出属于他们的玫瑰人生。

10.11 美妙的科学研究园

1. 生活无处不科学，解用恁地皆妙方

拉瓦锡用精密天平推翻了"燃素"学说；牛顿用三棱镜发现太阳光是由赤橙黄绿青蓝紫7种光组成的；卡文第许从儿童用镜子玩具折射太阳光，频繁移动中得到启示，第一个计算出了地球的质量；赫塞夫人将制作果冻的厨艺，援引过来制作出了琼脂固体培养基，掀起了微生物学实验技术的一场革命，极大地促进了医学细菌学的研究进展，从而缩短了DNA的发现历程。要是当初没有赫塞夫人发明琼脂固体培养基，DNA发现的历程就不会这般顺利，还会延后，本书上述几章演绎出的一台台大戏也就唱不起来了。

赫塞夫人发明出琼脂固体培养基这一事实还说明，许多科学发明不一定非要在清华大学、北京大学、中国科学院及国外的哈佛大学、剑桥大学这样一流的科学殿堂、研究圣地才能取得。科学家能否成功，关键在科学家本人的研究风格，在于他们是否善于利用现有的实验室条件和已有的知识，如果善于利用的话，即使在二三流的大学里最大限度地应用手头的器材，一样能做出惊人的成就。

远一点说，当初居里夫人如果非要等到有了离心机和盖革氏计数器，再着手研究放射性元素镭，免得在恶劣的工作条件下受烟熏火燎、繁重体力劳作之苦，那么1902年她就发现不了镭，或者发现权轮不到她的头上。

因为时间是争得发现权的头等筹码。即便当时市面上有这些仪器装置，她也无力购置。

近的说，除去已列举过的例子，在2010年诺贝尔物理学奖得主盖姆（Geim, A.）和诺沃肖洛夫（Novoselov, K.）二人还共同演绎出了一曲"玩"出来的诺贝尔奖。他们用廉价的透明胶带一层层剥离出只有一个碳原子的厚度，成功研制了宽度只有1nm的二维固体材料石墨烯，性能远高于单晶硅，导电性可与铜媲美，强度是钢的100倍，导热性超过任何已知的材料，透明、轻薄，成为微纳电子工业的支撑材料。将它用于制造各种新型电子产品，必将引发新一轮的电子工业革命。

2. 骑马找马

科学研究中有时也有骑马找马、选错了题、搭错了车的事件。重要的是，不要把不可能实现的，或实现概率极小的事件，当作有可能或很容易实现的事件。那样只会造成人力、财力的浪费，更可能误了大事。聪明的科学家在还未确定研究方向前，都是在"骑马找马""吃在碗里，望着锅里"。

我们沿着DNA分子发现的线路图不难发现，凡进入这块科学研究园地的人无一不是"骑马找马""吃在碗里，望着锅里"。孟德尔是个僧侣式的传教士，只缘于常见其老父整天在田间地头进行植物杂交，且发现获得的子代品种往往优于母本，遂萌生出投身于豌豆杂交试验研究的。摩尔根是研究"海蜘蛛"解剖学及系统发育的，他先后用小鼠、大鼠、鸽子、月见草、果蝇做材料，比来比去，唯果蝇符合他的要求。摩尔根选择果蝇还有另一层意思，即他对孟德尔运用数理统计学方法研究生物遗传，刚开始持质疑态度，后又认为用这一孟德尔教义来解释遗传确实是一件了不起的事件。

米歇尔本是从医的，迫于耳背，转攻化学。他遵从老师的安排，研究淋巴样细胞，后来出于方便，就近取材，自作主张研究脓细胞，从而发现了核素。艾弗利也是医生，也不是从一开始就研究DNA分子的，而是长期从事临床和医学细菌学的研究，但他只因不满足于格里菲斯的结论，遂将他的实验向深一层次推进，从而引导他一步步更加逼近生命本质DNA分子。

但基因到底是什么？DNA分子是什么样子？人们拿不出证据来。DNA分子研究的历史长河又把物理学家卷进来了，德尔布吕克是一个理论物理学家，研究铀分离技术的，他是一个典型的"骑马找马"的人，他的研究方向变来换去，最终落在了噬菌体上。他在为分子生物学选定研究材料，创建"噬菌体研究组"这个吸引人才的平台发挥了关键作用。他的后继者薛定谔本是量子力学创始人之一，他的兴趣广泛，几乎没有他不想了解的知识，他到生命科学天地，只不过是他大智若愚的一次"短暂旅行"。他作为有声望的资深物理学家写了一本《生命是什么？》的小册子，无形中吹响了物理学家向生命科学进军的号角。

威尔金斯研究过电子在磷里面的热稳定性以及磷光理论，参加过"曼哈顿工程"，他就是在薛定谔的这本小册子的影响下步入生命科学天地的。烟草花叶病毒首次成功结晶，因为这项成果有他的好友斯坦利的一份功劳，所以他对病毒颗粒也有了兴趣。

弗兰克林原先是研究煤炭分子细微结构和石墨化及非石墨化碳研究的，她是什么课题最难、最具挑战性，她就研究什么。生物学分子量都很大，获得的X射线衍射图像很复杂，长期以来，一切可能的数学分析都对它无能为力。弗兰克林的机遇来了，她不放过这一用X射线衍射法研究生物材料的机遇，从而取得了巨大成就。

沃森是研究动物学的，对鸟类感兴趣，只不过在意大利休假时碰上一个学术讨论会，在会上看到了威尔金斯的DNA纤维的X射线衍射图。这还让他认识到，只有弄清楚基因的结构，才能知道基因是如何工作的，从此他就一门心思大跨度地投入到了DNA双螺旋立体结构模型的建立上，果然取得了巨大成果，轰动了世界。

最典型的当推克里克了，他先是研究肠促胰液肽和胰凝乳蛋白酶抑制物的，在这类课题之间转来转去，实际上他什么都没有干，却渐渐发现"交链的交链"是大多数生物大分子，特别是螺旋体中常见的特点。沃森来到剑桥大学后，他们两人很快想到一块儿，但他"骑马找马"，一直到"DNA碱基配对和双股链反走向"问题取得突破性进展，他这才从马身上跳下来，离开他原先从事的胰凝乳蛋白酶抑制物的研究，全身心地投入并与沃森一道共同谱写了一曲轰动于世的成功组建DNA双螺旋立体结构模型的凯歌。

查伽夫是研究生物化学的，他是从故纸文献堆里寻找到这匹"千里马"的；鲍林原是研究Vc和蛋白质α-螺旋的，后来也"骑马找马"，开始研究起了DNA双螺旋立体结构模型，而且临近成功只有几步路。本书第8章所列举的多位物理学家转向生命科学研究，也都是按照这个合逻辑的"骑马找马"思维模式，先后涌进生命科学研究园地的。

科学家所作的解释都是一些假说，所有的假说又都是试探性的。这些必须永远要接受检验，看其是否符合实际，一旦发现不合适，就必须马上加以修正。因此，科学家尤其是著名科学家，"骑马找马""吃在碗里，望着锅里"，改变主意，不仅不是弱点，反而是由于不断关注有关问题和有能力一再检验其假说的明显证据。而当改变主意去另起炉灶，研究一个全新的问题时，其原因一般是他们不能提出恰当的新问题，从而以为他们原来的研究路线已走到了尽头。最典型的例子是，1950年德尔布吕克意识到，从噬菌体繁殖寻找物理学新规律是不可实现的，现在需要用正统的化学技术来探索生物复制之谜，揭开受噬菌体侵染的细菌细胞的"黑箱"。如同当年他放弃了天体物理学转攻原子物理学，而后又研究起遗传学那样，现在他又灵机一动，放弃了遗传学，转向了感觉生理学。待到研究须霉时，才不得不学习起了生物化学。

3. 想象力与知识哪个更重要？——菌细胞内"大管家"的发现

爱因斯坦说过："想象力比知识更为重要，因为知识是有限的，而想象力则概括了世界的一切。"法国现代分子生物学家莫诺充分发挥自己的想象力，认为可以将基因中的DNA分子转移到新的活有机体细胞中，并把这比喻为"一项庞大而繁复的系统工程"。如此庞大的工程若没有几个组织者带头，起关键作用，这项工程是无法正常有序进行的。他在研究大肠杆菌乳糖代谢的调节机制中，发现有结构基因和调节基因的差别，一个或数个结构基因与一个操纵基因联合起来，在结构与功能上构成一个协同活动的整体——操纵子[148]。

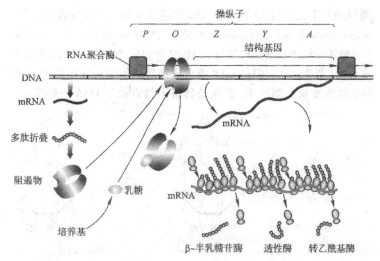

图10.3　乳糖操纵子的结构及其转录的阻遏、诱导机理（引自Griffiths等，2005）

图中Z、Y和A是三个相邻基因，分别编码半乳糖苷酶、透性酶和转乙酰基酶的蛋白质结构。它们有一个共同的操纵基因O。基因P是编码阻遏蛋白结构的，它与基因O连接并关闭基因O。倘若有一种诸如乳糖之类的诱导物与之结合时，它就使诱导物钝化，阻止它关闭基因O，蛋白质合成就会继续进行。

为此，他大胆地提出"调控基因慨念"，即生成蛋白质的特定性质、数量以及时间顺序，某些特定基因何时开启、何时关闭，都是由这些类似"工头"的"操纵子"来实施调控的[148, 149]。

这个受体细胞好比一座超微型的化学工厂，里面夜以继日地进行着2000多种生物化学反应，大的聚合态分子降解了，另外一些分子合成了。细胞从周围环境中选择较小种类的有机化合物用以合成细胞内所需的一切物质，包括合成高分子所需的单体；一些其他的分子则被降解，降解产物或向胞外分泌，或作为原料重新被利用。这座超微型"化学工厂"内发生的这2000多种化学反应，包括大多数已知的有机化学合成反应类型，如水解、脱水、醛醇缩合、烷化、氨解、酰化、氧化、还原等。每一项反应类型都被一种酶催化，酶的催化效率远高于简单的无机或有机催化剂，速率约为普通催化剂的$10^8 \sim 10^9$倍，等于空间人造卫星和蜗牛之间的速率关系[150, 151]。

　　现在的基因工程，通俗地说就是欲朝这个"细胞工厂"组入一些外源基因，形象地比喻，就好比上级领导部门要往这家所属工厂派进一些工作人员、一个工作组。派进去的是普通工人，还是总工程师或厂长、党委书记，对这家所属工厂的前途、命运和未来的经营开发关系极大。如果派进去的是普通工人，那么给整个工厂的生产、经营起不了多大作用，即便这位工人师傅很能干，是技术八级，充其量只能对提高全厂的生产率起一些微小的或局部的作用，对全局而言不能起关键作用。若是派到这家所属工厂去的是总工程师或厂长、党委书记，那么就能对提高全厂劳动生产率起到举足轻重的作用。

　　两种工厂的类型不同，道理是一样的。它们大到方圆数十公里，小到只有$2 \times 10^{-12}\text{cm}^3$的地步，都必须有组织、有计划、有序地运行，才符合"科学发展观"这个举世皆知的硬道理。后来的实验证实，大肠杆菌及所有原核机体细胞内确实普遍存在"操纵子"形式的基因调控模式，"乳糖操纵子"即属此类。这是生物学中非常典型的转录调控系统，其真实的运行方式比上述的要复杂许多。染色体结构确实具备实现这套程序的手段，既具备实施这套程序的方案和能力，同时还有建筑师的蓝图以及现场施工的技术[31]，揭示"乳糖操纵子"调控模式的三位科学家莫诺、雅各布及鲁沃夫理所当然地获得1965年诺贝尔奖。

4.科学研究中繁简"知识流"的美妙转换和互动

　　将果冻制作技术援引到制作琼脂固体培养基掀起了一场微生物学技术革命，是知识流由简到繁的转换。从一个复杂生命机体大系统中分隔出一个简单的生化反应，发现了一个用以调控基因开关的"乳糖操纵子"，是知识流由繁到简的转换。卢瑟福说过："不能向酒吧侍应生解释清楚的理论，都不是好的理论。"人类社会的这种"知识流"繁简转换和互动是科学发展的历史必然。

　　赫塞夫人将一种简单朴实的小道理用于解决科学技术中复杂的大问

题，实现将人类社会的"知识流"由简到繁的历史性转换。牛顿的万有引力定律拿苹果来说事儿，薛定谔的量子力学拿猫来说事儿，哥德巴赫（Goldbach, C.）猜想拿1+1=2来说事儿，摩尔根的基因论拿"实验室内的灰姑娘"来说事儿。热力学第一定律说的是能量原理，我们就拿"吃饭"来说事儿；热力学第二定律说的是熵原理，我们就拿"穿衣"来说事儿；热力学第三定律说的是热定则，又称能斯特（Nernst, W.）热定则，我们就拿绝对零度不可能达到来说事儿。这样就实现了将人类社会的"知识流"由繁到简的历史性转换，与由简而繁的"知识流"形成对照。

一切对科学怀有兴趣、对自然界怀有好奇心的人都在想："那么，自然科学领域内的下一个基本规律在哪里呢？还会拿出什么简化形式来说事呢？"科学和科学社会不就是由这种将人类社会的"知识流"由简而繁、由繁而简，有简有繁、繁简互动、相辅相成、与时俱进的不断提升中构建起来的吗？

5. 走进美妙的科学乐园生活

1866年，孟德尔用他的著名的分离定律和自由组合定律这把沉甸甸的钥匙仅仅将遗传学大门的锁打开了，但门内的奥妙尚不为人知。1944年，艾弗利接着用他的著名的细菌转化实验这把更加沉甸甸的钥匙打开了遗传学的大门，人们这才知道起遗传信息传递作用的是DNA。1953年沃森—克里克的DNA双螺旋模型问世，1954年伽莫夫成功破译了用于解释上述模型的遗传密码，为我们提供了又一把"生物钥匙"。1961年，莫诺和雅各布用他们的乳糖操纵子模型，教会我们如何进行遗传调控，为我们提供了一种基因开关的按钮。人类在揭示生命奥秘的漫漫征途中，凭借这一把把钥匙、开关按钮，越过了无数崎岖险道，好不容易走进一条长廊，再往前走，长廊尽头有一扇门，门外有廊，廊外有门，科学研究就是在克服一个个障碍、越过一座座山头中，循环往复，不断改进而完善起来的。

那些研究高手、科学狂人和一些人尖子则是义无反顾地前赴后继，为现代分子生物学大厦添砖加瓦，做出了许多不朽贡献。科学家本人也在各种科学实践的同时不断完善自己，在美妙的科学乐园生活中、在一点一点的成就感中滋润了自己并且寻找到了与生俱来的乐趣。无尽的想象力、好奇心及求真求实的研究兴趣，会使科研成为生活的一部分，玩着玩着就把实验做出来了。艾弗利曾经说过："研究探索中遇到的不顺心、烦恼事就是我每天的面包，我就是靠这些面包营养自己的。"不过现在还应加上一句，这也是他在科学乐园生活中顽强拼搏的精神支撑点。一位资深科学家豪情犹存、壮志未酬地叹息道："个人的生命力是有限的，如果有来世，我愿把今生所从事的课题在来世继续深入下去。"

10.12 探索生命本质DNA分子历程中的必然性和偶然性

鲍林实验室、弗兰克林小组以及沃森—克里克等他们三个小团体都有可能拿下DNA分子立体结构模型，只是一个时间的问题，但谁能最先走完通向诺贝尔奖获奖台的最后100米，则是充满了许多的偶然性，甚而带有某些戏剧性。科学发现和艺术创造可以类比，两者皆是绝无仅有的，研究工作则存在偶然性和必然性的差别。

第一，要是沃森1951年不去意大利那不勒斯小城休假，或者虽然去了那不勒斯小城，却没有走进正在举行的一个小型"原生质亚显微结构学术讨论会"会场，抑或沃森到剑桥大学的时间推迟到1953年或1954年，而不是1951年，那么可以十分有把握地说，发现DNA分子结构这件事就不会发生在剑桥大学，只会发生在伦敦弗兰克林研究组或者萨帕萨迪纳的鲍林研究组。

第二，弗兰克林、戈斯林和威尔金斯这个班底虽然拍摄到了DNA分子结构的B型图，但缺少一个像多纳霍那样的结构化学家的指点，也没有人来告诉他们当时的有机化学教科书上写的那些结构图都是错误的，所以他们总也找不出正确的碱基配对方式。

鲍林的工作班底虽然具备了世界上数一数二的结构化学基础，很有希望构建一个DNA双螺旋结构模型，但根据密度测量，他们最后选择了三重螺旋模型，这样，碱基配对也就无从谈起。他们从未见到过弗兰克林拍摄到的DNA分子结构B型图，想借参加伦敦举行的蛋白质会议之机，顺便参观英国王室学院X射线衍射实验室的工作。这也是沃森最担心的，因为他怕他们看到了DNA分子结构的B型图后，凭借着扎实的结构化学基础，会捷足先登。但鲍林本人不走运，他是一个和平主义者。美国政府怕他到处散布"和平共处"等与美国当时的政策格格不入的言论，故而在他到达伦敦机场时，吊销了他的护照，最后，他只得回美国。除此，鲍林本人也未安排一个助手拍摄DNA分子结构图，否则同样也会发现DNA分子的B型结构图。有了这幅结构图，那么，他们用不了一周的时间，就会拿下DNA分子结构模型。

沃森和克里克的工作班底中由于克里克阅读过英国医学研究委员会的一份报告，其中就包括了弗兰克林提交给兰德尔教授的实验记录和多纳霍提供的结构化学知识的"点拨"。可以用代入法这样说，弗兰克林、戈斯林和威尔金斯这个班底有"A"没有"B"；鲍林的工作班底有"B"没有"A"；而沃森和克里克的工作班底既有"A"，也有"B"。虽然"A"和"B"都不是他们自己做出来的，但他们凭着天时、地利、人和，加上他俩特有的智慧及悟性，结合机灵、执着等特质，最后使出了浑身解数、将"A"和"B"巧妙地运用在通向斯德哥尔摩的最后冲刺努力中，赢得了时间，摘取到了诺贝尔奖桂冠。

第三，在通向斯德哥尔摩的最后冲刺努力中，为什么起"一朝点拨，全盘皆活"作用的偏偏是多纳霍，而不是别人呢？就当时情况而言，除去鲍林外，任何一位生化学家都代替不了多纳霍所能起的那种独特作用。多纳霍原是鲍林的学生，后来成为工作合作者，他们对小的有机分子晶体结构有过多年的研究，是当代世界上最熟悉氢键的人。多纳霍认为，二酮吡嗪具有酮式结构的量子力学理论，也同样适用于鸟嘌呤和胸腺嘧啶，从而纠正了有机化学教科书中引用的互变异构中的烯醇式结构，这是多纳霍和鲍林做出的一项重大科学发现，尚未写入教科书中。要是按照有机化学教科书中画的互变异构图标示的烯醇式结构搭建模型，碱基怎么也配对不起来，而沃森从"同类配对"死胡同里就怎么也走不出来了。

第四，小鲍林、多纳霍、沃森和克里克这四人共用一间工作室，他们朝夕相处，和谐融洽，其所起的一种具有特别意义的"共振效应"在科学发展史中几乎是绝无仅有的。小鲍林随时提供有关他老爸的研究动态；多纳霍指点他们按酮式结构搭建模型；沃森搭建模型；克里克认识到腺嘌呤与胸腺嘧啶、鸟嘌呤与胞嘧啶的等量关系是糖和磷酸骨架有规律地反复出现的必然结果，提出了DNA碱基对互补和双股链反走向，由此大功告成。

奇妙的是，前两位年轻人本是从美国来剑桥大学进修生物化学的研究生，本质上他们跟后两位不同，后两位完全属于局外人。他们平日总看着后两位穿前走后，整天忙个不停，他们本可以待在一边袖手旁观，有时间到外面去消遣也好，打球娱乐也好，干他们想干又爱干的事儿。但这两位年轻人可不是这样，他们爱管"闲事"，八竿子打不着的事儿似乎也少不了他们的份儿。在一个人来人往、四人合用的狭小空间，对沃森和克里克搭建的模型他们是躲也躲不了，避也避不了，抬头不见低头见。至于模型搭建得怎么样，正确与否？时而横挑鼻子竖挑眼，说三道四；时而引经据典，酷似深谙此道的大学者样的指点迷津，甚至做别人的事儿比做自己的事儿更来劲，不经意间产生出始料未及的效应。

他们四人合用一个办公室，这个临时拼凑起来的四人小乐队，在合适的时间、合适的地点，演奏着一曲绝妙的旋律，恰到好处的悦耳乐章。他们再把这种柔美、动听、醉人的声音化作一把"一朝点拨，全盘皆活"的金钥匙，将沃森和克里克推上了一条直通斯德哥尔摩的征程。沃森和克里克边走边唱，唱得美妙，走得也自信，令鲍林心服口服，令弗兰克林和威尔金斯也佩服得五体投地，更令全球人惊叹不已。

一个是学生物出身的，一个是学物理出身的，他们配合默契，发挥各人所长，又善于接受别人工作的启发，善于在别人已达到的高度上更上一层楼，达到更高的目标；而且关键在于他们在接到接力棒时，别人已跑完了大半个路程。美国物理学家齐曼在谈到这一划时代伟绩时说："有成就的科学家就像一些这样的士兵，他们在一次强大的突击之后，最后把战旗插在城堡的顶端。在他们加入战斗的时候，胜利已经在握，主要是由于偶然的机会才把标志胜利的旗帜交到他们手中的。"

第11章
结 束 语

11.1　100余年来遗传学揭示的一些规律

各个领域的科学家们经过百余年的潜心研究，前仆后继，终于弄清楚了下列几个规律：

（1）最值得重视的、完全没有料到的发现是，遗传物质即DNA本身并不参与新个体的机体塑造，只是作为一个蓝图，作为一组指令，被称为"遗传程序"。

（2）密码（借助它将程序翻译到个体生物中）在生物界是普遍适用的，从细菌到大象一概适用。

（3）一切有性繁殖的二倍体生物的遗传程序（基因组）都是成双的，由来自父本的一组指令和来自母本的另一组指令组成。这两组指令在正常情况下是严格同源的，共同作为一个单位起作用。

（4）程序由DNA分子组成，在真核生物中和某些蛋白质（如组蛋白）相连。这些蛋白质的详细功能还不清楚，但显然是协助调节不同细胞中的不同基因座位的活性的。

（5）由基因组的DNA到细胞质的蛋白质的代谢途径（转录与翻译）是严格的单行道，机体蛋白质不能诱发DNA发生任何变化，因此，获得性状遗传是站不住脚的。

（6）遗传物质从上一代到下一代是固定不变的（硬式），除了非常罕见（1/1000000）的"突变"（即复制错误）以外。

（7）有性生殖生物中的个体在遗传学上是独特的，因为几个不同的等位基因在某个种群或物种中可能在成千上万个座位上表达。

（8）遗传性变异的大量储存为自然选择提供了无限的素材[2]。

11.2 已知活细胞内有2000多种化学反应，但还有2/3我们尚未掌控

关于生命科学，今天我们依旧可以提出无数的问题，诸如生命物质包括哪些化学组分？周围的物质通过什么途径才会转变为具有生命特性的成分？采用何种技术才能观察活细胞巨大分子的结构？活细胞是如何组织来完成各种功能的？基因定位和各自的作用是什么？什么机制会促使细胞复制？单个受精卵在发育成由许多极不相同类型细胞构成的高度分化的多细胞生物的奇妙过程中，怎样使用其遗传信息？多种类型细胞是怎样结合形成器官和组织的，又是如何协同完成有益于机体的不同的贡献的？怎样理解神经系统的结构和功能？物种是如何形成的？什么因素引起进化？现代仍然有进化过程吗？人类如今仍在进化吗？果真如此，人类能否控制自己的进化过程？在一个体或群体生活的固定环境中，物种之间的关系怎样？是什么支配这一生态环境中的每个物种的数量的？是否有明确的行为生理学基础？我们所知道的知觉、情绪、识别力、学习或记忆以及饥饿或饱食等的基础是什么？等等。

现在我们尚不能对上列问题给出结论性回答，如果有什么能接近于上述问题的回答，也是十分鼓舞人的，人们会耐着性子期待一个个这样的回答，即便是接近于上列问题的回答也是十分令人兴奋激动的。许多激动人心的重大发现都是由所谓的第二代分子生物学家取得的，例如DNA修复、DNA重复序列、反转录、小片段中以DNA为引物的DNA复制、DNA的多解读框架、间隔基因/RNA捻接、非普遍性原理等。

这里仅列举我们生活在地球上的生命世界中的一员，一个最小的"小伙伴"——细菌，它的细胞像一座超微型"化学工厂"，24小时连轴转，

还不产生污染,在那里进行的化学反应具有惊人的速度。完成一个或一系列反应所用的时间以分、秒、毫秒、微秒甚至更短的时间计算。有人把生物比作最精密的自动调控系统,它的零部件之小、灵敏度之高,无与伦比。人们从生物体的这些优异机能中,可以获得许多全新的设计思想。在这座小工厂内日夜不停地进行着2000多种化学反应,已揭示的和经研究过的化学反应有约600~700种,还不到其中的1/3,还有2/3的化学反应尚未掌控。高等机体细胞里发生的化学反应可能比这个数字复杂好几十倍、几百倍[31, 42]。例如人体内一个肝细胞含225万亿个分子、530亿个蛋白质分子、1660亿个类脂质分子、2.1万亿个较小的分子,这说明一个细胞好比一个大宇宙,中间发生的变化或反应数目成天文数字。

分子生物学50年来的历史,主要集中于重要生物大分子结构与功能的研究。但是,愈来愈多的迹象表明,如金属离子、甲基、水等小分子的行为对于大分子间的相互作用起着极其重要的调节控制作用。这就预示着下一阶段的分子生物学研究将主要围绕大分子间的相互作用过程中小分子的作用问题。

分子生物学的形成是一种复杂现象,究竟复杂到什么程度,人们还未写出一部"肯定"的历史,也不可能写出这样的历史。因为历史演变的因果关系,毕竟不同于科学实验。在实验室里,除非操控发生误差,否则,若能复制相同的条件,便可以得出相同的实验数据。在悠悠历史漫流中,相同时空条件下的不同事件可能产生相似的结果,不同时空情境里的相似行为,也可能得出完全不同的结论。历史这面镜子中的影像大多已经定格,而现实正处于不停地变化中,每天都有可能出现新的事物,产生新的概念。即使人们已掌握了大量可靠的资料、史料,但是"事实"的演变是极其微妙的。它依据于有选择的观点,例如科学成就史、科学生活史,还要依据科学史学家写作的时代。有利于科学研究的既包括所谓的科学论说史,还包括社会结构和交流史,与上列两种历史不可分割的属于哲学思想体系的背景历史,应当归到哪一类呢?这是一个难写的问题。然而,不将它写出来,就几乎抓不住一般动力学的主要方面。

最终，较为恰当的办法是将科学活动引入更为广泛的社会关系方面，例如第二次世界大战，欧洲许多科学人才外流，使得DNA分子结构研究的科学中心在西欧和北美来回变迁，吸引来了不同学科的各路英才，促进了学科出现空前的大综合，引导DNA分子双螺旋立体结构模型成功装配，构成分子生物学中"一次决定性实验"。

这一项决定性实验的成功，紧接着引发了一个科学情报爆发期，那些欲说未说，或因证据不足、数据不全而不敢提出来的假说、新概念、新观点、新思想都被一股脑儿抛出来了，使得理论生物学进入一个动乱的时期，理论生物学中一部分将涉及分析化学和结构化学，其中更重要的部分将是重新看待遗传学和细胞学中的许多问题，这些问题在过去的40年里简直走进了死胡同[4]。

10年后，重组DNA技术（又称遗传工程）问世，全面推动了生物产业发生革命性转变，生物学继物理学、化学后，也登上产业革命舞台，建立起了具有生物学特色的工业体系，成为生物工程学第一代支柱技术。其第二代支柱技术蛋白质工程越发彰显生物产业的巨大生命力，目前在研发的第三代支柱技术糖工程（或称糖生物学），有希望将生物产业推上国民经济越来越重要的产业部门[73]。

11.3　生物学研究的最终目的

20世纪50年代，分子生物学研究取得了一系列突破性进展，这和信息科学的诞生在时间上如此巧合，信息科学中使用的一些术语，如程序、编码等，后来都在遗传学中利用上了。当前人们似乎认为分子生物学已经到了"最后开花结果"的阶段了。须知，分子生物学的真正目的不在于创建能够在地球上生活的一些新型生命类型，以便为人类提供高质且数量充分的产品；分子生物学的真正目的是要通过基因结构和功能的研究来揭示人类、动植物的生理过程，以及细胞分化，胚胎发育，生长、衰老直至死亡的全过程。就是说，要对生命时间阶梯的机理按正确顺序进行全方位追踪。即便生命本身现在仍然是一个奥妙无穷、深不可知的秘密，可人们一旦将他们和分子联系，进行综合分析，那么就有可能接近其终极秘密了。因此，人们主张先不考虑生命是否已知或未知，我们抄近道，直接来认识生物分子——看来这可能是一条正确的途径。在进行这类研究时，可以考虑研究分析逐级爬升的生命时间阶梯的结构，这样就能够认识愈来愈复杂的生命过程。

生物学研究的最终目的，是了解人类自身，弄清楚人类的大脑是如何工作的，把构成自己知觉和个性特征的物质基础弄清楚。其实，人类对自己的大脑知道得太少，例如神经解剖还十分粗略，神经生化只有零星资料，更不用说有关信息的贮存、加工、提取等一系列活动的机理了。

过去的200万年，人脑体积增大了3倍，其中负责计划、决策的大脑新皮层增大明显，大脑的信息贮存量却很难估计。这些问题愈来愈引起人们的重视。其实早在沃森和克里克发现DNA双螺旋立体结构模型后，德尔布吕克就曾预言过："双螺旋及其功能不仅对遗传学而且对胚胎学、生理学、进化论甚至哲学都有深刻影响。它对现代人的深远影响莫过于几乎人类的一切性状都可能有部分的遗传学基础。这不仅限于各个人的体质，而且还包括智力或行为特征。遗传素质对人类非体质性性状，特别是对智力的影响正是目前争议最多的生物学与社会学问题。"[29]

2013年，美国还公布了脑科研计划，以探索人类大脑的工作机制，绘制脑活动全图，并且最终开发出针对大脑不治之症的疗法，此计划启动资金1亿美元，可与人类基因组计划媲美。此项计划由瑞士洛桑理工学院的亨利·马克拉姆牵头，并由87个来自世界各地的研发团体承担任务。目前中国学者、北京大学生命科学学院原院长饶毅现在的研究领域是"社会行为的分子和细胞机理"。美国有40多所大学、100多个课题组从事这一颇具前瞻性的研究课题，人们对未来充满好奇。

生物学不仅要研究人的大脑是如何工作的，还要研究人的本质以及他们在宇宙中的地位。当然这还要借助其他学科，这几乎将改善人类的生存环境，而且包括人类自身的种种尝试。这是一项非常危险的活动，但在漫长征途的苦苦跋涉中，人类无法规避这些活动。那些第一代分子生物学家都早早地转向神经分子生物学前沿去开拓道路了，随后进入这一领域的不乏他们的学生或学生的学生。过去物理科学、化学科学和生命科学之间实现过富有成效的互动，使得在分子遗传学和免疫学的精确知识方面取得突破，即解开分子密码，今天这种互动在了解人的神经系统方面看来有可能取得相似的突破性进展[152]。神经分子生物学一个最重要的技术发明是光遗传学，就是用光来操纵分子。我们只要沿着现在的研究思路走下去，做更多的实实在在的研究实验，就是下一个突破口所在。

恩格斯早就预言过："终有一天，我们可以用实验的方法，把思维归结为脑子里发生的分子和化学的运动[153]。"恩格斯预言的那一天不就是综合了各学科、各个领域研究成果的总和吗？到时候，只需在相应的表格上打几个钩就能实现，像组装电脑那样方便；研究开发人的大脑潜质，因材施教，推进DNA编辑技术。

人类还可以模拟人类大脑中全部860亿个神经元，以及将这些神经元连接起来的100万个神经突触的功能，到时候，可以建成一个"即插即用"的大脑，可以把它拆分，找出脑部疾病的原因，也可以借助机器人技术，开发一系列全新的人工智能技术，甚至还可以戴上一副虚拟现实眼镜以体验"另类大脑"的神奇之处。

我们错失了前四次科技革命的机遇，但抓住了第五次科技革命的机遇，让我们伟大的祖国跃升为工业和经济增长较快的国家。但是，现在面临第六次科技革命的选择，而第六次科技革命很可能是在生命科学、物质科学以及与它们交叉的领域出现。第六次科技革命的内容和发展有以下五大学科：

（1）整合与创生生物学，可解释生命本质；

（2）人格信息包技术，包括人脑的电子备份与虚拟再现；

（3）仿生技术，即人体仿生备份和躯体仿真；

（4）创生技术，包括创造新的生命形态和生命功能；

（5）再生技术，生物体的体内体外再生。

由此可见，上列五大学科在很大程度上都涵盖了生命科学的内容，正像诺贝尔奖诸多奖项中，生理学或医学奖固属生命科学范畴，而化学奖中获得诺贝尔奖的从1901年以来，截至2018年，共颁发了110次，有180位获奖者，但其中一半人次是因为生命科学、生物化学的内容而获得诺贝尔奖的。

11.4　生物学发展的启示——学习历史

老一代分子生物学家，亦即那些用生物学概念来解释大肠杆菌及噬菌体的一代宗师，他们还有一个共同特点，即都是先用综合意义上的学说形式，提出自己的概念，在有了实验数据后，他们的这些概念才会被人们接受，再经过实验检验，但从中仍可能找出有某些片面性或不完善之处，这是一切概念、学说和理论可能都会存在的问题。但是概念也好，学说也好，在历史发展过程中，或多或少都标上了时空条件限定的烙印。现在这些老一代分子生物学家皆先后作古了，以原核生物作为研究材料的黄金时段，也跟随他们一起走进历史。他们的学生或学生的学生认识到，决定大肠杆菌及噬菌体遗传性状的基因数目有限，只有将真核类生物的染色体结构和功能一步步地搞清楚了，将基因的结构和功能搞清楚了，才能再来揭示动植物乃至人类的生理过程，以及细胞分化，胚胎发育，生长、衰老直至死亡的全过程。真核生物比原核生物更加复杂，研究难度更大。

以后的科学史学家如何叙说我们今天的生物学呢，他们在研究我们现时的历史时，在有些事情经过若干年后，他们会从中判断出我们正在错过的或被我们低估了的力量倾向和趋势。爱因斯坦知道牛顿那时尚不知道的一些事儿，今天我们知道爱因斯坦那时尚不知道的一些事儿，明天的人将知道我们现在尚不知道的一些事儿。

对于科学史学家而言，无论修史、治史，还是教史、读史，倘若大家都抱着实用主义的态度就恐非所宜了。修史、治史、教史和读史徒知事实，无补于全局。善修、治、教和读史者，观既往之得失，以谋将来之进步，于全局有利。在博大精深的科学论说史这类历史遗产面前，学以致用、引以为鉴，只是研读科学史的一个方面，而不是全部意义。一个真正的科学史研究者不仅要鉴史，还要鉴人、鉴事、鉴细节。

说到底，就是要鉴出什么样的时空条件、什么样的知识背景等诸多要素同时被激活、启动，才能迸发出灵感的火花，让思维发生质的升华。细碎处的故事、空白处的讲述，才能真正反映历史的原貌。我们站在50年后的今天，追忆50年前的一幕幕情境时，会很自然地与书中那些科学先驱们感同身受：时而为他们与DNA分子仅有半步之距，终因一念之差失之交臂而惋惜；时而又为他们向着DNA分子步步逼近，眼看就要成功而欢呼雀跃。我们在不经意间享受到乐趣，在无意中营养了身心，这未必不是一种读阅科学史的优雅心态。读史还可以得到心灵的慰藉，让心灵充实，不惧黑暗，让人淡定、独立。

奥地利著名物理学家马赫（Mach，E.）通过实验得出了气流的速度与声速的比值，以他的名字命名为马赫数，以Ma表示，Ma=1126 Km，就是340m/s，汽车跑不了这个速度，大多数情况是用来表示飞行器的飞行速度。用爱因斯坦自己的话说："马赫才真正是广义相对论的先驱。"他早在1872年就曾告诫他的徒子徒孙们，"要寻找启示，只有一个办法——学习历史"。他的这套认识论科学哲学思想对当时的科学界一代人产生了巨大影响，例如普朗克、爱因斯坦早年都是马赫思想的信仰者，约尔丹（Jordan，M.E.C.）、玻尔、海森伯格、薛定谔、泡利等也在不同程度上受到过马赫思想的影响[86]。时过百余年，他的这番话对当今的生物学家或许有可能产生更大的影响。

昨天意味着什么？17世纪有了经典力学，18、19世纪有了电磁学，20世纪有了相对论、量子力学和DNA双螺旋结构的建立。如今21世纪可能意味着什么？或许是生物学世纪？明天又意味着什么？我们思考过吗？

参考文献

[1]Mendel G. Experiments in Plant Hybridization, Classic Papers in Genetics, eds. By James A Peters, Presentice-Hall, Inc. Englewood cliffs, N.Y., 1962:1-19.

[2]Mayer E. The Growth of Biological Thought[M]. The Belknap Press of Havard University Press Cambridge, Massachusetts London England, 1982: 722-796.

[3]Kocke W O. Die Pflanzen-Mischlinge. 1881.

[4]Correns C. Mendel's Regel uber das Verhalten der Nachkommen-Schaft der Rassenbastarde[J]. Ber. Deutsch. Bot. Ges.1900, 18: 158-168.

[5]Olby R C. The Origins of Mendelism[M]. London: Constable, 1966.

[6]Blanc M. Gregor Mendel: La Légende du Génie Méconnu[J]. La Recherche, 1984, 15（1）: 46.

[7]Jaffe B. Men of Science in America[M]. New York:Oversea Edition. 1944.

[8]Morgan T H. The Theory of Gene[M]. New Haven:Yale University Press. 1926.

[9]Morgan T H.Sex Limited Inheritance in Drosophila[J]. Science, 1910 (32): 120-122

[10]Crick F. Preditions in Biology[J]. Chemtech, 1979, 9 (5): 298.

[11]Halder G, et al. Inductioon of Ectopic Eyes by Targeted Expression of the Eyeless Gene in Drosophila[J]. Science, 1995, 267: 1788-1792.

[12]Portugal F H, et al. A Century of DNA: A History of the Discovery of the Structure and Function of the Genetic Substance[M]. Cambridge: The MIT Press. 1977.

[13]Miescher F. Die Histochemischen and Physiologischen Arbeiten, ed. W. His 2 vols, Leipgig; Vogel, 1897.

[14]Caullery M, et al. Histoire Générale des Sciences (R. Paton, éd.,). Presse Universitaire de France, Paris, 1961. volIII Part I:395.

[15]Davison J N. The Biochemistry of the Nucleic Acids[M]. Sixth Edition, Methuen & Co. Ltd, 1969.

[16]Watson J. The Origins Of the Molecular Biology. Cold Spring Harbor Laboratory of Quantitative Biology, 1966:239.

[17]Handler P. Biology & the Future of Men. Oxford University Press, 1970.

[18]Jacob F. La Logique du Vivant[M]. Paris: Gallimard, 1970.

[19]Griffith F. The Significance of Pneumococcal Types[J]. J. Hygi, 1928（27）.

[20]Classic Papers in Genetics, eds. By James A Peters, Presentice-Hall, Inc. Englewood cliffs. N.Y., 1962.

[21]Dubos R T.The Professor, The Institute & DNA[M]. New.York: The Rockefeller University Press, 1976.

[22]Wytt H V. When Does Information Become Knowledge? [J]. Nature, 1972, 235（5333）.

[23]Avery O T, et al.Studies on the Chemical Nature of the Substance Inducing Transformation of Pneumococcal Types[J]. J. Experim. Med., 1944, 79（1）: 137.

[24]Morange M. Les Gènes S' Identifient A l'ADN [J]. La Recherche, 2006, 400: 82-83.

[25]Blake C C F, et al. Structure of Hen Egg-White Lysozyme: A Three-Dimentional Fourier Synthesis at 2 Å Resolution[J]. Nature, 1965, 206 (4986): 757.

[26]Mirsky A E, et al. Chromosin A Desoxyribose Nucleoprotein Complex of the Cell Nucleus[J]. J.Gen. Phys., 1946, 30.

[27]Stancy M. The Nature of the Bact. Surface, A.A. Miles & N.W. Pirie, (eds), Blackwell, Oxford. 1949.

[28] Jean L. Marx. A Revolution in Biotechnology.New York: Cambridge University Press, 1989.

[29]Olby R. The Path to The Double Helix[M]. Seatle:The University Press of Washington, 1994.

[30]Thuillier P. Comment est née la Biologie Moléculaire. in D. Blangy (éd.) La Recherche en Biologie Moléculaire. Paris: Editions du Seuil, 1972:13-36.

[31]吴明.生物工程学：过去—现在—将来[M].上海:知识出版社,1989.

[32]恩格斯.马克思恩格斯全集[M].北京:人民出版社，1972，39：198.

[33]Teoule R. Les Gènes Artificiels. La Recherche[J]., 1982, 3: 341-347.

[34]Chargaff E. Chemical Specifity of Nucleic Acids and Mechanism of their Enzymatic Degradation[J]. Experientia, 1950, 6（6）: 201.

[35]Olby R. DNA Before Watson-Crick[J]. Nature, 1974, 248 (5451): 782-785.

[36]Timoféeff-Rossovsky N W. The Experimental Production of Mutation[J]. Biological Review of the Cambridge Philosophical Society, 1934, 9（4）: 411-457.

[37]戈革. W·海森伯的学术和人品[J]，自然辩证法通讯，1990，12(1)：63.

[38]Rosenfeld L. Niels Bohr's Contributions to Epistomology[J]. Physics Today，1963，16（10）：47.

[39]Bohr N. Light and life[J]. Nature，1933，131（3307）：41，457，458-460.

[40]Delbrck M. in N.W.，Timoféeff - Rossovsky，K.G. Zimmer，M. Delbrck，"Uber die Nature der Geriixation unn der Gerstuktur" N.13 of Nacier. Akat. Wiss Gottingen Math. Physik Kl Kl. Fa.，1935，vol1: 223.

[41]Schrdinger E. What Is Life？[M]. England:The University of Cambridge Press, 2001.

[42]吴明.蛋白质工程的过去、现在和将来[J]. 自然杂志，1987，10（4）：246-251.

[43]饶毅. 饶议科学II. 上海:上海科技教育出版社，2014: 52,140

[44]Delbrck M. Experimental With Bacterial virus—Bacteriophages. Harvey Lact.，1946:41，161-187.

[45]Atlas R, et al. Microbiological Ecology[J]. ASM News，1992，58（1）：4.

[46]Timoféeff-Rossovsky N W. The Experimental Production of Mutation[J]. Biological Review of the Cambridge Philosophical Society，1934，9：411-457.

[47]Cohen G, et al. The Manipulation of Genes[J]. Sci. Amer.，1975，233（1）：24.

[48]Stent G S. That Was the Molecular Biology That Was[J]. Science，1968，160（3826）：390-395.

[49]Perutz M F. Physics and the Riddle of Life[J]. Nature，1987，326（6113）：555-558.

[50]Weiss J. Radiochemistry of Aqueous Solution[J]. Nature，1944，153

（3893）：748-750.

[51]Collinson E, et al. Proc. Chem. Soc., 1962, 2：140-144.

[52]Dessauer F. Uber Einiger Wirkungen von Strahlen. I. Z. Physik., 1922（12）：38-47.

[53]Crowther J A. The Action of X-rays on Colpidium colpoda[J]. Proc. R. Soc. 1926, 100: 390-404.

[54]Pauling L & M. Delbrck. The Nature of the Intermolecular Forces Operative in Biological Processes[J]. Science, 1940, 92（2375）：77-79.

[55]Handler P. Biology & The Future of Men[M]. Oxford University Press. 1970.

[56]Eschrich T. Fortschritte, 1885, 3：518.

[57]Eddleston M, et al. Handbook of The Tropical Medicine. New York:Oxford University Press, 1919.

[58]恩格斯.自然辩证法[M].北京:人民出版社, 1972: 319-320.

[59] Morowitz H J. Microbiology：An Introduction, 2nd. Ed.

[60]Pasteur L. Oeuvres de Pasteur, 1939, T. 7：7.

[61]Tripp S & Grueber M. Economic Impact of the HGP（R）. Battelle Memorial Institute, 2011.

[62]Twort F. An Investigation on the Nature of the Ultramicroscopic Viruses[J]. Lancet, ii, 1915:1241.

[63]D'Hérelle F. The Bacteriophage & Its Behavier[M]. The Williams & Wilkins Company, Baltimore, 1926.

[64]吴明.噬菌体研究组和分子生物学的诞生[J].自然杂志, 1981, 4（4）：304-307.

[65]Cairns J. Phage & The Origins of Molecular Biology. New York:Cold Spring Harbor Symposium, 1968.

[66]Stanley F. The Investigation of Crystalline TMV Proteine[J]. Science,

1936, 83, 626-627.

[67]吴明.噬菌体研究组和分子生物学的诞生—中国改革开放二十年（科技文论卷）.北京:中央文献出版社，1999: 519.

[68]Luria S E.The Frequency Distribution of Spontaneous Bacteriophage Mutants as Evidence for the Exponentiel Rate of Phage Reproduction. Cold Spring Harbor Symp. Quant. Biol., 1951: 16, 463-470.

[69]Yuh-Nung Jann[Current Biology], Llily Yoh Jann and Yuh-Nung Jann，2003，13（10）R378.

[70]Hastings A B. Contribution to the Discussion，Proc. Conferrence on the History of Biochemistry & Molecular Biology，Americam Academy of Arts & Science，Brookline，Mass.，1970: 94.

[71]吴明.对于分子生物学的诞生做出了贡献的几位科学家//邹承鲁等著.生命本质的新探索.上海：知识出版社,1987: 229-243.

[72] Hershey A D, et al. Independent Function of Viral Protein and Nucleic Acid in Growth of Bacteiophage[J]. J. Gen. Physiol，1952（36）:39.

[73]吴明. 浅谈DNA的发现之路[J]. 科学文化评论，2008, 5（5）：80-93.

[74] Weisskopt V F. The Place of Elementary Particle Research in the Development of Modern Physics[J]. Physics Today，1963，16（6）：26.

[75]Symonds N. Schrödinger and Delbrück：Their Status in Biology. TIBS, 1988, 6（13）：232-234.

[76]戈革. 尼耳斯·玻尔——他的生平、学术和思想[M].上海：上海人民出版社，1987.

[77]Timoféeff-Rossovsky N W，et al. Nachrichten aus der Biologie der Gesettschaft der Wissenschaften Gotteingen，1935, 1:189-245.

[78]Olby R. Schrödinger's Problem：What Is Life? [J]. Journal of the History of Biology，1971, 4（1）：119-148.

[79]Syonds N. What Is Life? Schrödinger's Influence on Biology[J]. Quarterly Review of Biology. 1986, 61（2）：221-226.

[80]Boltzmann L. Der Zweite Hamptsatz der Mecanischen Warmetherorie.（Sitzungsher Kaiserl. Akad. Wiss. Wien, 1868.

[81]林德宏.科学思想史（第二版）[M].南京：江苏科学技术出版社, 2004：189.

[82]Schneider E.D. Schrödinger's Grand Theme Shortchanged[J]. Nature, 1987, 328（6128）：300.

[83]Moore W. Schrödinger's Entropy and Living Organisms[J]. Nature, 1987, 327（6123）：561

[84]Nicolis G. & Prigogine I. Self-Orgaization Non Nonequilibrium Systems. New York: John Wiley & Son, 1977.

[85]Perutz M F. Physics and the Riddle of Life. [J]. Nature, 1987, 326（6113）：555-558

[86]Lwoff A. L'Ordre Biologique[M]. Laffons, 1969.

[87]Syminds N. Schrödinger and What Is Llife？[J].Nature, 1987, 327（6124）：663.

[88]巫希浩.论热学序与熵的基本关系[J].自然辨证法通讯, 1990, 12（4）：71-73.

[89]Hamilton L D. DNA：Models and Reality.[J]., Nature, 1968, 218（5142）:633-637.

[90]Wilkins M. Molecular Structure of Desoxypentose Nucleic Acid. [J]. Nature, 1953, 171（4356）：738-740.

[91]Sayre A. Rosalind Franklin & DNA.[M]. New York:W.W. Norton & Company Inc., 1975.

[92]吴明.双螺旋模型与罗莎琳·弗兰克林[J].,自然杂志, 1981, 4（10）：703.

[93]Franklin R, et al. Molecular Configuration of Sodium Thymonucleate[J]. Nature, 1953, 171（4356）: 740-741.

[94]Watson J. The Double Helix—A Personal Account of The Discouvery of The Structure of DNA [M]. Atheneum, 1968.

[95]Watson J and Crick F H. Molecular Structure of Nucleic Acids; A Structure for Deoxyribose Nucleic Acid[J]. Nature, 1953, 171（4356）: 737-738.

[96]Momwell C, et al. The Double Helix: Science and Myth in the Act of Creation[J]. BioScience, 1979, 29（12）: 742.

[97]Olby R. Francis Crick[M]. DNA and the Central Dogma. Daedalus, 1970, 99（4）: 938.

[98]Asimov L. The Genetic Code. [M]. New York: The Orion Press, 1962, 127.

[99]Grobstein C. A Double Image of the Double helix[M]. San Francisco:W.H. Freeman & Co., 1979: 425.

[100]Delbecco R A. Turning Point in Cancer Research: Sequencing the Human Genome[J]. Science, 1986, 231（4742）: 1055-1056.

[101]Birmey E. Lessons for Big-Data Project[J]. Nature, 2012, 489（7414）: 49.

[102]Komar A A. SVPs Silent But Not Invisible[J]. Science, 2007, 315（5811）: 466-467.

[103]人类遗传学报, 2011, 12, 22.

[104]郭孙伟. 血统、基因与天才[J]. 科学文化评论, 2008, 5（5）: 115-117.

[105]马原野主编. 思维的力量——生命科学精品研究文献赏析[M]. 昆明: 云南科技出版社,2010.

[106]Hutchinson G E. Marginalia: The Biochemistry Genetic of

Pneumococcus[J]. Amer. Sci., 1945, 33（1）: 56–57.

[107]Beadle W M. Genes and Biological Enigmas[J]. Amer. Sci., 1948, 36（1）: 69–74.

[108]Brenner S. New directions in molecular biology[J]. Nature, 1974, 248（5451）: 785–787.

[109]Rosenfeld L. In Boston Studies in the Philosophy of Science. Selected Papers of Leon Rosenfeld, Edited by Cohen, R.S., et al., D, Reidel Publishing Company, Dordrecht: Holland/Boston: USA., 1978, v.21 :503–516.

[110]Crick F. Of Molecules & Men [M]. Seattle & London:University of Washington Press, 1966.

[111]Dev S B. Migration of Physical Scientists to Molecular Biology and Its Impact[J]. Interdisciplinary Science Review, 1990, 15（1）: 45–56.

[112]黄金陵等. 晶体X射线衍射效应的发现[J]. 百科知识, 1983, 12: 73–75.

[113]Fourme R, et al. La Crystallographie Biologique[J]. La Recherche, 1990, 21（226）: 1358–1367.

[114]Perutz M. Origins of Molecular Biology[J].New Scientist, 1980, 85（1192）: 326.

[115] Brian,Infeld. 物理物理之演进. 吴鸿 译.台湾商务出版, 2002, 10.

[116]曾少潜. 科技名人词典. 北京:中国青年出版社, 1988:715.

[117]Scotia T N. In "Science Fiction, Today & Tomorrow", Ed., by Beginald Bretnor, Baltimore; Penguin, 1973: 135–147.

[118]冼鼎昌.百年来物理学和生命科学的相互作用和促进[J]. 自然杂志, 2006, 28（2）: 63–70.

[119]Adjadj E, et al. La Structure des Proteines "Vue" par la Résonance Magnétique[J]. La Recherche, 1991, 22（238）: 1518.

[120]Gannes S. Striking It Rich In Biotech[J]. Fortune，1987，116（11）：131.

[121]Isabelle D B. Imagérie Médicale[J]. La Recherche，1983，5：690-706.

[122]Le Roux P. Imagérie par RMN （Imagérie par la Sonance Magnétique）.Des Clés Pour l'Exploratoion des Structures Moléculaires[J]. La Recherche，1985，12：1452-1463.

[123]吴明.分子生物学：分子生物学中两种不同学派和生物产业形成//现代科技综述大辞典，北京：北京出版社, 1998: 889-890.

[124]Hess E L. Origins of Molecular Biology[J]. Science，1970，168（3932）：664-669.

[125]Bernarl J D. Biogr. Mem. Fellows Roy. Soc.，1963，9：29.

[126]Astebury W T. Adventure in Molecular Biology （Thjomas，Springfield，III.1952），1952, 3.

[127]Astebury W T.Biology： Molecular Biology or Ultrastractural Biology? [J]. Nature，1963.190（4781）：1124.

[128]Bohr N. An extensive discussion of these ideas of Bohr's and of the ways in which they were later misinterpret and misused to resurrect vitalism can be found in P.Frank. Modern Science and In Philancounky （Harvard Univ. Press Cambridge Azar.，1949.），chap.8. Nature，1933，131（41）：457.

[129] 吴明.生物工程学浅谈.生物学通报[J].，1983，（6）：95

[130] 吴明.结构论学派和信息学派的两次会合以及蛋白质工程的发展[J].自然杂志，1990,13（6）：346-350.

[131]Huchison C A, et al. Mutagenesis at a Specific Position in a DNA Sequence[J]. J. Biol. Chem.，1978，253（18）：6551-6560.

[132]Cano P. Ancient Bees Buzz Back to Life[J]. New Scientists，2012，13（1815）：8.

[133]Beard L. The Ultraviolet From Sun Could Reduce Photosynthesis in Plant[J]. New Scientist, 1989, 124（1694）: 26.

[134]Scrutton N S, et al. Redesign of the Coenzyme Specificity of a Dehydrogenase by Protein Engineering[J]. Nature.1990, 343（6253）: 38-43.

[135]Perutz F. The Birth of Protein Engineering[J]. New Sci, 1985, 106（1460）: 12.

[136]Lederberg J. A view of genetics[J]. Science, 1960, 131（3396）: 269-276

[137]Karlsson K- Glycobiology A. A Growing Field for Drug Design[J]. Trends in Pharmacology Science, 1991, 12（7）: 265.

[138]Pasteur L. Comptes rendues, 1885, 101: 765-773.

[139]张树政. 糖生物工程. 北京: 化学工业出版社, 2012: 168.

[140]Stebins G L, et al. Scien. Amer., 1985, 253（1）: 58-64.

[141]Cummings R D & Pierce J M. Handbook of Glycomics. Oxford:Elsevier Inc,2009:4.

[142]Stick R V & William S J. Carbohydrates: The Essential Molecules of Life. Oxford:Second Edition, Elsevier Inc.,2009:4.

[143]张树政. 糖生物学. 北京: 清华大学出版社, 2002: 3.

[144]Crick F. Comments on the Typescript of The Path to the Double Helix, Enclosed With His Letter to the Author, dated 13 avril, 1973.

[145]林明崖等. 弗兰克林的不幸与沃森的成功[J]. 外国史知识, 1983, N.7: 44.

[146]Weisskopf V F. The Place of Elementary Particle Research in the Development of Modern Physics[J]. Physics Today, 1963, 16（6）: 26.

[147]Berral T M, et al. Bio Science, 2010, 60（5）:376—383.

[148]Jacob F, et al. Genetic Regulation Mechanisms in the Synthesis of Protein[J]. J.Mol. Biol., 1961, 1（3）: 318-356.

[149]Fabius L. French Biotechnology in The New Regime[J]. Bio/Technology, 1983, 1（3）: 225.

[150]Philip Handler. Biology & the Future of Man. Oxford University Press, 1970.

[151]邹承鲁等. 生命本质的新探索. 上海: 知识出版社, 1987: 1-10.

[152]Rose S. The Making of Memory： From Molecules to Mind. Doubleday, New York, Chap.VIII, 1993,

[153]恩格斯.自然辩证法. 北京: 人民出版社, 1971: 265.

后 记

在本书稿即将付梓之际,我深切缅怀和感激我的恩师中国微生物学会原秘书长、中国科学院微生物研究所研究员、遗传实验室主任已故的相望年先生。我所获得的若能称得上些许成就,全都是与相先生昔日对我的帮助、指导分不开的。我的第一本专著《生物工程学:过去—现在—将来》(上海知识出版社,1989年)就是相望年先生亲自审定的。我还要衷心地感谢中国科学院院士张树政先生,她教会我如何写"专题综述"等;即便在她已是年逾80高龄的老人,还在百忙中阅读本书手稿。我因受到她的肯定而备感鼓舞,决心克服种种困难将手稿补充扩大成此书。我亦不能忘记中国微生物学会原秘书长、科学史专家、退休研究员程光胜先生多年来对我的帮助,感谢他为本书写的序,对书稿作的全面校阅,以及提出的宝贵的修改意见。感谢美国哈佛大学医学院Dana-Farber癌症研究所王蕾博士对本书稿第5章的校阅及其提出的宝贵修改意见。还要感谢清华大学出版社张立红主任及其部门编辑为本书付出的辛劳,认真反复校对,始能达到出版要求。

吴明

2018年10月6日于北京